트루사이즈 신데렐라

트루사이즈 신데렐라

小号的灰姑娘

유덕보 대본집

"유리구두 따윈 필요 없어!!
나 30kg만 빼 줘!"

좋은땅

작가의 말

그냥 재미있고 싶었습니다.
'익숙한 설정을 모아 클리셰가 넘치는 스토리'로 가볍게 웃고 편하게 볼 수 있는 작품을 만드는 것이 이 기획의 시작이었습니다. 신데렐라, 다이어트, 패션 같은 흔한 소재로 접근성을 높이면서도 다양하게 변주될 수 있는 스토리를 기획하였습니다.

플랫폼이 점점 다양화되어 감에 따라 긴 콘텐츠보다는 짧게 콘텐츠를 소비하는 영상 소비패턴을 고려하여 20분 내외의 짧은 시리즈로 조연들을 과감하게 배제하고 주연들의 스토리만을 골자로 한 구성을 선택했습니다.

2007년 영화감독의 꿈을 꾸며 한국행을 선택한 지 16년이 다 되어 갑니다. 지금까지 수많은 도전과 꿈을 향한 노력을 해 왔습니다. 매번 쉽지 않은 과정이었으나 그 도전들은 저에게 많은 자양분을 주었습니다.

이번에도 하나의 작품을 중국어와 한국어로 동시에 출간을 하는 것에 도전을 해 보았습니다.

재미있게 작품을 즐겨 주신다면 더 바랄 것 없겠습니다.

2023년 09월 22일

목차

1. 작품 소개

1) 제목

트루사이즈 신데렐라

2) 형식

웹드라마

3) 장르

로맨틱코미디

4) 작가

유덕보

5) 형식

10분, 27부작

2. 캐릭터 소개

1) 마이클: 패션브랜드 True Size의 수석 디자이너

마이클은 XS, S사이즈만 만드는 것으로 유명하다. 패션계에 혜성처럼 등장해서 순식간에 모든 기록을 갈아치운 남자. 유학을 한 번도 다녀오지 않았음에도 유러피안의 감성과 국내 정서를 잘 융합하여 패션을 한 단계 업

그레이드했다는 평을 받고 있다.

2) 한수현: 취업지망생

160cm에 75kg 정도 되는 통통한 몸매의 소유자이다.

먹는 걸 좋아하고 스트레스를 받으면 특히 먹는 걸로 푼다.

운동을 한다고 트레이닝복을 사러 갔다가 맞는 게 없어서 나오고, 요즘 이쁜 옷들이 전부 사이즈가 작게 나와서 너무 불만이다.

3) 예린: 최고의 톱모델

작은 얼굴, 늘씬한 몸매, 동양인 평균보다 긴 다리. 그녀가 입는 옷은 언제나 유행이고 완판이다. 모델을 선정할 때 까다롭기로 유명한 마이클의 'True Size' 모델이 되면서 그녀는 더욱 유명해졌다.

4) 헨리: 마이클의 비서 및 하우스메이트

곱슬머리에 작은 키가 항상 불만이다. 옷에 대한 센스만큼은 마이클만큼 자신이 있는데 그걸 표현할 방법이 없어서 너무 속상하다. 마이클을 동경하면서도 무서워한다. 하지만 마이클을 옆에서 지켜 주고 항상 응원해 주는 아군이 되어 준다.

5) 비비안: True Size의 투자자 및 실제적인 경영자

무명의 마이클을 발굴한 사람. 인재를 한눈에 알아보고 투자를 하는 사업적인 본능을 가지고 있다. 마이클이 지금은 돈이 되기 때문에 함께하고 있지만 항상 더 나은 사람을 찾고 있고 늘 손익계산을 한다.

1부

쉽게 가질 수 있다면, 그건 패션이 아냐

#1. 하늘(전경)/ 저녁

먹구름이 잔뜩 낀 밤하늘. 하늘에서 번쩍 하고 번개.

#2. True Size 본사 1층 매장/ 저녁

불이 다 꺼져 있는 매장. 바닥에 쓰러진 마네킹 사이에 쓰러져 있는 한 남자(마이클). 머리에서 바닥으로 피가 흐르고 있다. 어두워서 잘 보이지 않다가 밖에서 빗소리와 함께 천둥, 벼락이 내리치고 번쩍 하면 마이클 얼굴 클로즈업.

#3. 브랜드 광고 영상(VCR)

#3-1. 마이클 디자인실/ 낮

디자인을 하고 있는 남자, 마이클. 185cm의 키, 핸섬한 얼굴, 모델 포스의 디자이너.

#3-2. 패션쇼장/ 낮

패션쇼 준비하는 사람들. 마이클 런웨이 끝에 매서운 얼굴로 서 있고 앞에 모델들이 한 명씩 워킹. 고개를 저으면서 맘에 안 든다는 표정. 스태프들 전부 마이클의 눈치를 본다. 마이클 손에 들고 있던 패션쇼 일정표를 집어

던지고 밖으로 나가 버린다.

#3-3. 호텔 발코니/ 저녁

마이클 멋진 슈트를 입고 전속모델 예린과 우아하게 서 있다. 예린은 동양적인 외모에 서양의 글래머 몸매를 가지고 있다. 레드 컬러의 섹시한 드레스를 입고 화려한 모습이다. 예린과 마이클 서로를 쳐다보면서 키스할 듯 점점 얼굴이 가까워지고, 거의 입술이 닿을 즈음 고개를 확 돌려 키스를 거부하는 마이클. 당황한 예린의 표정. 마이클 화면을 당당하게 쳐다보며.

마이클 쉽게 가질 수 있다면, 그건 패션이 아냐.

웃는 마이클의 얼굴에서 스틸. 그 위로 자막.

[자막]
나만의 패션 시그니처! 'True Size'

수현E 지랄하네!

#4. 의류복합몰 True Size 매장 앞/ 오후

#3의 엔딩 컷에서 'True Size' 시즌 프로모션 포스터로 화면 전환. 키스 직전 고개를 돌리는 마이클과 모델 예린의 모습. 카메라 넓게 비추면 의류복합몰 안이다. 여러 브랜드 매장 중에 'True Size' 매장 앞에 서 있는 수현. 160cm 키에 75kg의 몸무게. 평범한 외모.

수현 (예린을 동경하듯 쳐다보며) 그래도 예린은 너무 예쁘다.

수현 'True Size' 매장으로 총총 걸어 들어가서 블라우스를 몸에 대본다. 수현의 몸매에 비교하면 전부 아동복처럼 너무 작다. 옷걸이에 걸려 있는 옷의 사이즈를 체크해 보니 전부 XS, S 사이즈뿐. 수현 고개를 들어서 직원을 쳐다보고,

수현 이거 큰 사이즈는 없어요?

직원 (살짝 비웃는 듯하지만 최대한 친절하게) 저희 브랜드는 'XS', 'S' 사이즈만 나옵니다. 이 옷을 입으실 준비가 되어 있는 (혀를 굴리며) 스풰~~~설한 VVIP들을 위해서요.

당황한 수현. 곁눈질로 매장 다른 고객들을 쳐다보니 전부 젓가락처럼 말랐다.

수현 (어이없다) 이딴 걸 누가 사?

수현이 잡고 있던 옷을 내려놓자 그걸 바로 잡아채는 여자1과 여자2.

여자1 예린 블라우스다! 나 이거 입으려고 3일 굶었잖아.

여자2 그러니까. 난 아침에 겨우 물 한 잔 먹고 왔어.

여자1, 2가 수현을 완전히 밀치고 옷을 구경한다. 수현 뒤로 밀린다. 또 다른 고객이 와서 옷을 구경한다. 한 번 더 뒤로 밀리는 수현. 이번엔 단체로 들어와서 수현은 완전 매장 밖으로 밀려난다. 수현 불만스러운 표정으로 뒤돌아서 다른 브랜드로 걸어간다.

#5. 의류복합몰 피팅룸/ 오후

- 옷을 들고 피팅룸으로 들어오는 수현.
- 손에 들고 있는 블라우스, 바지.
- 피팅룸 옷걸이에 블라우스, 바지를 거는 손.
- 피팅룸 문 아래 틈 사이로 살짝 보이는 수현의 발. 입고 있던 바지를 벗고, 새 바지를 들어서 입는다.
- 꽉 끼어서 안 들어가는 바지를 힘을 줘서 올린다.
- 심호흡을 크게 하고 손에 힘을 주고 바지 지퍼를 확!!!
- 손에 따라 올라오는 바지 지퍼. 바지 지퍼가 찢어졌다. 당황한 수현의 얼굴에 흐르는 식은땀.
- 블라우스를 입어 보는 수현. 우드득… 등 쪽이 뜯어졌다.
- 피팅룸 문을 살짝 열어서 입구를 쳐다보는 수현. 나가는 입구 쪽에 직원이 없다. 수현의 얼굴에 살짝 미소.

#6. 의류복합몰 피팅룸 의상 반환대/ 오후

수현 바지랑 블라우스를 들고 조심스럽게 나와서 반환대에 올려놓고 입구 쪽으로 냅다 뛰어가는데 그때 뒤에서 들리는 직원의 목소리.

직원E　　　　잠시만요, 고객님!

난감하게 뒤돌아보는 수현. 직원 찢어진 청바지와 블라우스를 들고 있다. 대기하던 고객들 수현을 보면서 웃는다. 수현은 빠른 걸음으로 걸어가서 입었던 바지랑 블라우스를 다시 가져온다. 그때 밑에 깔려 있던 다른 옷이 (#4의 예린 블라우스) 딸려온다.

수현	(조용히) 쪽팔려….

뒤돌아서 피팅룸을 빠져나오는 수현. 반대편에서 급하게 피팅룸 입구로 들어가는 여자3.

여자3	(직원에게) 저기 '예린 블라우스' 여기 있어요? 딱 1개 남았다고 했는데.
직원	잠시만요. 아까 본 거 같은데…. (수현 쪽을 쳐다보면서) 저분 옷에 딸려 갔나?

#7. 의류복합몰 카운터 앞/ 오후

계산하려고 고객들이 줄을 서 있고, 수현 맨 뒤에 서 있다. 이때 여자3 뛰어와서 수현의 어깨를 잡는다. 놀란 수현 뒤돌아보면 여자3이 막무가내로 와서 수현이 들고 있는 옷을 막 뒤진다. 옷 속에서 '예린 블라우스'를 찾은 여자3.

여자3	여기 있다!!
수현	(당황) 지금 뭐 하시는 거예요?
여자3	이거 사실 거 아니죠?

수현 자기도 모르게 딸려 온 블라우스를 보고 당황한다. 주변 여자들 두 사람을 쳐다본다.

수현 아뇨! 이것도 고른 거예요. 제가 살 거예요!!

여자3 (무시하며) 이걸 입으시려구요? (지갑에서 돈을 꺼내며) 됐죠? 괜히 입지도 못할 거 사지 말고, 저한테 팔아요.

구경하던 여자들 그 소리를 듣고 낄낄대고 웃는다. 수현 열이 받아서 얼굴이 빨개진다.

수현 (열 받는다) 입든 안 입든 그건 내 맘이고!

여자3을 힘으로 밀어 버리고, 계산대로 걸어가는 수현. 수현은 여자3이 보란 듯이 계산대 위에 가지고 있는 옷을 다 올려놓는다.

수현 이거 다 주세요!

#8. True Size 본사 전경/ 오후

#9. True Size 본사 사무실/ 오후

생각에 잠긴 듯 아래를 쳐다보다가 카메라를 쳐다보는 마이클의 얼굴 클로즈업. 가만히 쳐다보다가 입가에 살짝 미소. 깊은 눈매를 가진 마이클의 표정이 빨려 들어갈 듯 아름답다. 창가에 비치는 햇살은 마치 영화 속

조명처럼 마이클을 비춰 준다.

마이클　　　　미안해. 이러는 나도 마음이 아파. 앞으로 행복하길 바래.

[CG]
아름다운 음악과 함께 마이클 뒤로 천사의 날개. 아련한 눈빛으로 앞을 보면서 살짝 미소를 짓는 마이클.

(CG 사라지고) 갑자기 표정을 확 바꾸고 옆을 보면서,

마이클　　　　꼭 이렇게까지 해야 해?

카메라 넓게 비추면 마이클이 앉아 있고, 맞은편에 경영이사 비비안과 마이클의 비서 헨리가 서 있다. 비비안은 전형적인 오피스걸. 타이트한 정장을 세트로 입고 도도한 표정으로 서 있다. 헨리는 곱슬머리로 파마를 하고 컬러풀하게 옷을 입고 있다. 비비안과 헨리 서로 한 번 쳐다보고 동시에 마이클을 진지하게 쳐다본다. 이때 밖에서 화가 나서 마이클을 부르는 소리가 들린다.

예린E　　　　마이클!! 마이클 어디 있어?!!

소리를 듣고 놀란 세 사람. 문을 잠그라고 헨리의 등을 미는 비비안. 헨리는 무서워서 안 가려고 버틴다. 밖에서 열리는 문. 세 사람 동시에 쳐다본

다. 화가 나서 폭발 직전인 슈퍼모델 예린(#3-3. 광고 속 모델)이 서 있다.
열 받은 예린의 얼굴 클로즈업. (만화처럼 CG로 머리에서 열이 나는) 그 자리에서 얼음처럼 굳어 버린 마이클, 비비안, 헨리.
예린, 들고 있는 명품가방을 마이클을 향해 던진다.

(슬로우)
- 놀라는 마이클의 얼굴.
- 비비안 헨리를 마이클 쪽으로 밀어 버린다.
- 헨리 눈이 커지면서 마이클 쪽으로 날아가고,
- 가방이 부메랑처럼 날아와 헨리의 급소를 맞고 바닥에 떨어진다.
- 아!!! 소리를 내면서 쓰러지는 헨리.
- 놀라는 마이클, 비비안의 얼굴.
- 예린 도도하게 쳐다보고 있다.

(점프)
테이블에 예린이 앉아 있고, 맞은편에 마이클, 비비안이 앉아 있다. 헨리는 뒤돌아서 (급소를 보호하려고) 서 있다. 헨리 얼굴에 생긴 멍 자국. (바닥에 넘어질 때 생긴)

예린 감히… 날… 짤라?

화가 난 예린의 얼굴에서,

엔딩!

2부

마이클 개자식! 벼락 맞고 확 죽어 버려!

#1. True Size 본사 사무실/ 오후

마이클 작게 한숨을 쉬고, 고개를 들고 살짝 미소를 짓는다.

마이클 (연습할 때와 똑같은 표정) 미안해. 앞으로…

예린 (말을 끊고) 이유나 말해!

마이클, 헨리에게 눈짓을 하자 헨리 얼른 피팅 마네킹을 들고 온다. 마네킹이 입고 있는 옷. 딱 봐도 엄청 작은 사이즈. 'True Size'의 다음 시즌 스타일의 옷.

예린 나 맹장이었어! 그것도 급성! (얼굴 살을 만지며) 이거 잠깐 부은 거야. 금방 빠져.

마이클은 예린의 말을 듣고 아무 대답 없이 테이블에 올려져 있던 메모지를 손에 꽉 쥐었다 편다. 구겨졌던 메모지를 다시 펴서 예린에게 보여 준다. 예린, 마이클의 행동이 이해가 되지 않아 가만히 쳐다보는데…

마이클 (최대한 냉정하게) 봐, 한번 구겨진 건 이렇게 자국이 남아. 아무리 펴도 예전으로 되돌아갈 수 없지.

(손에 들고 있던 종이를 책상에 던지며) 구겨진 포장지로 명품을 팔 순 없잖아?

예린, 마이클이 던진 종이를 손으로 집는다. 떨리는 손.

예린 구겨진 포장지…?

구겨진 종이를 들고 당황하는 예린의 표정.
마이클, 예린을 보면서 고개를 절레절레 흔들면서 한숨을 쉰다. 예린 눈에서 점점 눈물이 고인다. 종이를 들고 있던 손을 꼭 쥐는 예린.

예린 (열 받아서 눈물을 보인다) 나 아팠다고… 당신은 아픈 적 없어?

마이클 (2차 독설) 있어. 우린 다 아플 수 있어.
(일어나며) 운전하다가 사고가 날 수도 있고 하늘에서 벼락을 맞을 수도 있어. 하지만 내 모델은 안 돼. 나 '마이클'의 모델만은 절대로 안 돼. 나한텐 당신이 죽었다는 소식보다 1kg가 더 쪘다는 소식이 더 슬프니까!!!

예린, 가증스러운 마이클을 보면서 수치스러움에 눈물이 뚝 떨어진다. 마이클, 테이블에서 티슈를 한 장 뽑아 예린에게 건네준다. 예린을 쳐다보는 마이클의 거만한 모습. 예린이 받지 않자 티슈를 바닥에 던지는 마이클. 그리고 바닥에 떨어진 예린의 가방을 줍는다. 예린에게 가방을 주는 마이클. 예린 가방을 들고 천천히 일어난다. 너무 수치스러운 기분에 눈에 눈물이 금방이라도 떨어질 듯하지만 참는다. 예린이 뒤에 숨어 있는 비비안, 헨리를 쳐다보는데 두 사람 고개를 돌려 전부 시선을 피한다.

예린 후회할 날이 올 거야!

마이클은 아무렇지도 않게 웃으면서 재수 없게 손 키스를 예린에게 날린다. 예린, 화가 난 채 문을 쾅! 하고 닫고 나간다. 긴장이 풀려서 자리에 주저앉는 헨리.

헨리 휴!! 숨 막혀… 죽는 줄 알았네.

#2. True Size 본사 앞/ 오후

화나서 씩씩거리면서 나오는 예린.

[CG]

만화처럼 예린의 모습이 갑자기 마녀처럼 변하면서 검은 연기가 올라온다. 뒤돌아서 마이클의 사무실이 있는 건물을 보면서 저주하듯이 불을 뿜는 예린.

예린 아아!!! 저 재수 없는 개자식, 벼락이나 맞고 확 죽어 버려!

갑자기 맑았던 하늘에 검은 구름이 끼면서 쾅쾅! 하는 천둥소리가 들린다.

#3. True Size 본사 사무실/ 오후

창밖 천둥소리에 놀라는 헨리와 비비안. 헨리, 일어나서 창문 쪽으로 가서 하늘을 보면 금방이라도 하늘에 검은 구름이 잔뜩 있다. (당장이라도 천둥, 번개가 칠 거 같은)

[CG]

하늘에 죽일 듯이 무서운 얼굴로 사무실을 내려다보는 예린 얼굴.

순간 놀라서 눈을 비비고 하늘을 보면 아무도 없는 하늘.

헨리	꿈에 나올까 무섭다, 마이클. 그치?
비비안	(마이클에게) 괜찮겠어? 그래도 예린은 탑이야.
마이클	새로 찾아야지. 내 뮤즈를.

의자에 기대서 자신 있게 웃는 마이클.

#4. 수현 집/ 오후

원룸 오피스텔. 수현은 침대에 누워서 친구 희수와 핸드폰으로 통화 중이다.

희수E	미쳤어? 그걸 샀다고?
수현	그 재수 없는 눈빛을 봤어야 해!

수현 시선으로 보면 1부 #7에서 산 예린 블라우스가 벽에 걸려 있다. 바로 옆에 예린이 블라우스를 입고 있는 포스터도 붙어 있다.

#5. 헬스장/ 오후

런닝머신에서 뛰면서 전화하는 희수. 날씬한 몸매. 희수 런닝머신 속도를 줄여서 천천히 걷는다.

희수	(숨이 찬다) 그거 나 좀 빌려줘.
수현E	싫어!

멈춘 런닝머신에서 내려와 의자에 앉아서 물을 마시며,

희수	안 입어. SNS에 올리려고. 유행이잖아. 근데 입고 찍은 사람은 거의 없다?

#6. 수현 집/ 오후

수현 여전히 누워서 전화를 받고 있다.

희수E	너무 작아서 연예인도 안 맞대.
수현	(비웃음) 아예 아동복을 입지!

#7. 헬스장/ 오후

희수	백마 탄 왕자가 장난감 타고 오냐? 우리 같은 사람들은 다시 태어나는 게 더 빨라!!

희수, 전화를 끊자 반대편에서 키 크고 가슴 크고, 허리가 잘록한 글래머

가 걸어온다. 당당하게 앉아 있던 희수 본인 가슴과 글래머 가슴 비교. 자연스럽게 어깨를 내린다. 글래머는 희수 앞을 지나 거울 앞에서 스트레칭을 하고, 그 모습을 주변의 남자들 다 쳐다본다. 희수도 글래머를 부러운 눈으로 쳐다본다.

#8. 수현 집/ 오후

누워서 예린의 블라우스를 보고 있는 수현.

수현 이럴 때가 아니지.

수현 벌떡 일어난다. 결심을 한 듯 옷장에서 운동복을 꺼낸다.

수현 그럼 다시 태어나 볼까~

#9. 공원/ 늦은 오후~저녁

운동복을 입고 나온 수현. 공원에서 운동하는 사람들. 수현은 비장한 표정으로 운동화 끈을 제대로 다시 묶는다.

- 공원을 미친 듯이 뛰는 수현.
- 공원 운동기구에서 턱걸이를 하는 수현.
- 요가 자세를 하고 있는 수현.

(점프, 저녁 시간)

바닥에 드러눕는 수현. 운동장에는 수현밖에 없다.

얼굴은 빨갛고 땀으로 흥건하다.

수현 이래도 안 빠지면 죽어야지. (하늘을 보면서) 왜 절 이렇게 만드셨어요? 왜!!

밤하늘 먹구름이 가득하다.

#10. True Size 본사 사무실/ 저녁

디자인을 하는 마이클. 뭔가 마음에 들지 않아 작업북을 찢어서 버린다.

#11. True Size 본사 1층 매장/ 저녁

매장 안으로 들어오는 마이클. 불 꺼진 매장. 마이클은 한 번 쭈욱 매장을 체크한다. 바로 옆에 마네킹이 약간 비뚤게 서 있어서 체크하려고 걸어가는 마이클. 마네킹을 제대로 다시 놓고 옷도 다시 빼서 입힌다. 창밖에서 울리는 천둥소리. 지나가던 사람들 놀라서 도망가고 마이클 옷에 집중한다.

#12. 하늘/ 저녁

구름 사이로 번쩍 하고 번개! 천둥소리 울리고… 번쩍! 하고 하늘에서 벼락이 내려친다.

#13. True Size 본사 전경/ 저녁

건물 위로 내려치는 벼락. 건물에 흐르는 강한 전기!!

#14. True Size 본사 1층 매장/ 저녁

바닥에 쓰러져 있는 마네킹들. (마이클이 넘어지면서 쓰러뜨림) 그 옆에 죽은 듯 쓰러져 있는 마이클. (1부 #2 연결) 눈을 감고 쓰러진 마이클의 얼굴 위로 들리는 예린의 저주의 목소리.

예린E 아아!!! 저 재수 없는 개자식, 벼락이나 맞고 확 죽어 버려!

죽은 듯이 쓰러진 마이클의 얼굴을 비춘다.

엔딩!

3부

도망쳐, 마이클 위험해!

#1. 고급 바/ 저녁

문이 열리고 들어오는 비비안과 헨리. 바에 있는 웨이터에게 가볍게 인사를 하고 자리에 앉는 비비안. 헨리 맞은편에 앉는다. 완전 불만인 표정.

헨리　　퇴근 시간도 지났는데! (째려보며) 누나 친구 없지?
비비안　　이사님이라고 불러!
헨리　　이사님, 나 좋아해요?

비비안은 헨리를 째려보다가 한심해서 컵을 던지려고 하는데 헨리 무서워서 가방으로 얼굴을 가린다. 헨리 천천히 가방을 내려놓으며 고개를 들면 비비안 컵을 다시 테이블에 천천히 내려놓는다. 낮에 넘어져서 멍든 상처를 손으로 만지는 헨리.

헨리　　(과장되게) 여자들이 너무 폭력적이야.

비비안 갑자기 표정을 풀고 헨리를 보고 환하게 웃는다.

헨리　　그러지 마. 더 무서워….
비비안　　(애교 말투) 마이클한테 요새 접근하는 사람 없어?

헨리　　(이유를 알겠다) 아… 그거 때문에? (의자에 등을 기대면서) 비즈니스 쪽으로 아님 프라이버시 쪽으로? (생각하는 척) 기억이 날 거 같기도 하고…

비비안 지갑에서 카드를 꺼내서 테이블에 올려놓자 헨리 눈이 반짝이면서 카드를 집으려고 하는데, 비비안이 카드를 가져가지 못하게 헨리의 손을 막는다.

헨리　　(카드를 집으며) 없어. 비즈니스 쪽으론….
비비안　　그럼? 프라이버시 쪽으론 있다는 거야?
헨리　　밤에 가끔….
비비안　　집에 여자 데려와?
헨리　　아니, 찾아와. 여자들이….

#1-1. 마이클 집 현관/ 밤 (헨리 회상)

- 마이클 문을 열면 청순하게 생긴 대학생이 포트폴리오를 내민다.
- 마이클 문을 열면 섹시하게 옷을 입은 모델이 서서 윙크.
- 마이클 문을 열면 더 섹시하게 옷을 입은 서양 모델이 키스를 퍼붓는다.
- 마이클 조심스럽게 살짝 문을 열면 할머니가 서 있다. 마이클 놀란다.

#현실/ 고급 바

회상하면서 끔찍해하는 헨리.

헨리　　암튼 여자란 여자는 다 찾아와.

비비안 손을 턱에 괴고, 그 여자들 이해한다는 표정으로 입가에 미소.

#1-2. True Size 본사 사무실/ 낮 (비비안 상상)

책상에서 디자인을 하고 있는 마이클의 모습. (만화적으로 웃기게)

비비안NA	집중할 때 찡끗거리는 눈썹, 섹시한 턱선, 무엇보다 펜을 놀리는 그 세련된 손놀림.

#현실/ 고급 바

비비안	(계속 황홀하게) 마이클은 완벽한 나의…
헨리	(김 빼는 소리) 상품이겠지!! (비비안 얼굴을 보며) 누나 마이클한테 관심 있는 거 아냐?
비비안	무슨 소리야?
헨리	에이! 남자를 사랑하게 만드는 건 생각보다 간단해. 알려 줘?
비비안	쓸데없는 소리! 감시나 똑바로 해! (주먹을 꼭 쥐고) 누구든지 뺏어 가면 가만 안 두겠어!!
헨리	(비비안이 조금 무섭다) 도망쳐, 마이클! 위험해!!!!!!

하늘을 보면서 소리 지르는 헨리. 만화처럼 바에서 건물 전체까지 줌 아웃~

#2. True Size 본사 1층 매장/ 저녁

바닥에 쓰러져 있는 마네킹들. 그 옆에 죽은 듯 쓰러져 있는 마이클. 밖에서 구급차 소리가 들린다.

#3. 고급 바/ 저녁

테이블에 울리는 비비안의 핸드폰. 비비안 핸드폰을 받는다. 전화를 받고 벌떡 일어나는 비비안. 헨리 쳐다보고, 놀라는 비비안의 표정.

#4. 대로/ 밤

시내 도로에 지나가는 구급차의 모습.

#5. 병원 전경/ 아침

#6. 마이클 입원실(특실)/ 아침

침대에 누워 있는 마이클. 아직 의식이 회복되지 않아 창백하다.

#7. 의사 진료실/ 아침

의사가 앉아 있고, 맞은편에 비비안과 헨리가 앉아 있다. 비비안은 밤새 펑펑 울어서 마스카라가 눈 밑으로 판다처럼 번져 있다.

비비안 선생님, 마이클 괜찮은 건가요?
의사 다행히 큰 부상은 없습니다.
비비안 (흐느낀다) 왜 마이클한테….

비비안 의사에게 인사를 하고, 헨리의 부축을 받아서 일어난다. 그때 급하게 간호사 문을 열고 들어온다.

간호사	환자가 없어졌어요!

#8. 마이클 입원실(특실)/ 아침

텅 빈 마이클의 입원실. 문을 열고 들어오는 비비안과 헨리. 침대에 마이클이 없다. 화장실 문을 열어 봐도 아무도 없다. 의사와 간호사도 입원실에 도착한다.

헨리	어떻게 된 거예요?
간호사	수액 체크하러 왔는데 안 계셨어요.
비비안	빨리 찾아! CCTV! CCTV 확인해 봐!

헨리 급하게 입원실을 뛰어나가고, 간호사와 의사도 같이 나간다. 병실에 혼자 남은 비비안. 침대에 털썩 주저앉는다. 울리는 비비안의 핸드폰. 놀라서 꺼내 보니까 '예린'이다.

#9. 호텔 커피숍/ 아침

화려하게 차려입은 예린. 비비안과 통화 중이다.

예린	굿모닝, 비비안. 아… 오늘은 굿~모닝이 아닌가?
비비안E	무슨 말이야?
예린	마이클 지금 병원에 있다면서?
비비안E	어떻게 알았어?
예린	이 바닥 소문이 빠르잖아.
비비안E	별일 아냐.

예린	(비웃으면서) 그래야겠지. 몸조리 잘하라고 전해 줘요. 꼭 완치를 기원한다고….

전화를 끊은 예린. 표정이 냉정하게 변한다.

#10. 마이클 입원실(특실)/ 아침

핸드폰을 들고 있는 손을 부들부들 떠는 비비안.

마이클E	날 왜 찾아?

놀라서 고개를 들어서 보면, 병실 입구에 서 있는 마이클. 천천히 병실로 들어온다.

마이클	산책 좀 하고 왔어.
비비안	마이클!!

비비안 마이클에게 달려가 안긴다. 고개를 들어서 마이클을 쳐다보며.

비비안	괜찮은 거야? 어디 아픈 데 없어?

비비안 다시 마이클에게 안겨서 펑펑 운다. 마이클은 다시 비비안을 떼어 내려는데 비비안 안 떨어지고, 어색하게 비비안을 토닥토닥해 준다. 병실로 돌아온 헨리가 마이클을 보고 마이클에게 달려간다.

헨리　　　　　　　괜찮은 거지?

마이클은 두 사람으로부터 떨어지려고 하는데 울면서 더 마이클에게 안기는 비비안과 헨리. 난감한 마이클의 표정.

#11. 의류복합몰 카운터 앞(1부 #7 동일 장소)/ 오후

어제 산 'True Size' 쇼핑백을 계산대에 올려놓는 수현. 계산대에서 수현을 알아보고 인사하는 직원. 어제 피팅룸에 있던 직원이다.

수현　　　　　　　이거 환불해 주세요.

의미심장한 표정을 짓는 수현의 얼굴.

엔딩!

4부

나의 새로운 뮤즈가 나타났어!

#1. 의류복합몰 카운터 앞(1부 #7 동일 장소)/ 오후

지갑에서 영수증도 꺼내서 같이 보여 주는 수현. 직원 알겠다는 듯 고개를 끄떡이고 쇼핑백에서 옷을 꺼내서 상태를 확인한다. 그런데 수현의 옷이 찢어져 있다. (1부 #6하고 똑같은 상황)

수현 이거 멀쩡했는데?

수현이 옷을 들어서 이리저리 쳐다본다.

직원 (조심스럽게) 고객님, 자꾸 이러시면 곤란합니다.
수현 무슨 뜻이에요?
직원 어제도 피팅룸에서 찢어진 거 놓고 가시고….
수현 오늘은 진짜 아니에요!!
직원 죄송합니다. 저희 매장에선 환불은 힘들 거 같습니다.
수현 어디로 가면 돼요?

#2. 대로/ 오후

시내 길. 고급 승용차가 지나간다.

#3. 도로, 헨리 차/ 오후

헨리가 운전을 하고 있고, 보조석에 비비안, 뒷좌석에 마이클이 앉아 있다. 창밖으로 지나가는 사람들 보고 있다.

비비안	의사가 안정이 필요하다고 했잖아.
마이클	아냐, 빨리 회사로 가.

마이클 계속 창밖을 보고 있다. 백미러로 그런 마이클을 보면서 걱정스러워하는 비비안.

#4. True Size 본사 1층 매장 고객 서비스실/ 오후

고객 서비스실에 앉아 있는 수현. 매니저와 상담 중이다. 매니저가 수현의 쇼핑백에서 옷을 꺼내 찢어진 곳을 확인한다.

본사매니저	(매우 친절하게) 매장 CCTV를 확인하고 환불해 드리겠습니다.
수현(마이클)	집에 가 보니까 찢어져 있었어요! 왜 말을 안 믿어요? 환불해 줘요!!

난감한 매니저의 표정. 직원이 급하게 매니저에게 와서 귓속말을 한다. 놀란 매니저의 표정. (마이클이 곧 도착한다는 소식)

#5. True Size 본사 1층 매장 앞/ 오후

대로변에 서는 승용차. 비비안, 헨리, 마이클이 차례로 내린다. 마이클을 부축하는 헨리.

마이클 괜찮다고 헨리에게 손짓을 한 뒤 1층 매장을 쳐다본다. 마이클의 시선으로 보이는 매장의 쇼윈도. 마음에 안 드는 듯 인상을 쓰고, 고개를 절레절레 흔든다. 평소와 다른 마이클을 보고 헨리, 비비안 서로 쳐다보며 눈빛을 주고받으면서 마이클을 다시 동시에 쳐다본다. 매장으로 바로 들어가는 세 사람.

#6. True Size 본사 1층 매장/ 오후

비비안 문을 열고 들어오면,

수현(마이클)　　뭐야? 당신들! 고객한테 이렇게 대해?

경비원과 직원, 매니저가 수현을 둘러싸고 있다.

비비안　　무슨 일이에요?

비비안의 소리에 모두 행동을 멈추고, 바닥에 앉아 있는 수현의 모습이 보인다. 마이클이 들어오다가 서 있는 수현을 보고 그 자리에 멈춰 선다. 마이클의 시선으로 보이는 수현. 주변이 어두워지고, 천장에서 수현만을 비추는 조명이 딱 켜진다. 수현의 모습이 마치 천사처럼 아름답다.

[CG]

빨리 흐르는 피, 쿵쾅거리면서 뛰는 심장, 얼굴에 흐르는 땀.

수현을 황홀하게 쳐다보는 마이클의 얼굴. 비비안이 매니저에게 눈짓을 주자 매니저와 경비들이 수현을 번쩍 들어서 매장 밖으로 내보낸다. 놓으라고 발버둥 치는 수현. 그런 모습을 가만히 쳐다보는 마이클.

#7. True Size 본사 1층 매장 앞/ 오후

밖으로 들려서 나온 수현. 매니저 수현에게 급하게 인사하고 들어간다. 수현 머리, 옷을 한 번 단정하게 정리한다. 묘하게 씨익 웃는 수현의 얼굴 클로즈업.

#8. True Size 본사 사무실/ 오후

문을 열고 들어오는 마이클과 헨리. 이어서 비비안 들어온다.

마이클	아까 그 여자, 누구지?
비비안	미안. 매니저한테 주의 줄게.
마이클	연락처 좀 알아야겠어.
헨리	노노. 그건 안 돼.
마이클	아니!! 그녀야! 그녀! My New Muse!!

환하게 웃는 마이클. 걱정스런 표정으로 쳐다보는 비비안과 헨리.

#9. True Size 본사 전경/ 오후

마이클E	하하하하… 하하하!!

#10. True Size 본사 1층 매장/ 오후

일하던 직원들 마이클이 웃는 소리를 듣는다.

직원1	(매니저에게) 이거 마이클 소리죠?
매니저	그런 거 같은데?
직원1	저렇게 웃는 거 처음 들어요.
매니저	그러게. 저러니까 더 무섭다.

서로 쳐다보면서 몸을 떠는 두 사람.

#11. True Size 본사 사무실 문 앞/ 오후

걱정스러운 표정으로 몰래 전화를 하고 있는 비비안.

비비안	후유증이요?
의사E	뇌 검사를 해 봐야 정확히 알 수 있습니다.
비비안	병원으로 데려갈까요?
의사E	일시적일 수 있습니다. 당분간은 본인이 하고 싶은 대로 두시구요.
비비안	아, 네….

전화를 끊는 비비안. 여전히 불안한 표정. 사무실에서 난감한 표정으로 헨리가 나온다.

헨리	누나, 마이클이 이상해. 자꾸 아까 그 여자 연락처

를 달래.

비비안　　당분간은 하고 싶은 대로 다 해 줘.

헨리　　마이클 설마 죽는 건 아니겠지?

비비안　　말조심해!

헨리 훌쩍거리고, 비비안도 얼굴에 걱정이 한가득이다.

#12. True Size 본사 사무실/ 오후

고객 카드를 마이클에게 주는 헨리. 마이클, 카드를 받자마자 일어나서 겉옷을 입는다.

헨리　　어디 가게?

마이클　　(카드를 흔들며) 내 뮤즈한테 가야지.

마이클 헨리에게 카드를 흔들어 보인다. 바로 문을 열고 사무실을 나가는 마이클. 당황한 헨리가 비비안을 쳐다보면 마이클 따라가라고 눈빛을 주고 헨리도 마이클을 따라간다.

#13. True Size 본사 엘리베이터 앞/ 오후

기분 좋게 엘리베이터를 기다리는 마이클. 그 뒤에 서 있는 헨리. 엘리베이터 도착하고 두 사람 탄다.

#14. 엘리베이터/ 오후

엘리베이터를 타고 1층을 누르는 마이클. 헨리 그런 마이클을 이상하게 쳐다본다.

헨리	왜 1층으로 가?
마이클	(고객 카드를 흔들며) 여기 가야지.
헨리	주차장은 지하 1층이야.
마이클	아. 맞다.

1층 취소하고, 지하 1층을 누르는 마이클. 그런 마이클이 점점 더 걱정되는 헨리.

#15. 도로, 헨리 차/ 오후

헨리 운전을 하고, 마이클은 뒷좌석에 앉아서 창밖을 보고 있다. 백미러로 보이는 마이클의 모습. 걱정스럽게 쳐다보며 고개를 절레절레 젓는 헨리.

마이클	헨리, 꽃집으로 먼저 가.

#16. 수현 집 앞/ 오후

수현의 집 앞에 도착하는 헨리의 차. 차 멈추고 뒷좌석 문이 열리고 내리는 마이클. 손에 꽃다발을 들고 있다. 기대에 찬 눈으로 수현의 집을 쳐다보는 마이클. 주머니에서 고객 카드를 꺼내서 수현에게 전화를 건다.

#17. 수현 집/ 오후

아무 힘 없이 침대에 누워 있던 수현. 전화 소리에 일어나서 맞은편 책장에 있는 전화를 받는다.

수현　　　　　　여보세요?
마이클E　　　　안녕하세요? 한수현 씨?

#18. 헨리 차 안/ 오후

운전석에 앉아 밖에서 전화하는 마이클을 걱정스럽게 쳐다보는 헨리. 마이클, 꽃을 들고 기다리고 있고, 수현이 집 앞으로 나오는 게 보인다. 마이클 갑자기 수현을 보고 마치 프로포즈하듯이 무릎을 꿇고, 순간 너무 놀라 눈이 커진 헨리의 얼굴.

#19. 수현 집 앞/ 오후

마이클 무릎 꿇고 꽃다발을 수현에게 내밀고 있고,

수현　　　　　　왜 이러세요…?
마이클　　　　　당신을 처음 본 순간 알았습니다. 내가 그토록 찾던 뮤즈라는 걸…. 우선 제 마음을 이렇게라도 표현합니다. 받아 주세요.

황당한 수현의 얼굴. 꽃을 들고 수현을 너무 예쁘게 쳐다보는 마이클의 표정에서,

엔딩!

5부

왜 절 이렇게 만드셨어요?

#1. 수현 집 앞/ 오후

무릎 꿇고 있는 마이클.

수현 (놀라서 주변을 쳐다보며) 당신 뭐야… 미친놈 아냐?

수현은 뒤돌아서 집으로 들어가려는데 그런 수현의 손을 잡는 마이클.

수현 (팔을 뿌리치며) 이거 놔요! 사람 살려!!!

차 안에서 두 사람을 보고 급하게 나오는 헨리.

헨리 'True Size' 비서실 헨리라고 합니다. 이분은 수석 디자이너 마이클입니다.

수현 뭐라고요?

수현 마이클 얼굴을 자세히 본다. 어디서 많이 본 듯한 얼굴.

#인서트

- 1부 #4. 의류복합몰 True Size 매장 앞

전시되어 있던 'True Size' 포스터 속 마이클의 얼굴.

#현재/ 수현 집 앞

마이클의 얼굴을 뚫어져라 쳐다보는 수현. 광고 영상이랑 똑같은 포즈를 하고 있는 마이클.

수현	어? 당신… 'True Size' 포스터?
마이클	맞아요! (1부 #3-3 광고처럼) 쉽게 가질 수 있다면, 그건 패션이 아냐.
수현	아! 기억나요!!
마이클	(여유 있게) 이제 이야기가 좀 되겠군요.

마이클이 수현의 손을 잡고 집 쪽으로 들어가고, 수현은 놀란 얼굴로 마이클한테 끌려간다. 헨리도 같이 수현 집으로 들어가려고 한다.

마이클	헨리, 넌 먼저 돌아가.

헨리 그 자리에 서고 두 사람은 안으로 들어간다.

#2. 수현 집 현관 문 앞/ 오후

수현 현관문을 열고 그 뒤에 마이클 꽃다발을 들고 서 있다. 문이 열리고 수현이 먼저 들어간다. 어색하게 웃으면서 집으로 들어가는 마이클. 두 사람 다 집 안으로 들어가고 현관문이 쾅! 하고 닫힌다.

#3. 수현 집/ 오후

거실에서 어색하게 서 있는 수현과 마이클. 서로 얼굴을 마주치자 180도 바뀐다.

수현	(마이클을 아래위로 보며) 연기 좀 하는데?
마이클	그쪽도 꽤 리얼했어!

서로 마주 보면서 하이파이브를 하고, 묘하게 웃는 두 사람의 표정.

#4. 공원/ 저녁/ 과거 (2부 #9 이어서)

[자막] 20시간 전

수현	왜 절 이렇게 만드셨어요? 왜!!

하늘을 쳐다보다가 스르륵 눈을 감는 수현. 피곤해서 급 잠이 든다. 코를 골면서 자는 수현 주위엔 아무도 없다. 하늘에서 번쩍 하고 수현이 잠든 놀이터에 벼락!

#5. 병원 응급실/ 새벽/ 과거

침대에 누워 있는 마이클. 마이클을 치료하고 있는 의사와 간호사. 그 옆으로 구급대원들이 침대에 누운 수현을 데리고 들어온다. 마이클 바로 옆에 수현을 눕히는 구급대원.

#6. 병원 화장실/ 오전/ 과거

(화면 분할)

남자, 여자 화장실 세면대 거울. 거울 밑에서 천천히 얼굴을 비춰 보는 마이클과 수현. 각자 얼굴을 확인하면서 점점 눈이 커지는… 거울에 완벽히 얼굴이 다 보인다.

마이클, 수현 (동시에) 악!!!!!!

#7. 병원 화장실/ 오전/ 과거

동시에 화장실에서 뛰쳐나오는 마이클과 수현. 서로를 발견하고 놀라는 얼굴.

#8. 병원 복도 쪽 비상구/ 오전/ 과거

서로 얼굴을 뚫어져라 쳐다보고 있는 마이클과 수현. 수현과 마이클의 영혼이 바뀌었다. 마치 거울을 보듯 서로를 쳐다보는 두 사람.

수현(마이클) 그래서… 지금 니가 나라는 거야?

마이클(수현) (뺨을 때리며) 이거 꿈이지?

자꾸 뺨을 때리는 마이클(수현)의 손목을 잡아채는 수현(마이클).

수현(마이클) 누구 얼굴을 때리는 거야? 국보급 얼굴에 상처라도 나면 어쩔 건데?

마이클(수현) 어… 미안.

마이클의 몸에 들어갔지만 여전히 소심한 수현. 금방 사과한다. 수현 몸에 들어가 있는 마이클은 팔짱을 끼고 천천히 자신의 얼굴, 마이클(수현)의 얼굴을 쳐다본다.

수현(마이클)	이런 느낌이구나…. 과연 진짜 사람인가 싶은… 완벽한 비율의 빨려드는 듯한 눈매…. 나를 보는 여자들의 넋이 빠진 기분이 이해되는데? 난 거울을 봐야 겨우 알 수 있었는데 정말 잘생겼구나, 나….
마이클(수현)	당신… 뭐야? 왜 이렇게 침착한 건데? 이거 다 당신이 꾸민 일이야?
수현(마이클)	(비웃으며) 내가 정~말 많은 일을 기획하고, 진행했던 모든 프로젝트를 성공시켰지만 난 이딴 일은 기획하지도 꾸미지도 않아!
마이클(수현)	근데… 왜 이렇게 침착해?
수현(마이클)	예전에 시공간을 초월하는 이론을 읽은 적이 있는데, 내가 지금 원래 있던 공간에서 다른 곳으로 온 건가? 흥분해 봤자 소용이 없으니 사태를 파악하는 중이야.

그때 비상구문이 확~ 열리고 간호사(3부 #8)가 마이클을 찾는다.

간호사	(다급하게) 마이클 씨…!! 마이클 씨!!

두 사람은 순간 놀라서 키스하는 듯한 모습으로 몸을 돌리고 두 사람을 본

간호사, 마이클을 알아보지 못하고 황급히 문을 닫는다. 순간 너무 밀착했던 두 사람 떨어지고,

수현(마이클)	일단 시간이 없어! 니 자리로 돌아가!
마이클(수현)	가긴 어디로 가? 내가?
수현(마이클)	어디긴? 내가 있던 곳이지!!

#인서트

- 3부 #10. 마이클 입원실(특실)/ 아침

  병동으로 돌아가서 비비안과 포옹하는 마이클(수현).

- 4부 #3. 도로, 헨리 차/ 오후

  뒤에 앉아서 긴장한 듯 손을 만지작거리는 마이클(수현).

- 4부 #6. True Size 본사 1층 매장/ 오후

  매장에서 수현(마이클)과 눈빛을 마주치는 마이클(수현).

- 4부 #19. 수현 집 앞/ 오후

  꽃을 바치며 무릎을 꿇고 있는 마이클(수현).

#9. 수현 집/ 저녁

[자막] 현재

기분 좋아서 침대에서 인형을 안은 채 오른쪽, 왼쪽으로 구르다가 갑자기

벌떡 일어나는 마이클(수현).

마이클(수현)　　잘했지? 다들 속았어!! (인형을 보며) 난 이제 디자이너 마이클이야!

마이클(수현)은 너무 좋아하는데 수현(마이클)은 별말 없이 쳐다본다.

마이클(수현)　　(심장에 손을 대며) 내일도 할 수 있을까?
수현(마이클)　　안 해도 돼. 널 미쳤다고 생각할걸?

#10. True Size 본사 사무실/ 저녁

불안한 표정으로 왔다 갔다 하는 비비안. 핸드폰을 꺼내 헨리에게 전화를 한다.

비비안　　어디야?
헨리E　　그 여자 집 앞.
비비안　　마이클은?
헨리E　　그 여자 집으로 들어갔어.

#11. 수현 집 앞/ 저녁

비비안E　　뭐라고? 넌 거기서 뭐 해!!!

비비안이 소리치자 놀라는 헨리. 전화 받으면서 수현의 집을 쳐다본다.

헨리　　　　　먼저 가래.

#12. True Size 본사 사무실/ 저녁

불안해서 입술을 뜯으면서 전화를 하는 비비안.

헨리E　　　　　마이클, 진짜 이상해. 아까 무릎을 꿇더라니까!

비비안　　　　　(한숨) 이번 주 마이클 스케줄 다 취소해. 감시 잘하고! (전화 끊으며) 마이클… 진짜 미친 거야?

생각하면서 입술을 질끈 깨무는 비비안.

엔딩!

6부

너도 뚱뚱한 몸으로 한번 살아 봐

#1. 수현 집/ 저녁 (5부 #9 이어서)

황당하면서도 기분 나쁜 마이클(수현)의 얼굴.

마이클(수현)	(이제 알았다) 그런 거였어?
수현(마이클)	미친 게 더 안전해.
마이클(수현)	날 좋아하는 게 미친 거라고?
수현(마이클)	(그걸 몰라?) 당연하지! 그 여우 같은 비비안은 내가 다쳐서 머리가 어떻게 됐거나 미쳤다고 생각할 거야.
마이클(수현)	(열 받아) 그래, 너 미친 사람 같긴 하더라. 멀쩡한 옷을 지가 찢어 놓고 환불해 달라고 난리냐? 니가 나를 완전 진상으로 만들었잖아!

#1-1. 수현 방/ 오후/ 과거

수현(마이클), 벽에 걸려 있는 예린 블라우스를 내려서 한번 들어서 보고 옷이 너무 예뻐서 감탄한다. 너무 아까워서 하기 싫지만 어쩔 수 없이 옷을 조심스럽게 쭈욱 찢는 수현(마이클).

#현재/ 수현 집

전문가처럼 잘난 척 팔짱을 끼고 분석적인 태도의 수현(마이클).

수현(마이클) 정말 마음이 아팠지만 그 방법밖에는 없었어! 나 마이클이 너와 운명적으로 마주치려면 완벽한 공간, 증인 그 모든 게 필요했으니까. 내 옷을 사다가 찢어서 오는 사람이 한둘이었겠어? 블랙컨~슈머는 본사 차원에서 대응하는 게 우리 매뉴얼이야! 너의 행동, 아니지, 니가 된 나의 행동은 비비안이 봤을 때 한 치의 의심도 없이 완~벽해야 해! 지금쯤 비비안은 CCTV까지 탈탈 털어서 보고 있을 거야.

#2. True Size 본사 사무실/ 저녁

책상에 노트북을 켜고 매장 CCTV 보고 있는 비비안. 전날 옷을 사 가는 수현의 모습. 오늘 오전에 계산대에서 환불을 해 달라고 말하고 있는 수현의 모습. 한참을 뚫어져라 노트북만 보고 있는 비비안. 옆에 놓여 있던 고객 카드를 들어서 본다. 고객 카드에는 수현의 주소 등 기본 정보가 쓰여 있다.

#3. 수현 집/ 저녁

벌떡 일어나는 수현(마이클).

수현(마이클) 원래 나 '마이클'은 너 같은 여자랑 있으면 숨도 못 쉬어. 몸의 면적이 넓으면 당연히 산소가 많이 필요할 거고…. (얄밉게) 같이 있다가 금방 산소 부족으로 죽으면 어떡해? (옷장에 옷을 보며) 이… 옷도… 옷들도… 너무 끔찍하잖아. 전혀 아름답지가 않아… 마음이 아파…. 이런 건 정말 테러야!!!

수현(마이클) 흥분을 해서 숨이 찬다. 숨을 천천히 내쉬면서 의자에 앉는 수현(마이클).

수현(마이클) (콜록콜록) 말만 해도 숨이 차네….

마이클(수현)은 아무 말 없이 수현(마이클)을 쳐다보다가 바로 주머니에서 핸드폰을 꺼내서 헨리에게 전화를 건다. 당황한 수현(마이클)은 가만히 마이클(수현)의 행동을 쳐다본다.

마이클(수현) 헨리, 나야. 콜택시 좀 불러 줘. 집에 가야겠어. (마이클 들으라는 듯) 너 오늘 놀고 싶으면 실컷 놀아. 나 상관하지 말고.

#4. 도로 위, 헨리 차/ 저녁

운전하면서 전화를 받고 있는 헨리.

헨리 진짜? 마이클 진짜 나 오늘 놀아도 돼? (전화 끊으며) 이게 웬일이야. 아싸~

신나서 차의 페달을 밟는 헨리.

#5. 수현 집/ 저녁 (#3 이어서)

마이클(수현) 바로 일어나자, 당황한 수현(마이클)이 마이클(수현)을 잡는다.

수현(마이클)	야! 어딜 가!!
마이클(수현)	여기 있다가 (아래위로 보면서) 산소 부족으로 죽으면 어떡하냐?
수현(마이클)	(상황 판단) 아… 예전에 그랬었다고… 내가…
마이클(수현)	물만 먹어도 살찌는 기분을 알어? 넌 그냥 이렇게 태어난 거잖아!
수현(마이클)	난 관리한 거야. (팔의 살을 툭툭 치면서) 니가 게을러서 그런 거지! 조그만 움직여도 (이마 땀을 닦으며) 땀나고 숨차고!
마이클(수현)	이번에 잘 관리하면 되겠네!!

마이클(수현)은 열 받아서 수현(마이클)을 뿌리치는데 수현(마이클)이 일어나서 달려들고 마이클(수현)은 본능적으로 손을 내밀어서 수현(마이클)의 머리를 민다. 두 사람 키 차이 때문에 수현(마이클)의 손이 마이클(수현)에게 닿지 않는다.

수현(마이클)	왜 이렇게 짧아!
마이클(수현)	쪼그만 게!

수현(마이클) 팔을 아래로 뻗어서 마이클(수현)의 다리를 넘어뜨린다. 마

이클(수현) 바닥에 깔리고, 수현(마이클)이 위에 빠르게 올라탄다.

수현(마이클)	어때? 네 자신한테 깔린 기분이? 오호!! 무게 좀 나가겠는데?
마이클(수현)	아아~~

수현(마이클)의 엉덩이가 마이클(수현)의 가슴을 깔고 앉아서 무겁다. 마이클(수현) 답답하고 괴로운 표정. 마이클(수현) 몸을 틀어서 수현(마이클)을 옆으로 밀고 겨우 일어나 얼른 문을 열고 나간다.

#6. 수현 집 앞/ 저녁

화가 나서 씩씩대고 나오는 마이클(수현). 집 앞에 기다리고 있는 콜택시를 타고 바로 출발한다. 바로 뒤이어서 집에서 뛰어나오는 수현(마이클). 출발한 택시를 보고 분해서 얼른 다른 택시를 찾는다.

#7. 도로/ 저녁

도로를 달리는 콜택시.

#8. 콜택시/ 저녁

뒷좌석에 앉아 있는 마이클(수현). 머리가 헝클어지고, 옷도 다 뜯어졌다. 아까 수현(마이클)에게 눌린 가슴도 아프다. 뒤돌아서 수현(마이클)이 쫓아오는지 확인하는 마이클(수현).

#9. 수현(마이클)이 탄 택시/ 저녁

뒷좌석에 불안하게 앉아 있는 수현(마이클). 앞을 보는데 마이클(수현)이 탄 콜택시가 보이지 않는다.

수현(마이클)	(소리 지른다) 아저씨!! 좀 밟아요!! 빨리!! 좀!!
기사	(큰 소리) 아! 덩치도 큰 아가씨가 목소리도 크네!

놀란 수현(마이클).

기사	덩치 때문에 백미러로 잘 안 보이고… 가만히 좀 있어요!
수현(마이클)	(한마디 하려고) 아… 저기…
기사	(말을 끊으며) 오늘 왜!! 차가 막히는 거야!!!!!!

기사는 괜히 수현(마이클) 들으라고 화를 버럭 내고, 수현(마이클)은 아무 말도 못하고 가만히 있다.

#10. 마이클 집(고급 빌라) 정문 입구/ 저녁

콜택시가 입구에 정차하고 뒷문으로 내리는 마이클(수현). 올려다보면 고급 빌라의 모습이 화려하게 보인다. 입구에 서 있던 경비아저씨 마이클(수현)을 보고 인사하고 마이클(수현)도 자연스럽게 인사하고 들어간다. 바로 뒤에 도착하는 또 다른 택시. 급하게 내리는 수현(마이클). 서서히 닫히는 시작하는 고급 빌라의 정문. 입구 안 마이클(수현)이 보이고, 수현(마이클) 급하게 뛰어오지만 이미 늦었다. 수현(마이클) 앞에서 완전히 닫혀 버린 문.

수현(마이클)	(문을 두들기며) 아저씨! 열어 주세요!! 저라구요!
경비아저씨E	돌아가요! 경찰 부르기 전에!

문을 두드리는 것을 멈추고 한 걸음 물러나는 수현(마이클). 어두운 밤. 크고 웅장한 집. 오늘따라 낯설고 무섭다. 이때 수현(마이클)의 핸드폰 울리고, 마이클(수현)에게 온 전화.

수현(마이클)	(급하게) 무슨 뜻이야? 지금 뭐하는 거냐고!!
마이클(수현)E	이대로도 괜찮은 거 같아.
수현(마이클)	뭐?
마이클(수현)E	난 그냥 이대로 살래.

#11. 마이클 집 정원/ 저녁

정원 앞 테이블에 앉아 있는 마이클(수현). 조경이 잘되어 있는 고급 빌라의 모습이 너무 아름답다.

마이클(수현)	이런 대접 받는 거 처음이야. 'True Size' 모델 예린 맞지? 예린도 한번 보고 싶고.
수현(마이클)E	(비웃음) 예린을 만나? 나 '마이클' 그렇게 한가한 사람 아냐.
마이클(수현)	아니, 한가해! 이제부터 미친 듯이 놀 거니까! 아무튼 내 평생의 소원이었어. 인생역전 별거 아니네. 난 그냥 이렇게 살 거야!!
수현(마이클)E	야, 너 집 비밀번호도 모르면서 어떻게 들어가냐?

마이클(수현) 머리는 너만 쓰는 게 아니야. 난 지금 환자야. 다쳐서 집 비밀번호 하나 생각 안 나는 거 특별한 거 아니잖아? 헨리한테 물어보면 돼.

마이클(수현) 전화를 끊고, 웃으면서 빌라 현관으로 들어간다.

#12. 정문 입구/ 저녁

전화를 끊는 수현(마이클). 고급 빌라를 한번 쳐다보고 주변을 한 바퀴 둘러봐도 도와줄 사람은 아무도 없다. 천천히 뒤돌아서 버스 정류장을 향해 걸어간다. 몇 발자국 걷다가 아쉬워서 다시 뒤를 돌아보다가 포기하고 돌아서는 수현(마이클).

#13. 마이클 집 거실/ 저녁

불 꺼진 거실. 현관문이 열리고 마이클(수현)이 들어온다. 인공지능으로 마이클(수현)이 들어오자 탁! 하고 켜지는 불. 모던한 인테리어가 한눈에 들어온다. 복권에 당첨된 듯한 기분의 마이클(수현)의 얼굴.

엔딩!

7부

눈을 떠도 지옥, 감아도 지옥!

#1. 마이클 집 거실/ 저녁

불 꺼진 거실. 현관문이 열리고 마이클(수현)이 들어온다. 인공지능으로 마이클(수현)이 들어오자 탁! 하고 켜지는 불. 모던한 인테리어가 한눈에 들어온다. 복권에 당첨된 듯한 기분의 마이클(수현)의 얼굴. 거실 가운데 큰 소파, TV, 그 뒤로 마이클 화보 촬영 사진. 바닥도 대리석으로 반짝거리고, 거실의 등도 마치 예술작품 같다. 너무 좋아서 소리를 지르고 싶은데 지르지는 못하고 발만 동동 구른다.

#2. 마이클 집 작업실/ 저녁

불을 켜면 디자인 전문 서적, 스타일링 북이 한쪽 벽면을 다 채우고 있다.

#3. 마이클 집 드레스룸/ 저녁

정장 아이템별로 진열된 드레스룸. 하나씩 구경하면서 기분 좋은 마이클(수현).

#4. 마이클 집 개인 바/ 저녁

거실 한쪽에 복도로 들어가면 재즈 바처럼 꾸며진 공간. 와인 잔을 한번 멋있게 들어 보는 마이클(수현).

#5. 인도/ 저녁

차 다니는 대로변 인도. 수현(마이클)이 황망한 표정으로 앞만 보고 뚜벅뚜벅 걸어가고 있다. 갑자기 하늘에서 빗방울이 떨어진다. 걷던 행인들 뛰어가고, 수현(마이클)은 그대로 비를 맞고 걸어간다. 더 많이 오는 비. 손으로 얼굴을 닦으면서 걸어가는 수현(마이클). 수현(마이클) 앞으로 작은 꼬마가 우산을 들고 걸어온다. 꼬마가 수현(마이클)에게 비닐우산을 주자 감동 받는 수현(마이클). 꼬마는 얼른 엄마한테 달려간다.

꼬마　　　　엄마, 내가 저 뚱뚱한 아줌마 우산 갖다 줬어.

엄마　　　　잘했어. 우리 아들.

엄마와 손을 잡고 돌아가는 꼬마. 수현(마이클)은 화가 나서 우산을 바닥에 버린다. 몇 발자국 걷다가 뒤돌아가서 바닥에 버린 우산을 다시 줍는다. 수현(마이클)의 눈에 길가 만두집이 눈에 들어온다.

수현(마이클)　　　　참아. 넌 이런 걸 먹는 사람이 아냐.

울리는 수현(마이클)의 핸드폰. 마이클(수현)에게 온 전화다. 반가운 마음에 황급하게 전화를 받는 수현(마이클).

수현(마이클)　　　　(급하게) 내가 아깐 미안….

#6. 마이클 집 개인 바/ 저녁

바에 서 있는 마이클(수현).

마이클(수현) 와인 따개는 어디 있어? 여기 와인 엄청 많다~ 이거 몇 년도 꺼야?

와인 병을 하나 들어서 쳐다본다.

#7. 인도/ 저녁

핸드폰을 들고 있는 손이 벌벌 떨리는 수현(마이클).

수현(마이클) 안 돼. 그거 건드리지 마.

마이클(수현)E 아! 찾았다. 미안해~

수현(마이클) 내 와인 건드리지 말라고!!

전화는 이미 끊어지고, 수현(마이클)은 진짜 폭발할 거 같다. 머리를 쥐어 뜯으면서 괴로워하는 수현(마이클). 그 순간 배에서 나는 꼬르륵 소리. 수현(마이클) 입술을 꽉 물고 걸어가고 싶지만 발이 움직이지 않는다. 천천히 만두를 다시 쳐다보는 수현(마이클)은 비참하다.

#8. 마이클 집 개인 바/ 저녁

와인 잔에 멋있게 와인을 따르는 마이클(수현). 와인 잔을 가볍게 흔들어서 향을 맡아 보곤 조금 마신다.

마이클(수현) 인생역전 별거 아니네!!

와인을 가볍게 마시는 마이클(수현).

#9. 만두 집 앞/ 저녁

만두 찜통 앞에 서 있는 수현(마이클). 심각한 표정으로 만두 찜통을 뚫어져라 쳐다보고 있다. 주인아저씨 나오고,

주인	만두 얼마나 드려?
수현(마이클)	(진지하다) 안 먹어요!
주인	그럼 비켜요!

주인, 수현(마이클)을 앞에서 끌어내는데 계속 만두를 보고 있는 수현(마이클)의 얼굴에 금방이라도 눈물이 흐를 거 같다.

#10. 수현 집/ 저녁

밖에서 수현 집의 문이 열리고 들어오는 수현(마이클). 비에 젖어서 온몸은 축 처졌고, 손에 비닐봉지가 들려 있다. 냉장고로 가서 맥주 하나를 가지고, 침대로 걸어오는 수현(마이클). 침대로 걸어와서 비에 젖은 채 그대로 침대 위에 앉아서 만두를 먹는다. 한 개, 두 개 먹다 보니 너무 맛있는 수현(마이클). 맥주캔도 바로 따서 마신다.

수현(마이클)	이건 또 왜 이렇게 맛있어!!

만두를 미친 듯이 먹어치우는 수현(마이클).

(점프)

냉장고 문을 열어서 음식을 전부 다 꺼내는 수현(마이클). 침대 위에 우르

르 쏟아 붓는다. 빵, 즉석요리, 버터, 참치캔을 전부 다 먹는다.

수현(마이클) 어떻게 먹어도 먹어도… 계속 들어가냐…. (피식 바보처럼) 나중에 전쟁 나도 1년 치 먼저 먹으면 안 굶어 죽겠다… 으히….

맥주도 한 캔 더 따서 마시는 수현(마이클).

(점프)
거울을 보면서 웃고 있는 수현(마이클). 얼굴을 힘껏 꼬집어 보는데 너무 아프다. 벽에 걸린 예린의 포스터를 보고 그쪽으로 비틀비틀 걸어간다.

수현(마이클) 예린… 너 오늘 보니까 되게 날씬하구나. 부럽다, 야~

[CG]
포스터 속 예린이 수현을 보고 비웃는다.

수현(마이클) 뭐냐, 비웃냐!! 감히 나 '마이클'을??!! 그치? 너도 좀 이상하지…. (몸을 만지며) 이 몸, 이 몸 주인… 혹시 무슨 부적이라도 썼나??

수현(마이클) 부적을 찾아서 집 안을 여기저기 다 뒤진다. 옷장에서 옷을 다 꺼내고, 책장도 뒤지고, 침대 밑도 찾다가 찾다가… 침대에 푹~ 쓰러져서 그대로 자는 수현(마이클).

#11. 마이클 집 전경/ 아침

맑은 하늘과 마이클 집 전경.

#12. 마이클 집 드레스룸/ 아침

- 옷을 고르는 마이클(수현).
- 멋지게 하나씩 입는다.
- 시계 케이스를 열어 시계를 꺼내고,
- 선글라스를 쓴다.
- 거울 앞에 선 마이클(수현) 완전 멋있다.
- 테이블에 있는 자동차 키 중에 하나를 고른다.

#13. 마이클 집 현관/ 아침

멋있게 차려입은 마이클. 신발장을 열어 본다. 신발장에 여자 신발, 각종 하이힐, 단화, 운동화가 꽉 차 있다.

수현(마이클) 뭐야, 마이클 취향이 이런 쪽이야?

신발장 위쪽 칸을 열어 보면 보이는 남자 신발. 정장 구두를 꺼내서 신는다. (오늘 입은 의상 스타일하고는 전혀 맞지 않는)

#14. 마이클 집 주차장/ 아침

주차장으로 나오는 마이클(수현). 손에 자동차 키를 들고 있다. 스마트키를 누르면 주차된 마이클 차에서 반짝 불이 들어온다. 완전 좋은 스포츠카. 누가 보는 사람이 없는지 한번 둘러보고 문을 열고 차에 타는 마이클

(수현).

#15. 마이클 차/ 아침

운전석에 앉는 마이클(수현). 핸들, 의자, 백미러도 한번 보고 화려한 슈퍼카의 내부 인테리어 시동키를 한번 눌러 보는 마이클(수현). 부르릉~~~ 하고 슈퍼카의 엔진 소리와 함께 시동이 걸리고 그 소리에 깜짝 놀란다. 호흡을 가다듬고 천천히 운전을 해 출발을 하는 마이클(수현).

#16. 도로/ 아침

도로 위를 달리는 마이클의 차. 오픈을 하고 운전하는 마이클(수현).

마이클(수현)　　　오오~~ 별거 아니네!!

마이클(수현) 속도를 내서 달린다.

#17. 수현 집/ 오전

침대에서 엎드려 자고 있는 수현(마이클). 갑자기 눈을 뜨고, 벌떡 일어난다.

수현(마이클)　　　아, 머리야~

침대 위에는 다 먹은 만두, 치킨 케이스, 맥주, 음료수 병이 널려 있다. 퀭한 얼굴의 수현(마이클).

수현(마이클)　　　(현실 부정) 이건 꿈이야… 꿈.

다시 침대에 엎드려서 잠을 자는 수현(마이클).

#18. 오픈카페 테라스석/ 오전

마이클(수현) 창가에 앉아서 커피를 마신다. (최대한 멋있게) 사람들이 핸드폰으로 사진을 찍으면 멋있게 포즈. 여학생에게 멋있게 사인을 해 주는 마이클(수현). 햇살도 눈부시고 모든 게 완벽하다.

#19. 백화점 1층/ 오후

백화점을 도도하게 들어오는 마이클(수현). 고객들 알아보고 사진을 찍고, 친절하게 손 인사를 하는 마이클(수현).

#20. 1층 주얼리 매장/ 오후

주얼리 매장으로 가서 반지, 목걸이를 산다. 계산하고 쇼핑백을 받는 마이클(수현). 매너 인사를 하고 멋지게 돌아선다. 사람들의 시선을 느끼면서 걸어가는 마이클(수현).

#21. 명품 여성의류 브랜드 매장1 / 오후

여성복 매장에 들어가는 마이클(수현). 사람들 알아보고 핸드폰으로 사진을 찍는다. 가볍게 포즈를 취해 주고, 의상을 살펴보다가 마음에 들지 않자 그냥 나온다.

#22. 명품 여성의류 브랜드 매장2/ 오후

마이클(수현), 옷을 하나 들고 고심하고 있다. 세일품목 앞에 서 있는 마이클(수현).

#23. 명품 가방 브랜드 매장/ 오후

가방 매장에서 나오는 마이클(수현), 많아진 쇼핑백.

#24. 구두 브랜드/ 오후

구두 매장에서 나오는 마이클(수현). 이젠 손에 물건을 들 수 없을 만큼 많다.

#25. 백화점 True Size 매장 앞/ 오후

복도를 걷던 마이클(수현), 'True Size' 매장을 발견하고 들어간다.

#26. 백화점 True Size 매장/ 오후

마이클(수현)이 갑자기 들어가자 'True Size' 직원 모두 놀라고 쇼핑을 하던 고객들은 환호하며 박수를 친다. 우쭐해진 마이클(수현) 손 인사를 하고, 사람들하고 악수, 포옹을 나눈다. 주변에서 핸드폰으로 그 모습을 전부 찍는다. 매장 매니저가 마이클(수현)에게 와서 90도 인사한다.

매장 매니저　　마이클, 연락도 없이 무슨 일로…

마이클(수현)　　서프라이즈 이벤트?

엔딩!

8부

셀럽으로 사는 법

#1. 백화점 True Size 매장/ 오후

즉석에서 팬 사인회를 진행하는 마이클(수현). 테이블에 앉아서 사인을 하고 있고, 고객들 줄을 서서 사인을 받아 간다. 멋있게 사인을 해 주는 마이클(수현).
마이클(수현) 사인 다 하고 악수, 사진을 찍는 사람과도 환하게 포즈. 웃으면서 사인을 하는 마이클(수현).

#2. 수현 집/ 오후

자고 있는 수현(마이클). 밖에서 누가 계속 문을 두들기며 벨소리가 들린다.

택배원E 한수현 씨? 한수현 씨!!

자다가 소리에 깬 수현(마이클).

수현(마이클) 한수현? 아…

침대에서 내려와 문으로 걸어가는 수현(마이클). 문을 여는 수현(마이클).

택배원 한수현 씨, 택배 왔어요.

수현(마이클) 아, 네. 감사합니다.

택배상자를 받는 수현(마이클) 뒤로 어제 먹은 술, 과자, 인스턴트 음식이 보인다. 이상하게 수현(마이클)을 쳐다보고 돌아가는 택배원. 문을 닫고 힘들게 다시 침대로 와서 털썩 주저앉는 수현(마이클). 택배상자를 한번 쳐다보고 박스를 뜯는다. 상자 속에서 나오는 수현의 속옷! 손으로 들어서 대 보면 완전 빅사이즈의 레이스가 달린 속옷! 침대로 휙~ 던져 버리는 수현(마이클).

수현(마이클) 불안해. 뭔가 계속 불안해!!

일어나서 냉장고로 가서 물을 꺼내서 식탁에 앉는 수현(마이클). 물을 마시면서 습관적으로 핸드폰을 확인한다. 순간 눈이 커지면서 마시던 물을 다 뿜어 버리는 수현(마이클).

화면 위로 CG.
[SNS 피드, 블로그]
- 마이클 신발 사진.
- 마이클 머리 큰 사진.
- 마이클이 여자 브랜드 쇼핑백 들고 있는 사진.
- 예린 포스터 아래서 사인하고 있는 마이클.
- 마이클이 창가 커피숍에서 눈 감고 커피 마시는 사진.
멘트) "이 신발 완전 튀네. 옷이 NG인 건가, 신발이 NG인 건가."

- 커피숍에서 팬하고 사진을 찍은 마이클.
  멘트) "지 머리 작은 거 자랑하냐고. 짜증 나."

- 목걸이를 사는 마이클, 쇼핑백을 잔뜩 들고 있는 마이클.
  멘트) "여친 공개하나 봐? 여친 공개해!"

- 사인회에서 줄을 서서 기다리고 있는 사진.
  멘트) "말 열라 많네. 기다리는 사람 좀 생각해 주지."

핸드폰을 보고 있는 수현(마이클)의 손이 부들부들 떨린다. 입도 벌린 채 화면만 보고 있는 수현(마이클).

수현(마이클)	여기 어디야?

사인회 사진을 손가락으로 늘려서 확대해서 보는 수현(마이클). 어딘지 확인했다. 일어나서 옷장으로 가서 옷을 고른다.

#3. 백화점 True Size 매장/ 오후

팬과 악수를 하는 마이클(수현).

팬1	오늘 대박! 이따 예린 언니두 온대요!
마이클(수현)	(놀란다) 예린이요?
팬1	네, 저희 다 언니 팬클럽이에요.
마이클(수현)	부럽다. 나도 예린 실제로 봤으면 좋겠다.

마이클(수현)이 앉은 자리 바로 뒤에 마이클과 예린이 찍은 포스터. 팬, 매장 매니저, 직원까지 모두 이상하게 마이클(수현)을 쳐다본다.

마이클(수현)	(상황 판단) 아, 개인적으로요. 일은 일이니까.
팬1	(반짝) 그럼 행사에 오세요! 깜짝 게스트로요.

뒤에 같이 서 있던 팬클럽 박수를 친다. 휘파람 불면서 분위기를 계속 유도하는 팬클럽. "오세요~", "예린하고 잘 어울려요"라면서 계속 박수를 치고, 마이클(수현) 자기도 모르게 상상만으로도 기분이 좋다.

마이클(수현)E	예린 보러 한번 가?

팬클럽을 보면서 환하게 웃는 마이클(수현)의 얼굴.

#4. 택시/ 오후

택시에 앉아 있는 수현(마이클), 초조하다. 마이클(수현)에게 전화를 거는데 받지 않는다.

수현(마이클)	좀 빨리요!
기사	사고 났나? 움직이질 않네.
수현(마이클)	그럼 여기서 내릴게요.

#5. 대로/ 오후

택시에서 내리는 수현(마이클). 방향 파악하고 백화점을 향해 미친 듯이 뛴다.

수현(마이클)E　　비비안한테 먼저 잡히면 끝이야!

뚱뚱한 수현(마이클)이 미친 듯이 뛰자 사람들 놀라서 다 옆으로 피한다.

#6. 호텔 고급 식당/ 오후

동그란 타원형의 테이블에서 비비안과 최대 의류기업 강 회장과 식사를 하고 있다.

강 회장　　끝내 거절인가?
비비안　　죄송합니다.
강 회장　　둘 중 누구야? 내가 누구한테 까인 거야?
비비안　　누가 강 회장님을 깔 수 있겠어요!!

강 회장과 비비안 서로 웃으면서 차를 마신다.

비비안　　새로 런칭하신 브랜드 스타일 좋던데요.
강 회장　　자네들이 왔다면 훨씬 좋았겠지.
비비안　　(애교 있게) 회장님….

이때 뒤에 서 있던 비서가 강 회장에게 핸드폰을 주고 비비안도 그 사이에 잠깐 백에서 핸드폰을 꺼낸다. 부재중 전화 30통.

[헨리 문자]
누나 빨리 전화!

앞에 전화를 받던 강 회장의 표정도 좋지 않다.

강 회장	(무서운 표정) 비비안, 날 이런 식으로 물을 먹여?
비비안	네? 무슨 말씀이신지….

#7. 백화점 주차장/ 오후

주차된 차에서 급하게 내리는 헨리. 울리는 핸드폰.

비비안E	너 어디야?
헨리	마이클 잡으러 가고 있어.
비비안E	뭐 했어? 감시하라니까!
헨리	스케줄 취소했으니까 나도 쉬었지.

#8. 호텔 고급 식당/ 오후

회장과 일행은 없고, 비비안 혼자 앉아 있다.

비비안	마이클이 다른 브랜드 매장에 왜 들어간 거야? (강 회장 앉아 있던 자리를 보며) 거기 강 회장 매장이라고!

#9. 명품 여성의류 브랜드 매장1/ 과거 (7부 #21 이어서)

매장으로 들어오는 마이클(수현)을 이상하게 쳐다보는 매니저. 고객들도 신기하게 쳐다보면서 핸드폰으로 찍는다. 마이클(수현) 매장에 있는 옷을 들어 보면서 구경하다가 마음에 안 들어 고개를 절레절레 흔들고 그대로 나가 버린다. 마이클이 나가자 계산대에 있던 고객들은 계산 안 하겠다고 옷을 놓고, 마침 계산하고 나가던 고객도 환불해 달라고 한다. 순간 텅 빈 매장. 매니저 전화를 걸어 본사에 보고.

#10. 백화점 주차장/ 오후 (#7 연결)

헨리 걸어가면서 전화하다가 놀라서 멈춘다.

헨리	(놀라서 손으로 입 가리며) 미쳤어! 강 회장 브랜드 망하라고 재 뿌렸다고 하겠네.
비비안E	그 자식 당장 잡아와!

헨리 전화를 끊고, 앞에서 걸어오는 사람을 보고 얼른 벽 뒤로 숨는다. 예린과 매니저가 이야기를 하면서 걸어오고 있다. 엘리베이터 입구로 걸어가는 예린과 매니저.

헨리	걘 또 여기 왜 왔어?

헨리는 미칠 것 같다. 엘리베이터도 못 타고 반대편에 있는 비상구를 발견하고 뛴다.

#11. 대로~백화점 정문/ 오후

열심히 뛰어오는 수현(마이클). 땀이 흐르고 얼굴은 빨갛게 돼서 당장이라도 터질 거 같다. 숨이 차서 잠깐 서서 헉헉거린다. 다시 뛰려는데 무릎이 아파 움직여지지가 않는다. 주먹으로 무릎을 치면서 백화점을 쳐다본다.

수현(마이클)	뭐? 마이클로 살고 싶어? 너 오늘 마이클로 죽을 줄 알아!

수현(마이클) 백화점으로 뛰어간다.

#12. 백화점 에스컬레이터/ 오후

이미 타고 있는 사람을 피해서 위로 빨리 올라가는 수현(마이클).

수현(마이클)	비켜요! 비켜!!!

사람들 짜증 내면서 조금 비켜 주는데 수현(마이클)이 지나갈 만큼 넓지 않고 거의 끼어서 겨우겨우 에스컬레이터를 올라간다.

#13. 백화점 예린 팬 사인회장/ 오후

팬 사인회장 무대 뒤. 팬클럽 5명하고 이야기를 하고 있는 마이클(수현). 마이클(수현)의 머리에 리본이 선물처럼 묶여 있다.

마이클(수현)	(리본이 어색) 이건 좀….
팬1	선물이잖아요. (꽃다발을 주며) 이것도 같이!

마이클(수현) 꽃다발을 받는다.

팬2 (뛰어오며) 언니 도착했어요.

팬1, 2 무대로 들어가고, 앞에 있는 거울로 체크하는 마이클(수현). 꽃다발을 들고 포즈를 취해 본다. 무대에서 들려오는 환호소리! 갑자기 긴장되는 마이클(수현).

헨리E 미쳤어! 마이클이 거길 왜 가!???!!

엔딩!

9부

30kg만 빼 줘! 가볍게

#1. 백화점 True Size 매장/ 오후

헨리 다리에 힘이 풀려서 그대로 주저앉는다. 이어서 수현(마이클) 매장으로 뛰어 들어오고, 앉아 있는 헨리를 발견한다.

수현(마이클)　　헨리, 그 여자 어디 있어?

헨리는 수현으로 변한 마이클을 못 알아보고 그냥 주저앉아서 한탄.

헨리　　우리 형 이제 망했어~
수현(마이클)　　정신 차려! 내가 망하긴 뭘 망해!
헨리　　예린이 형 가만 안 둘 거야.

#2. 백화점 예린 팬 사인회장 무대 위/ 오후

바닥에 던져지는 꽃다발. (예린이 받은 꽃다발 던짐)

팬들　　어머!!

무대 위에 열 받은 예린과 당황한 마이클(수현)이 서 있다. 객석의 팬들 놀라서 웅성웅성.

예린	마이클 여기 왜 왔어?
마이클(수현)	예린 씨가 모델…이니까 특별손님으로….
예린	당신이 나 짤랐잖아. 구겨진 포장지라며?

예린 죽일 듯이 째려보면서 마이클(수현)을 향해 천천히 걸어온다. 놀란 마이클(수현) 뒷걸음질을 치고… 팬들 쳐다보면서 "'구겨진 포장지?'가 뭐야?", "언니 짤린 거야?"라며 웅성거린다. 팬 사인회장 뒷문으로 들어오는 수현(마이클)과 헨리에게 무대 위 예린과 당황한 마이클(수현) 보인다. 수현(마이클)이 천장을 쳐다보는데 거기에 화재경보센서가 보인다.

수현(마이클)	(헨리에게) 숙여!
헨리	네?
수현(마이클)	숙이라고!!

헨리가 머리를 어설프게 숙이자 힘으로 확 눌러서 헨리를 밟고 위로 올라간다. 종이에 불을 붙여서 화재경보센서에 가져다 대자 곧바로 화재 경보음이 울린다.

(슬로우)

- 경보음에 놀란 무대 위 예린과 마이클(수현).
- 매니저, 무대로 올라와 예린을 데리고 나가는데 넘어지는 예린.
- 팬들 일어나서 출구로 서로 나가려고 하고,
- 무대로 뛰어가는 수현(마이클).
- 헨리 일어나다가 팬들에게 넘어져서 다시 깔린다.

- 뛰어오는 수현(마이클)을 보고 놀라는 마이클(수현).
- 무대 위에 있는 마이클(수현)을 잡는 수현(마이클).

#3. 수현 집 앞, 헨리 차/ 저녁

헨리 운전석에 앉았고. 뒷좌석에 앉아 있는 마이클(수현)과 수현(마이클).
세 사람 모두 머리부터 얼굴, 옷 등 전부 엉망이다.

헨리	마이클…
수현(마이클)	(자연스럽게 대답) 왜?
헨리	(수현에게) 왜 그쪽이 대답해요?

수현(마이클), 옆에 앉아 있는 마이클(수현)을 옆구리를 툭 친다.

마이클(수현)	어, 헨리.
헨리	형도 그냥 여기서 내려.

뒷좌석 두 사람 동시에 놀라서 헨리 쳐다본다.

헨리	지금 가면 비비안이 형 가만 안 둘 거야. (본인 감정에 취해서) 어서 내려. 보내 줄 수 있을 때 어서!!

헨리 마치 영웅본색 영화 장면처럼 슬프게 과장되게 흐느낀다.

#4. 수현 집 앞/ 저녁

차에서 내리는 두 사람. 운전석 창문을 내리고 헨리 아련하게 마이클(수현)을 쳐다본다.

헨리 살아서 만나.

시동을 걸고 출발하는 차. 멀어지는 헨리의 차.

수현(마이클) 짜식. 그래도 양심은 있네.
마이클(수현) 근데 내가 뭘 잘못한 거야?

#5. 수현 집/ 저녁

거실 테이블에 마주 보고 앉은 수현(마이클), 마이클(수현).
태블릿PC로 SNS, 기사를 보고 있는 마이클(수현).

마이클(수현) 와! 진짜 말도 안 돼!! 나 얘네 사진 다 찍어 주고 사인도 해 주고… (태블릿 식탁에 내려놓고) 와… 완전 사기다, 진짜! 예린은 뭐야? 왜 나를 보고 화를 내?
수현(마이클) 개 짤렸어.
마이클(수현) (한숨) 어쩐지….
수현(마이클) 그 옷에… 그 신발이… 어울려? 그 옷 당장 벗어!
마이클(수현) (약간 미안) 드레스룸에 세트로 걸려 있길래.
수현(마이클) 그거 바자회 보낼 거라고!
마이클(수현) 그 많은 걸 전부 다?
수현(마이클) 그게 너랑 무슨 상관인데? 그게 니 거야? 내 거지!

내 거니까 내 마음대로 하는 거야. 나 '마이클' 거니까 나 '마이클' 이름으로 기부할 거야.

마이클(수현) (눈치 보며) 멀쩡하던데 너무 아깝다.

수현(마이클)이 째려보자 마이클(수현)은 사고 친 게 미안해서 눈빛을 피하고 일어나서 냉장고 문을 연다. 텅 빈 냉장고.

마이클(수현) 너 여기 있는 거 다 먹었어?
수현(마이클) (폭발) 그래! 그것도 아깝냐?

#6. True Size 본사 사무실/ 저녁

사무실에 노트북만 켜고 보고 있는 비비안. 오늘 하루 나온 기사, SNS 사진을 보고 있다. 헨리 조용히 문을 열고 들어온다.

[CG]
비비안 뒤에 검은 연기와 스모그 나온다

헨리 누나, 형은 그 여자 집에 갔어.

사무실 밖에서 노크를 하는 소리. 무섭게 문을 쳐다보는 비비안. (문을 열어 주라는 뜻) 헨리, 문을 열면 특이한 복장의 옷을 입은 사람들이 한 명씩 들어온다.

(점프)

심령술사, 최면술사, 퇴마사, 뇌과학자, 평범한 일반인이 회의테이블에 앉아 있다. (이 사람들 분장이나 소품 상당히 과장되게) 헨리와 비비안도 함께 앉아 있다.

비비안	오시느라 고생 많으셨어요.
심령술사	(구슬을 만지며) 한이 맺힌 악령이 보여요. 그 악령이 울고 있어요~
최면술사	문제는 본인에게 있지요. 가슴속 깊은 응어리를 풀어야 합니다.
퇴마사	(둘 다 이상하다) 이 터가 문제야, 터가! 죄다 귀신이야!
뇌과학자	(앞의 세 사람 한심) 당장 뇌파검사부터 합시다!
일반인	다 필요 없고! 대가리를 한 방 쾅! (책상을 치고 다들 놀람)

비비안 이 사람들을 쳐다보면서 흐뭇하게 웃는다.

비비안	(마녀처럼) 으하하하하~~~

5명과 비비안까지 헨리 순간 너무 무섭다!

헨리	마이클… 도망쳐!!!

#7. 야시장/ 저녁

야시장을 걷고 있는 마이클(수현)과 수현(마이클). 밤인데도 선글라스를 끼고 있는 마이클(수현). 걸으면서도 자꾸 누가 쳐다보는 건 아닌지 신경 쓰이고 두리번거린다. 수현(마이클)은 오히려 신경 안 쓰고 신나게 걸어간다.

#8. 야식당/ 저녁

야식당의 외부 테이블.

마이클(수현)	야. 이런 데 오면 어떡해? 사진 찍히잖아.
수현(마이클)	그거나 벗어!
마이클(수현)	싫어.
수현(마이클)	니가 연예인이야, 수배자야?

마이클(수현) 천천히 선글라스를 벗는다. 할 말이 있는 듯 눈만 깜빡깜빡하는 마이클(수현).

마이클(수현)	좋아. 나도 조건이 있어. 나 30kg 빼 줘!
수현(마이클)	야, 장난하냐?
마이클(수현)	장난 아니야. 최대한 노력하고 협조할게! 30kg 감량. 딱 45kg까지만!
수현(마이클)	너 75kg야? 대박….

수현(마이클) 자신의 몸을 한번 보고 놀란다. 맞은편에 앉아 있는 마이클(수현), 진지하게 쳐다본다. 서로 양보 없이 눈싸움을 하는 두 사람.

수현(마이클)	(결심) 좋아! 말 바꾸지 마.
마이클(수현)	당신이나 약속 지켜.
수현(마이클)	이건 약속이 아니라 계약이야.

수현(마이클) 앞에 술잔에 술을 따르고 술잔을 든다.

마이클(수현)	나 궁금한 게 하나 더 있는데.
수현(마이클)	조건이 더 있어?
마이클(수현)	아니… 너 여자 신발 모으는 게 취미야?
수현(마이클)	프라이버시야.
마이클(수현)	그것도 바자회용이야? 이쁜 거 진짜 많던데 나중에 나 줘.
수현(마이클)	(참는다) 그… 신발 건드리지 마라.
마이클(수현)	뭐야, 설마 그거 니가 신는 거야? 진짜 취향이 그런 쪽이었어?
수현(마이클)	(감정 없이) 어릴 때 엄마가 신발을 좋아했어. 신발장을 꽉 채운 알록달록한 신발들이 아직도 생생해. 어느 날, 학교 갔다 집에 왔는데 그 신발들이 하나도 없는 거야. 집도 텅~ 비어 있고…. (슬프지만 최대한 담담하게) 그냥, 예쁘잖아. 아름다움을 추구하는 건 내 직업이야.

마이클(수현), 잔에 술을 따라서 술잔을 든다.

마이클(수현)	오케이! 내 몸무게가 45kg가 되면 원래로 돌아가는데 적극 협조할게!
수현(마이클)	Deal Done!!

피식 웃으면서 술잔을 드는 수현(마이클). 부딪히는 두 사람의 술잔.

엔딩!

10부

마이클 살해 협박하는 건 누구?

#1. 마이클 집 앞/ 아침

(배경음악: 신나는 음악/ 권투영화 OST 같은)

운동복을 입고 나오는 마이클(수현). 조깅을 하면서 뛴다.

#2. 수현 집 앞/ 아침

땀복을 입고 수건까지 제대로 챙겨서 나온 수현(마이클), 비장한 얼굴로 뛰기 시작한다.

#3. 공원 (2부 #9 동일 장소)/ 아침

놀이터로 뛰어오는 수현(마이클). 바로 뒤로 마이클(수현) 뛰어온다.

수현(마이클) (운동하면서) 내 생일?

마이클(수현) 97년 3월 31일. 양자리. 겁나 소심한 별자리.

수현(마이클) 그건 자료에 없을 텐데?

마이클(수현) 뒤에는 내 분석이야! 대학교 때 디자인 콩쿠르 입상. 그 대회 스폰서였던 비비안을 만남. 'True Size' 런칭. 독보적인 스타일로 평단의 칭찬과 욕을 동시에 먹음!

수현(마이클) 인기와 안티는 비례하니까! 그리고 다음 수상내역!

마이클(수현)　　　(같이 운동) 쪼지 마. 난 긴장하면 다 까먹어.
수현(마이클)　　　좋아. 모르면 기억 안 나는 척해.
마이클(수현)　　　알았다고.

운동을 하면서 가운데 쪽으로 걸어가는 마이클(수현).

마이클(수현)　　　여기야. 내가 여기 누워 있었어.

수현(마이클) 번개 맞은 곳을 천천히 살펴본다. (마치 과학수사 하듯) 한 바퀴 둘러보고, 흙도 만져 보고, 손으로 하늘하고 각도를 재 본다. 완전 전문가 포스.

마이클(수현)　　　이런 것도 볼 줄 아나 봐.
수현(마이클)　　　(쿨하게) 아니, 몰라!
마이클(수현)　　　뭐야. 폼은 다 잡더니!
수현(마이클)　　　원래 현장감식이 제일 중요한 거다.

수현(마이클) 계속 사고 난 자리를 조사한다.

#4. True Size 본사 1층 매장 앞/ 오전

매장 앞에 뭉친 종이를 던지는 사람. 출근하는 매장 매니저가 문을 열려고 하는데 앞에 있는 종이 뭉치를 발견, 주워서 펴 보면 마이클의 사진이다. 놀라는 매니저.

#5. True Size 다른 매장 앞/ 오전

매장 앞에 걸려 있던 마이클 포스터를 찢어서 손으로 구겨서 바닥에 버린다.

#6. 헨리 차/ 오전

도로 위 헨리 차. 뒷좌석에 앉아 있는 마이클(수현). 문자 중이다.

[CG] 문자 화면

마이클(수현) 시키는 대로 입었고, 출근 중이야.

수현(마이클) 기죽지 말고. 마이클은 항상 당당하다고.

마이클(수현) 걱정 말라고! 그쪽은 잘되고 있어?

수현(마이클) 계약은 지키라고 있는 거야.

마이클(수현) 웃으면서 핸드폰을 넣는다.

#7. 수현 집/ 오전

체중계에 올라가는 수현(마이클) 무게 쭉쭉 올라가고, 75kg.

수현(마이클) 진짜 75잖아? 농담인 줄 알았는데….

곰곰이 생각하는 수현(마이클).

(몽타주)

- 비닐봉지를 가지고 주방으로 가서 인스턴트 음식을 다 봉투에 넣는다.

- 양념 중에서 설탕, 소금 전부 다 치운다.
- 옷장에서 큰 사이즈 옷(박스티) 전부 꺼내 치운다.
- 소파에 인형, 쿠션 같은 푹신한 것들도 전부 다 치워 버린다.

텅 비어 보이는 수현의 집. 만족스럽게 웃는 수현(마이클). 체중계 위에 올라가는 수현(마이클). 75.5kg!! 더 늘었다!! 짜증 내며 체중계에서 내려온다. 그때 눈이 보이는 벽에 붙어 있는 예린의 포스터.

수현(마이클)　　　오늘따라 니가 너무 부럽다.

괴로워하며 벽을 치는 수현(마이클).

[CG]
포스터 속 예린 입꼬리가 살짝 올라간다.

#8. True Size 본사 사무실/ 오전

#7의 예린 포스터에서 구겨진 마이클 홍보 전단지로 자연스럽게 화면 전환. 마이클 얼굴에 빨갛게 귀신처럼 낙서가 되어 있고, 갈기갈기 찢어져 있다. 책상에 구겨진 마이클 전단지가 가득 올려져 있다. 마이클(수현), 헨리 구겨진 종이 하나하나 다 펴서 자세히 쳐다본다. 펼 때마다 깜짝 놀라는 마이클(수현)과 헨리.

헨리　　　무슨 뜻이지? 경고장인가?
마이클(수현)　　　무슨 경고?

헨리　　　　　　　1차는 사진, 2차는 실제로… 확!!

헨리와 마이클(수현) 서로 쳐다보면서 긴장된 표정. 침이 꼴깍 넘어가는데 밖에서 문이 벌컥 열린다. 놀란 두 사람. 사무실로 들어오는 비비안.

비비안　　　　　　예린 팬클럽이야. (마이클 보고) 마이클, 굿모닝!
마이클(수현)　　　어, 비비안.

비비안 바로 책상에 앉는다.

비비안　　　　　　팬 사인회 현장 글이 올라왔어. '구겨진 포장지' 그거 때문에 난리야.
마이클(수현)　　　(궁금) 맞아. 그게 무슨 말이야?
헨리　　　　　　　형이 예린 짜르면서 그랬잖아. 살 쪘다가 뺀 모델은 구겨진 포장지 같다고…. 펴도 주름은 남는다고….
마이클(수현)E　　이런 미친 또라이….
비비안　　　　　　더 퍼지기 전에 막아야 돼.
마이클(수현)　　　내가 직접 사과를 하면 어때? 마음으로 진 빚은 마음으로 갚는 거니까. 분명 진심은 통할 거야.

[CG]
마이클(수현) 뒤에 하늘의 햇살과 천사의 날개가 확~ 펼쳐진다. 정의롭고 천사 같은 마이클(수현)의 얼굴.

마이클(수현)을 경이롭게 보고 있는 헨리와 마음에 안 드는 표정의 비비안. 순간 쨍그랑 하고 유리창이 깨지고 밖에서 돌이 날아온다. 놀라서 몸을 숨는 마이클(수현)과 헨리, 비비안. 헨리 일어나서 창밖을 보면 아래위로 검은 바지, 자켓, 모자를 쓰고 마스크를 한 사람이 도망간다. 바닥에 떨어진 돌에 싸여 있는 마이클의 사진. 마이클의 사진의 얼굴이 완전 갈기갈기 찢겨 있고 '죽어라'라고 쓰여 있다.

마이클(수현)　　진짜 너무 무섭다!!

#9. True Size 본사 복도 구석/ 오전

수현(마이클) 아무도 없는 구석에서 몰래 마이클(수현)과 통화 중이다.

수현(마이클)E　　그러게 팬 사인회엔 왜 갔어!

마이클(수현)　　니가 그 정도로 쓰레기인 줄 내가 알았겠냐? 구겨진 포장지? 넌 이제 예린 팬클럽한테 맞아 죽을 거야!! 아니지! 내가 죽는 건가? 억울해!!!

#10. 킥복싱·에어로빅장 입구/ 오전

입구에 서 있는 수현(마이클).

수현(마이클)　　진정해. 지금 내가 할 수 있는 게 없잖아.

마이클(수현)E　　그럼 어쩌라고?

수현(마이클)　　비비안 하자는 대로 해!

전화를 끊고 한숨을 푹 쉬는 수현(마이클).

수현(마이클)　　　이쪽도 긴급사태라고….

수현(마이클)이 입은 바지 엉덩이 쪽이 쭉 찢어졌다. 엉덩이 쪽에 구멍이 크게 나 있는. 차마 킥복싱·에어로빅장에 들어가지 못하고 문 옆 벽에 손을 대고 한숨을 쉬며 숙이는 수현(마이클).

#11. 킥복싱·에어로빅장/ 오전

몸을 풀고 있는 회원들. 남녀 합쳐서 10명 정도 있다. 그중에 긴 티를 밖으로 빼고, 구멍 난 검정색 바지를 입고 있는 수현(마이클). 스트레칭을 하는 자세로 어설프게 앉아 있다. 스트레칭을 하면 구멍이 보일까 봐 최대한 다리를 모으고 낑낑대고 있는데 옆에 있는 여자 회원은 탑브라에 레깅스를 입고 완벽한 몸매를 자랑하며 스트레칭 중. 남자 코치 그 옆에서 자세를 교정해 준다. 그러다가 수현(마이클)을 보는 코치.

수현(마이클)E　　　오지 마. 오지 마….
코치　　　(다리를 툭툭 치며) 이렇게 대충하시면 다쳐요.

코치 발로 쳐도 수현(마이클) 다리가 그대로 있자 옆에 있는 남자 회원 2명 부른다. 남자 2명이 와서 각자 한쪽 다리 잡고 뒤에선 허리를 누른다.

코치　　　힘을 빼세요.
남자1　　　움직이질 않네.

남자2　　　　　　하나, 둘, 셋!

버티던 수현(마이클) 다리가 일자로 쫙~ 벌어지고,

수현(마이클)　　　안 돼!!

절박한 수현(마이클) 모습에서!!

엔딩!

11부

트루사이즈 신데렐라 찾기

#1. 킥복싱·에어로빅장/ 오전

마이클(수현)의 상의가 올라가서 가리고 있던 바지 엉덩이 속옷이 보인다. 뒤에 있던 사람들 헉! 하고 놀라고, 수현(마이클) 너무 창피하다.

(점프)

복싱 스텝을 밟고 있는 수현(마이클). 매서운 눈초리로 프로 같은 폼을 유지하며 복싱 스텝을 밟는다. 앞의 거울을 무섭게 쳐다보며 집중하는 수현(마이클).

수현(마이클)E　　어떻게 하지? 하루하루 이렇게 살 순 없어. 방법을 찾아서 빨리 돌아가야 해.

최대 파워로 주먹을 휙! 날리는 수현(마이클). 뒤에서 피해 가던 코치가 정통으로 맞는다. 코치 코에서 코피가 흐르고, 수현(마이클)을 한 번 보고 기절.

#2. True Size 본사 밖/ 오후 (첩보영화처럼)

(배경음악: 첩보영화 OST)

건물 뒤쪽으로 선글라스, 모자, 스카프를 두르고(변장)을 한 헨리. 스파이처럼 가슴에 손을 넣고 (마치 총을 든 것처럼) 주변을 두리번거리면서 길을 걸어간다.

#3. 큰길/ 오후 (첩보영화처럼)

(배경음악: 첩보영화 OST)

긴 머리 가발을 쓰고, 모자를 눌러쓰고, 원피스에 여장을 한 마이클(수현). 마치 누구에게 쫓기듯이 급박하게 걸어가서 대로변에 세워져 있는 헨리 차에 탄다.

#4. 헨리 차/ 오후

차에 황급히 타는 마이클(수현). 운전석에 있는 헨리. 보조석에는 학생처럼 머리를 양쪽으로 묶고, 캐주얼 옷을 입은 비비안 앉아 있다.

비비안	따라오는 사람 없었지?
마이클(수현)	어. 없었던 거 같아.
헨리	우리 진짜 이렇게까지 해야 해?
비비안	더 커지기 전에 막아야지. 출발해.
헨리	어디로?

비비안을 쳐다보는 마이클(수현)과 헨리.

#5. 버스 정류장/ 오후

길가 버스 정류장으로 힘없이 걸어가는 수현(마이클). 거의 다 왔는데 정류장에 버스가 벌써 도착했다. 보고 미친 듯이 뛰기 시작한다. 수현(마이클) 뛰고 있는데 버스는 이미 떠나고, 스텝이 꼬여 길바닥에 넘어진다. 지

나가는 사람들 놀라서 쳐다보고,

수현(마이클)E 아, 쪽팔려!! 어떡하지? 기절한 척하자.

그대로 기절한 척하는 수현(마이클).
수현(마이클) 길바닥에 누워 있는데 지나가는 사람들 그냥 피해서만 지나간다. 수현(마이클)의 시선으로 보이는 사람들의 다리.
사람들이 지나가지만 수현(마이클)을 도와주지 않는다. 처음 받아 보는 사람들의 무관심에 당황하고 창피하고 슬픈 수현(마이클)의 얼굴.

#6. 수현 집 앞/ 오후
힘없이 바닥만 보고 걸어오는 수현(마이클). 여장을 하고 집 앞에 서 있는 마이클(수현)을 발견한다. 순간 열 받아서 뛰어가는 수현(마이클).

수현(마이클) (멱살을 잡으며) 내 몸 내놔! 내 몸!!
마이클(수현) 놓고 말해. 뒤에… 저기 뒤에…

마이클(수현)의 멱살을 잡은 수현(마이클)의 손을 억지로 떨어뜨려 놓는다. 차에서 비비안과 헨리 내린다. 두 사람 모두 변장한 모습이 창피해서 차마 고개를 못 들고,

수현(마이클) (조용히 낮은 목소리) 너 따라와….

마이클(수현)에게 집으로 따라 들어오라는 신호.

#7. 수현 집/ 오후

마이클(수현)을 끌고 들어오는 수현(마이클).

수현(마이클)	꼴이 왜 이래?
마이클(수현)	사무실로 협박편지까지 날아왔어. 목숨의 위협을 받고 있다고!
수현(마이클)	그럼 경찰서로 가야지. 여기가 대피소야?

#7-1. 수현 집 앞, 헨리 차/ 오후/ 과거

수현 집 앞에 주차되어 있는 헨리의 차.

차 안에 앉아 있는 마이클(수현), 헨리, 비비안.

비비안	모델을 다시 뽑자! 일반인으로. 아주 흔한 스타일로.
헨리	그게 도움이 될까?
비비안	스타를 만들어야지. 이슈는 이슈로 덮는 거야.
마이클(수현)	근데 여긴 왜 와?
비비안	(마이클(수현)을 보며) 방금 말했잖아. 아주~ 흔하고 평범한 사람이라고.

#현재/ 수현 집

어깨를 들썩이면서 환하게 웃는 수현(마이클).

수현(마이클)	그게 나야? 아니지… 너야? 아하하…
마이클(수현)	말도 안 되지.

수현(마이클)　　역시 비비안 안 죽었어. 살아 있네.

수현(마이클)은 비비안의 아이디어에 감탄을 하고 여전히 이해하지 못하는 마이클(수현).

#8. 고급 식당/ 오후

고급 식당으로 들어서는 수현(마이클)과 마이클(수현), 헨리, 비비안. 당당하게 앞장서서 룸으로 들어가는 수현(마이클). 뒤에서 서로 눈짓을 주고받는 세 사람. 헨리. 마이클(수현) 들어가고, 비비안도 같이 따라 들어간다.

#9. 고급 식당 룸/ 오후

원형 테이블에 앉은 네 사람. 직원이 수현(마이클) 뒤에 서 있고, 능숙하게 요리를 주문하는 수현(마이클). 직원 주문을 다 받고 나가고, 조용해진 식당 룸.

비비안　　처음 뵙겠습니다. 'True Size' 비비안이에요.

비비안 가볍게 인사를 하고 수현(마이클)도 고개를 숙인다.

비비안　　간단하게 '신데렐라를 찾는 리얼리티쇼'를 기획 중이에요. 너무 식상하죠?

수현(마이클)　　(바로 이어서) 식상한 게 먹히는 게 대중이죠.

비비안　　(반갑다) 역시… 그런 콘셉트는 백 번 해도 백 번을 봐요. 유리구두 대신에 'True Size' 옷이 딱 맞는 모델을 찾는 거예요.

수현(마이클)	(치고) 최소 S는 맞아야 하겠네요?
비비안	물론이죠. 'True Size 신데렐라'가 타이틀이에요.
수현(마이클)	(바로 이어서) 리얼로 다 촬영하시겠네요.
비비안	(받아친다) 방송은 인터넷으로요.

마치 탁구공처럼 서로 주고받는 말. 중간에 마이클(수현)과 헨리, 탁구게임 보듯 말하는 사람 쪽으로 고개를 돌리면서 쳐다본다.

비비안	(받고) 비용은 전액 저희가 부담할 겁니다.
수현(마이클)	(치고) 성형은 안 합니다.
비비안	(받고) 그건 저희도 바라는 바예요.
수현(마이클)	좋네요.
비비안	그렇네요.

동시에 물 잔을 들어서 마치 건배하듯이 서로 살짝 눈웃음치고 마시는 수현(마이클)과 비비안.

비비안E	뭐지? 이 티키타카?
수현(마이클)E	나만큼 당신을 잘 아는 사람은 없어.

서로 웃으면서 기싸움을 하는 두 사람을 쳐다보던 헨리와 마이클(수현), 손을 꼬옥 잡고 있다.

헨리	형, 나 화장실이 가고 싶어.
마이클(수현)	나두….

조용히 눈치를 보면서 나오는 두 사람. 비비안과 수현(마이클)은 마치 그들만의 세계에서 승부를 하듯 전혀 미동도 하지 않는다.

#10. 고급 식당 룸 문 앞/ 오후

문을 열고 나오는 마이클(수현)과 헨리. 나오자마자 옆 소파에 힘없이 앉는 마이클(수현)과 헨리. 헨리 힘없이 마이클(수현)에게 안기고, 마이클(수현)은 방 안 상황이 걱정된다.

#11. 고급 식당 룸/ 오후

비비안	한 가지 더! 말씀드리고 싶은데, 마이클 얼마나 갈 거 같으세요?

차를 따르던 수현(마이클) 놀라서 쳐다본다.

비비안	마이클은 이제 버리는 카드예요!

묘한 미소를 짓는 비비안의 얼굴.

엔딩!

12부

벼락을 맞은 사람이 두 사람?

#1. 고급 식당 룸/ 오후

수현(마이클) 무슨 말씀이시죠…? 버리는 카드라니….

비비안 마이클, 솔직히 지금 정상 아니에요. 디자이너는 얼마든지 있어요. 협조해 주시면 보상은 충분히 할게요. 나랑 손잡아요.

수현(마이클) 아무 말 없이 비비안을 쳐다본다. 긴장이 흐르고 서로 쳐다보는 두 사람.

수현(마이클)E 이건 예상 못 했는데.

수현(마이클) 표정 바꾸고 살짝 웃으면서,

수현(마이클) 조건 한번 들어 볼까요?

비비안 입가에 번지는 미소.

#2. 수현 집/ 아침 (며칠 후 설정)

카메라를 설치하는 직원들. 화장실, 거실, 침대 위까지 CCTV를 설치한다. 리얼리티 생방송을 위해서 준비하는 스태프들.

#3. 헬스장/ 오전

체중계에 올라가는 수현(마이클). 76kg! 트레이너에게 상담을 받는 수현(마이클). 옆에서 보고 있던 마이클(수현) 체중계에 올라가 본다. 75kg!! 오호! 수현(마이클)보다 가볍다!!

#4. 수현 집/ 오후

한쪽 벽에 다이어트 계획이 빽빽하게 도표로 붙어 있다. 그걸 보고 있는 마이클(수현)과 수현(마이클). (다이어트에 대한 모든 정보가 빽빽이)

마이클(수현)	완전 살인적인 스케줄이다.
수현(마이클)	(잘난 척) 시즌 쇼 준비할 땐 이거보다 더 바빠.
마이클(수현)	자신 있나 봐?
수현(마이클)	한번 '탑'을 찍으면 다른 것도 똑같아. 난 '탑'이야.
마이클(수현)	(피식) 그래? 근데 이건 뭘까…?

마이클(수현) 주머니에서 명함 뭉치를 꺼낸다. 최소 20장은 넘어 보이는 성형외과 실장, 원장 명함.

#4-1. 성형외과/ 낮/ 과거

- 성형외과에 들어가는 수현(마이클).
- 건물에서 나와서 다른 건물 성형외과로 들어가는 수현(마이클).

- 원장에게 상담을 받는 수현(마이클).
- 다른 상담실. 지방 덩어리를 손으로 툭툭 치는 수현(마이클).
- 온몸에 붕대를 감은 환자를 몰래 쳐다보는 수현(마이클).
- 지방흡입 견적서를 받아서 들고 나오는 수현(마이클).
- 그 외 요기조기 성형외과를 돌아다니는 수현(마이클)의 모습.

#현재/ 수현 집

수현(마이클) 플랜B도 몰라? 내놔!!

수현(마이클) 명함을 뺏으려고 하는데 마이클(수현)은 뺏기지 않으려고 팔을 높이 들고 이리저리 뛰어다닌다. 손을 뻗어 다리를 잡으려는데 폴짝 뛰어서 피하는 마이클(수현). 마이클(수현) 도망 다니고, 수현(마이클) 쫓아가고, 두 사람 티격태격하고 있다.

#5. 마이클 집 주차장/ 저녁

차를 타고 주차장으로 들어가는 마이클(수현). 주차장 입구에 학생이 서 있다. 검은 뿔테안경을 쓴 20대 초반의 어린 모습.
주차장에서 내리는 마이클(수현)을 보고 학생 급하게 뛰어온다.

학생 마이클 맞죠…?
마이클(수현) 그런데…
학생 (파일을 주며) 한 번만!! 봐 주세요. 감사합니다.

학생 뒤돌아서 얼른 뛰어간다. 마이클(수현) 손에 들려 있는 학생의 포트폴리오.

#6. 마이클 집 거실/ 저녁

포트폴리오를 들고 전화를 하면서 들어오는 마이클(수현).

수현(마이클)E	그런 거 한 달에 백 개도 넘게 와. 그냥 버려.
마이클(수현)	이걸 어떻게 버리냐? 양심도 없이.
수현(마이클)E	양심이 있는 건 뭔데?
마이클(수현)	성의를 봐서 봐 줘야지.

#7. 수현 집/ 저녁

수현(마이클)	괜히 책임질 수 없는 말 하지 마. 그리고 밤에 말 많이 하면 배고프니까 9시 이후론 전화하지 마!

전화를 끊고 숨을 고르는 수현(마이클) 앞에 크림빵이 놓여 있다. 그 크림빵을 뚫어져라 쳐다보는 수현(마이클).

#8. 마이클 집 거실/ 저녁

마이클(수현) 소파에 앉아서 포트폴리오를 몇 장 넘겨 보다가 다시 덮는다.

#9. 마이클 집 욕실/ 저녁

욕실 문을 여는 마이클(수현). 헨리 여자 친구가 욕조에서 커튼을 치고 샤

워를 하고 있다.

여자E　　　　　헨리, 자기야?
마이클(수현)　　　헨리 아닌데요….

헨리 여자 친구, 샤워커튼을 걷었다가 마이클(수현)과 눈이 마주친다.

여자　　　　　악!!
마이클(수현)　　　악!!

놀라서 얼른 문을 닫는 마이클(수현). 방에서 뛰어나오는 헨리.

헨리　　　　　형, 언제 왔어?

급하게 욕실 문을 열고 안으로 들어간다. 한심한 표정으로 헨리를 쳐다보는 마이클(수현).

마이클(수현)　　　남자들이란….

#10. 수현 집 근처 동네마트/ 오전

마이클(수현), 카트를 끌고 수현(마이클)이 앞장서서 걸어간다.

수현(마이클)　　　당연한 거지. 여자 친구 몸매 끝내주거든.
　　　　　　　　너도 밤에 좀… 생각나지 않냐?

마이클(수현)　　　아니.

수현(마이클)　　　그럴 리가 없는데? 그 사이 문제 생긴 거 아니지?

수현(마이클) 말하면서 마이클(수현)의 아랫도리를 쳐다본다.

마이클(수현)　　　어딜 봐! (조용히) 멀쩡하거든. 지나칠 정도로! 근데 여긴 왜 오자고 한 거야?

수현(마이클)　　　너는 지금 배가 안 고플 거야.

마이클(수현)　　　어. 안 고파.

수현(마이클)　　　정상이네. 하지만 난 지금 배가 고파. 왜? 니가 그동안 닥치는 대로 먹어 치웠기 때문이야. 라면, 초콜릿, 치킨, 족발, 케이크 등등등!! 그러니까 고통 분담하자고! GO!

정육코너에서 삼겹살을 카트에 담고 과일은 박스째 카트에 넣는다. 소주, 맥주, 음료수 꺼내서 카트에 담고 아이스크림 큰 통을 꺼내서 카트에 담는다. 카트는 이미 꽉 찼고, 마이클(수현) 놀란 얼굴.

#11. 병원 전경/ 오전

#12. 병원 진료실/ 오전

의사 차트를 보고 있는데 노크하는 소리. 문 열리면 비비안이 들어온다.

(점프)

비비안 선생님 마이클이 좋아지지 않아요.

의사 검사 결과로는 문제가 없는데…. (차트를 보며) 그날 벼락 맞은 환자분이 한 분 더 계셨어요. 그분도 아무 이상 없네요.

비비안 혹시 누군지 알 수 있을까요?

의사 죄송합니다.

#13. 병원 로비/ 오전

천천히 생각을 하면서 나오는 비비안. 가방에서 전화를 꺼낸다.

비비안 나야. 전에 이 병원 원무과장 안다고 하지 않았어? 하나만 알아봐 줘.

(점프)

병원에 앉아서 연락을 기다리는 비비안. 문자가 띠링 온다.

[문자]

그날 벼락 맞은 환자가 딱 둘이라 다들 기억하더라

이름: 한수현/주소: 서울시 동작구 ○○○

비비안 한수현… (잠깐만) 한… 수현?

놀라는 비비안의 얼굴.

엔딩!

13부

태어나서 처음으로 남자에게 고백 받다

#1. 동네마트 근처 집으로 가는 길/ 오후

마이클(수현)이 큰 봉투 2개를 들고 오고, 수현(마이클)은 작은 봉지 하나만 달랑달랑 들고 걸어온다. 마이클(수현) 길에 봉투를 내려놓고,

마이클(수현)	고통 분담하자면서?
수현(마이클)	넌 남자잖아.
마이클(수현)	니가 남자지.
수현(마이클)	생물학적으론 그쪽이지.
마이클(수현)	난 여자일 때도 내가 다 들었다고!
수현(마이클)	어련하시겠어요.

수현(마이클) 무거운 거 하나 들어 주고, 마이클(수현) 만족한 듯 나머지도 들어서 집으로 걸어온다. 집 앞에 낯선 남자가 서 있다.

#2. 수현 집 앞/ 오후

마이클(수현)과 수현(마이클) 모두 모르는 사람이다.

영수	(수현을 보곤) 안녕하세요?
마이클(수현)	누구 찾아오셨어요?

영수 수현 씨… 요.
마이클(수현) (본인 이야기하는 줄 알고) 저를요?

영수가 수현(마이클)을 쳐다보면서,

영수 저… 모르시죠? 저 복싱반에 다니는데….
수현(마이클) 아… 네….
영수 (부끄러워하다가) 첫눈에 반했습니다!

마이클(수현)과 수현(마이클) 놀라서 들고 있던 마트봉투를 바닥에 떨어뜨린다.

#3. 수현 집 근처/ 오후

멀리서 수현(마이클)과 영수, 이야기를 하고 있다. 초조한 얼굴로 그 둘을 쳐다보고 있는 마이클(수현). 둘이 무슨 이야기를 하는지 전혀 안 들리고, 너무 궁금하다. 드디어 수현(마이클)과 영수가 서로 인사를 하고 영수 돌아간다.

#4. 수현 집/ 오후

문을 열고 들어오는 수현(마이클)과 마이클(수현).
수현(마이클)은 바닥에 구르면서 미친 듯이 웃는다.

수현(마이클) 아이고, 배야… 하하하!!! 아, 너무 웃겨! (마이클을 가리키며) 널 좋아한대!!

마이클(수현)	(궁금하다) 설명을 좀 해 줘.
수현(마이클)	아, 먼저 좀 웃고! 하하하하….

수현(마이클)이 계속 바닥을 구르면서 웃고 마이클(수현)은 점점 얼굴이 어두워진다.

마이클(수현)	날 좋아하는 게 그렇게 웃겨?
수현(마이클)	(웃다가) 왜 자존심 상해? 듣기 싫어?
마이클(수현)	(바로 얼굴 웃으며) 아니~
수현(마이클)	어디서부터 말을 해야 하나…

#5. 킥복싱·에어로빅장 입구/ 오전/ 과거 (10부 #10 과장된 버전)

(배경음악: 비장하고 멋있는 음악)

수현(마이클) 문 옆에 손을 대고 고개를 숙이고 서 있다. (실제로는 바지에 구멍이 난 상황) 주위는 어둡고 수현에게 떨어지는 핀 조명. 그런 수현(마이클)을 보고 한눈에 반한 영수.

#6. 킥복싱·에어로빅장/ 오전/ 과거 (11부 #1 과장된 버전)

멋있게 스트레칭을 하는 수현(마이클). 일어나서 목, 팔, 다리를 프로선수처럼 멋있게 준비운동을 하는데,

(점프)

복싱운동을 하는 수현(마이클). 발이 거의 보이지 않는 정도의 속도. 갑자기 다른 사람의 주먹이 날아오면 잽싸게 피하고 하이에나 같은 눈빛으로

상대를 쳐다보고 정확하게 상대의 복부에 주먹을 내리꽂는다. 옆에 있던 사람들 주변에서 박수를 치고, 그 모습을 뒤에서 완전 반한 표정으로 쳐다보고 있는 영수.

#7. 수현 집 옥상/ 저녁

불판에 지글지글 굽고 있는 삼겹살. 옆에 야채 세팅 완료, 맥주, 와인 술도 쫘악 세팅되어 있다. 그 앞에서 고글을 끼고, 집게로 고기를 굽고 있는 수현(마이클). 하나씩 하나씩 정성스럽게 고기를 굽고 있다. 그 모습을 앉아서 구경하고 있는 마이클(수현).

마이클(수현)	(완전 궁금) 그래서 또 만나기로 했어?
수현(마이클)	(의심스럽게 쳐다보며) 너… 설마 연애 처음이냐?
마이클(수현)	(간절하게) 응, 좀 도와줘.
수현(마이클)	(일부러) 나 여자 좋아한다~
마이클(수현)	서로 협조하자며.
수현(마이클)	(고기를 접시에 담아서) 우선 이거부터 먹어.
마이클(수현)	이걸 혼자 다?
수현(마이클)	넌 고통 분담. 난 대리만족.

마이클(수현) 투덜대면서 고기와 쌈을 싸서 먹는다. 수현(마이클), 앞에 있는 것도 먹으라며 이것저것 가리키면 마이클(수현) 그것도 먹는다. 기분 좋게 웃는 두 사람.

#8. 수현 집 근처/ 저녁

비비안의 차 안. 핸드폰으로 수현 주소 확인 완료. 가만히 생각하다가 전화를 거는 비비안.

비비안	(냉정하게) 사람 하나만 알아봐 줘. 가족, 친구, 주변 인물까지 탈탈 털어.

비비안 전화를 끊고 수현의 집을 한번 쳐다보고, 시동 걸고 떠난다.

#9. 수현 집 옥상/ 저녁 (#7 이어서)

마이클(수현) 술에 취했다. 수현(마이클) 앞에서 한심하게 쳐다본다. 테이블에 꽉 차 있던 음식은 싹 다 없어졌고, 술만 남았다.

마이클(수현)	이상하다…. 나 3병은 먹어야 하는데.
수현(마이클)	술은 내가 못 먹거든.
마이클(수현)	나도 연애하고 싶다.

갑자기 일어나서 하늘을 바라보며,

마이클(수현)	저 남자 친구 좀 내려주세요!! 잘생긴 것도 질렸어요~ 이 얼굴 가져가고 남자 친구 주세요!
수현(마이클)	야! 누구 맘대로 교환이야! 나랑 바꿀 수 있는 남자가 흔한 줄 알아? 하느님도 머리 아파!

마이클(수현) 기분 좋아서 옥상에 있는 빈 화분을 안고 바닥에 누워서 계

속 왼쪽, 오른쪽으로 구른다. (5부 #9처럼) 수현(마이클)이 그런 마이클(수현)을 한심하게 쳐다본다. 깊은 밤 두 사람의 모습.

#10. 수현 집 CCTV 화면

4분할로 된 흑백 CCTV 화면. 침실, 욕실, 거실, 주방으로 나뉘어 있다.

[자막]

'True Size 신데렐라' 지금 시작합니다!

#11. 인터넷 방송 화면 [열심히 운동하는 수현 시리즈]

- 'True Size' 옷을 입어 보는 수현(마이클). 안 맞는다. 절망하는 수현(마이클).
- 헬스장에서 운동을 하는 수현(마이클).
- 킥복싱을 하는 수현(마이클).
- 필라테스를 따라 하는 수현(마이클).
- 냉장고에 물, 다이어트 식품을 넣는 수현(마이클).
- 집에서 윗몸일으키기를 하는 수현(마이클).
- 전신 마사지를 받고 있는 수현(마이클).

#12. True Size 매장/ 오후

마이클(수현) 시장 조사 중이다. 헨리 옆에서 듣고 있고, 매니저한테 매장 상황 설명 듣는다.

#13. 수현 집/ 저녁

배가 고파서 퀭한 얼굴로 좀비처럼 바닥을 기어다니는 수현(마이클). 냉장고를 열어 보면 전부 물, 선식이다! 배고픔에 힘들어하는 수현(마이클).

#14. 인터넷 방송 화면 [다이어트가 괴로운 수현 시리즈]

- 식탁 위에 음식 그림을 놓고 그림을 먹는 척을 하는 수현(마이클).
- 헬스장에서 운동을 하다가 열 받아서 트레이너의 멱살을 잡는 수현(마이클).
- 다른 사람이 콜라 먹는 걸 보고 뛰어가서 뺏으려는 수현(마이클).
- 혼자 미친 사람처럼 웃는 수현(마이클).

#15. 수현 집 밖/ 저녁

몰래 문을 열고 나오는 수현(마이클). 탈출하려고 배낭을 메고 있다. 문 앞을 지키고 있는 보디가드 2명이 있다. 도망가려다 들켰다. 덩치가 큰 보디가드가 수현(마이클)을 번쩍 들어서 집으로 끌고 간다. 집으로 끌려가는 수현(마이클).

#16. 인터넷 방송 화면 [다이어트가 괴로운 수현 시리즈]

스케치북에 '구해 주세요!'라고 쓰고 카메라를 향해 흔드는 수현(마이클). 갑자기 꺼지는 인터넷 방송 화면. 검은 화면 위로 가운데 뜨는 자막.

[자막]
한 달 뒤 True Size 신데렐라 전격공개

수현(마이클)을 보여 달라는 네티즌들의 응원 메시지가 폭발!! 접속자 수 최고수치 돌파!! 화면에 폭죽!!

엔딩!

14부

침대 위의 두 사람

#1. 레드카펫/ 저녁

[자막] 1달 뒤

영화 시사회. 레드카펫이 깔려 있고, 팬들이 양옆으로 서 있다. 연예프로그램 MC가 리포팅을 하고 있다.

MC　　시사회장입니다. 많은 팬들이 나와 주셨는데요, 특별히 오늘은 'True Size'의 신데렐라! 한수현 씨가 30일 만에 첫 모습을 공개하는 날이라 관심이 더욱 뜨겁습니다.

밴이 도착하고 팬들이 소리를 지른다. 밴의 문이 열리고, 턱시도를 입은 마이클(수현) 먼저 내린다. 그리곤 우아하게 변신한 수현(마이클)이 모습을 드러낸다. 수현(마이클) 'True Size'의 옷을 입은 모습으로 우아하게 등장한다.

수현의 모습은 완전 다른 모습. (키는 그래도 유지한 채 다른 배우를 섭외해도 가능할 듯) 사이즈 44 모습의 몸매에 날렵한 턱선, 긴 생머리. 할리우드 영화배우를 닮은 모습.

마이클(수현)이 에스코트하듯이 손을 내밀면 우아하게 손을 잡고 천천히 레드카펫 걷는다.

마이클(수현)	(본인이 벌벌 떨면서 오히려) 떨지 말고… 자연스럽게.
수현(마이클)	나 걱정해? 니 이마에 땀이나 닦아. 나 마이클이야~

수현(마이클) 너무 자연스럽게 레드카펫 위에서 손을 흔들고 뒤태를 보여주기도 하고, 기자들의 부름에 맞춰서 프로페셔널한 포즈를 보여 준다. 수현(마이클)의 변신에 놀라는 사람들의 표정.

[CG] 인터넷기사
- 60일 만에 30kg 감량 성공.
- 새로운 신데렐라 역사를 쓰다.
- 여자들의 유리구두 True Size.
- 그녀를 구할 백마 탄 왕자는 마이클?

팔짱을 끼고 레드카펫을 밟으며 인사하는 마이클(수현), 수현(마이클).

#2. True Size 본사 사무실/ 저녁

#1의 연예프로그램이 방송 중이다. 마이클(수현)과 수현(마이클)의 모습 보이고 리모컨으로 TV를 끄는 비비안.

비비안	(박수를 치며) 완벽해, 완벽해!! 역시 뚱뚱한 여자

는 긁지 않은 복권이었어! 이건 복권도 완전 초대박 복권인데? 이걸로 'True Size' 브랜드 가치가 얼마나 뛰는 거야? 역시~~ (예리한 눈빛) 비비안… 아직 죽지 않았어.

의미심장한 미소를 지으면서 책상 위에 있는, 수현에 대한 신상명세서를 본다. 비고란에 '절친 강희수'라고 쓰여 있는 부분 클로즈업.

#3. 공항 입국 게이트/ 저녁

게이트가 열리고 귀국하는 수현의 친구 희수. 게이트 앞에서 기다리고 있던 비비안의 기사가 희수에게 다가간다.

비비안 기사	강희수 씨?
희수	누구세요?
비비안 기사	한수현 씨 아시죠?

#4. 시사회 쫑파티/ 저녁

시사회 쫑파티 장소. 사람들 잔 하나씩 들고 스탠딩 파티를 즐기고 있다. 수현(마이클)과 배우 유진(영화 주인공)과 이야기 중이다. 주변의 남자들도 전부 수현(마이클)을 쳐다보며 수현(마이클)이 유진하고 대화를 끝내길 기다린다.

유진	저, 수현 씨, 너무 아름다우세요.
수현(마이클)	감사합니다.

유진	30일 동안 얼마나 기다렸는지 몰라요. (샴페인을 마시며 수현(마이클)을 바라보는 남자들 본다) 오늘 저보다 수현 씨가 주인공 같네요.
수현(마이클)	(수줍게 웃으며) 영화 너무 재미있었어요.
유진	난 수현 씨가 더 극적이고 스펙터클하던데….

수현(마이클)에게 어깨에 손을 올리면서 자연스럽게 다가오는 유진, 느끼한 표정으로 쳐다보고, 수현(마이클) 웃으며 유진을 보며 귓속말.

수현(마이클)	너 작년 크리스마스 때 마이클 쇼에서 쫓겨난 거 기억 안 나?
유진	그걸 어떻게…
수현(마이클)	지금 누구 만나는지도 다 알아.
유진	(진심 당황) 너, 누구야?
수현(마이클)	네 여자 친구한테나 잘해.

수현(마이클)의 말을 듣고 놀라서 얼른 다른 쪽으로 걸어가는 유진.

수현(마이클)E	한 번만 더 걸려라. 그땐 진짜 죽는다.

수현(마이클) 표정 풀고 남자들과 시선을 하나씩 마주치면서 눈웃음. 소파 자리에 마이클(수현)이 영화 관계자, 여자배우들과 함께 있는 것이 보인다. 수현(마이클)이 소파 쪽으로 걸어가는데 다른 남자가 와서 말을 건다. 가볍게 웃으면서 간단한 이야기를 나누고, 남자와 헤어지고 다시 보니

마이클(수현)이 없어졌다.

수현(마이클)	마이클 어디 갔어요?

여자1, 수현(마이클)을 질투하는 듯 대답도 안 하고 샴페인을 마시는데 수현(마이클) 넘어지면서 실수하는 척하면서 앞의 여자가 샴페인을 마시는 손을 팍! 하고 친다. 바닥으로 떨어져 깨지는 샴페인 잔. 여자1의 옷에 샴페인이 튄다.

여자1	뭐야!!
수현(마이클)	(테이블 위에 티슈로 옷을 닦아 주며) 어머, 죄송해요. (다른 사람 눈치 못 채게 표정 무섭게 바뀌고) 어디 갔냐고, 마이클.

#5. 20층 엘리베이터 앞 복도~스위트룸/ 저녁

엘리베이터 도착하고 문이 열리면 완전 술에 취한 마이클(수현)이 신인배우에게 기대 있다. 신인배우 마이클(수현)을 부축해서 엘리베이터에서 나와서 스위트룸 앞으로 데려간다.

마이클(수현)	누구세요?
신인배우	저 마이클 팬이에요~
마이클(수현)	팬이구나~

신인배우 스위트룸 앞에서 키로 문을 열고 마이클(수현)을 데리고 들어간

다. 일부러 살짝 문을 열어 놓은 신인배우.

#6. 1층 엘리베이터 앞/ 저녁

급하게 엘리베이터 버튼 누르는 수현(마이클). 수현(마이클) 옆으로 사람들 지나가면서 슬쩍슬쩍 수현(마이클)을 본다.

여자2　　　　그 사람 아냐?

여자3　　　　다이어트…

수현(마이클) 시선을 피하고 계속 엘리베이터 버튼만 누른다.

#7. 20층 스위트룸/ 저녁

침대에 술이 취해서 누워 있는 마이클(수현). 자면서도 술주정을 부리는 마이클(수현).

마이클(수현)　　　　나도 연애 좀 해 보자. 연애가…

신인배우　　　　연애? 그래 우리 연애해.

누워 있는 마이클(수현)의 재킷을 벗기는 신인배우. 갑자기 벌떡 일어나는 마이클(수현), 신인배우를 확 끌어안고 왼쪽, 오른쪽으로 구른다. (수현의 버릇)

#8. 20층 엘리베이터 앞 복도/ 저녁

엘리베이터 도착하고 내리는 수현(마이클). 복도에까지 들리는 신인배우의 고함 소리.

신인배우E　　　　이거 놔!! 이거 놓으라고!!

소리 나는 방으로 뛰어가는 수현(마이클). 스위트룸 방문 열려 있다. 문을 열고 들어간다.

#9. 20층 스위트룸/ 저녁

수현(마이클) 뛰어 들어가면 침대에서 신인배우를 안고 뒹굴뒹굴하고 있는 마이클(수현). 신인배우는 머리가 완전 산발이 되어 있고, 놔달라고 하는데 마이클(수현)은 술이 완전 취해 있고, 남자라서 힘도 세다.

신인배우　　　　놓으라고… 이제 제발!!

수현(마이클), 침실로 가서 마이클(수현)하고 신인배우를 떼어 놓는다. 신인배우 일어나다가 어지러워서 다리가 풀려서 푹~ 넘어졌다가 토할 것 같은지 '우엑' 하더니 밖으로 나간다.
수현(마이클)이 침대에 쓰러져 있는 마이클(수현)을 부축하려는데 너무 무겁다. 이때 밖에서 20층 도착한 엘리베이터 소리. (신인배우가 스캔들 내려고 섭외한 기자들)

#10. 20층 엘리베이터/ 저녁

엘리베이터 문이 열리면 기자 2명이 뛰어나와서 바로 스위트룸으로 들어간다.

#11. 20층 스위트룸/ 저녁

기자들 스위트룸으로 뛰어 들어가서 침실에 누워 있는 마이클(수현)과 수현(마이클)의 사진을 찍는다.

- 한 침대에서 옷을 벗고 쓰러져 있는 마이클(수현)과 수현(마이클)
- 손으로 얼굴을 가리는 수현(마이클).
- 술주정으로 수현(마이클)을 곰인형처럼 안는 마이클(수현) 스틸!!

#12. 대로변 전광판/ 낮

사거리의 전광판에 마이클(수현)과 수현(마이클)의 스캔들 사진.

[자막]

- True Size 신데렐라 한수현! 마이클과 공식연애
- True Size 한수현, Real 신데렐라 되다!
- 살 빼니 마이클이 옵션으로 따라왔어요!
- 마이클의 여자 한수현은 누구?
- 철저하게 기획된 쇼! 한수현은 최대 수혜자?

엔딩!

15부

예린이 마녀?

#1. 대로변/ 아침

출근길에 꽉 찬 사람들. 핸드폰을 보고 있는데 마이클과 수현의 사진 컷컷.

마이클(수현)E   말도 안 돼!!!

#2. 화보 촬영장 남자 대기실/ 아침

대기실 의자에 앉아서 태블릿PC로 기사를 보고 있는 마이클(수현). 수현(마이클), 옆 의자에 앉아 있다. 평범한 옷을 입고, 광고 촬영 전 수수한 얼굴.

마이클(수현)   열애라니! 너랑 나랑?
수현(마이클)   정말 수치스런 흑역사야.
마이클(수현)   내 첫 연애가… 스캔들이 왜 너냐고!
수현(마이클)   다시 설명해 줘? 내 몸! 이 몸 간수 좀 똑바로 해!
마이클(수현)   나도 이렇게 사는 거 힘들어!
수현(마이클)   언제는 이렇게 살고 싶다며? (몸매를 과시하며) 이제 와서 마음이 바뀌었어?
마이클(수현)   그런 거 아냐.
수현(마이클)   그런 거 맞네!!
마이클(수현)   (수현 팔을 잡으며) 내 몸 내놔!

수현(마이클)	(마이클 멱살을 잡으며) 너도 내놔!

마이클(수현)과 수현(마이클) 서로 붙잡고 얼굴을 가깝게 하고 째려본다. 이때 문을 열고 들어오는 헨리. 급하게 떨어지는 마이클(수현)과 수현(마이클).

헨리	(눈을 흘기며) 오호! 스캔들 터졌다고 공개적으로 스킨십~~
마이클(수현)	(괜히 말 돌린다) 비비안은 왜 안 와?
헨리	일 처리할 게 있대. 기자들 전화 엄청 오던데…. (비비안 흉내 내며) 오늘 화보 중요한 거 알지? 제발!! 조용히 화보 끝내자! 사고 치지 마! (다시 헨리 표정) 라고 전해 달래!

마이클(수현)과 수현(마이클) 서로 째려보다 각자 자리 가서 앉는다.

#3. 도로, 비비안 차/ 오전

도로를 이동하는 차. 기사가 운전하고 비비안과 희수는 뒤에 앉아 있다. 희수 핸드폰으로 수현과 마이클 스캔들 기사 보고 있다.

희수	말도 안 돼. 두 사람 진짜예요?
비비안	일하면서… 그랬나 봐요.
희수	완전 인생역전!
비비안	수현 씨 안 본 지 오래됐죠?

희수 저 온 줄도 몰라요. 기집애~ 스캔들에 화보 촬영. 좋겠다~

비비안 희수를 한번 쳐다보고, 살짝 웃는다.

#4. 화보 촬영장 여자 대기실/ 오전

문을 열고 들어가는 수현(마이클). 아직 예린은 도착 전이다. 메이크업 도구랑 화장품 거울 앞에 세팅되어 있고 그 앞에 간단한 과자, 음료수. 의자에 앉는 수현(마이클).

문이 열리고 예린의 막내 코디 들어온다. 막내 코디 손에 들고 있는 요가 매트, 작은 덤벨. 대기실에 매트를 깔고 세팅을 한다.

#5. 화보 촬영장 주차장, 예린 차 안/ 오전

아무도 없는 차 안에 혼자 앉아서 전화를 하고 있는 예린, 요가복을 입고 있다. 눈물을 흘리고 있다. (남자친구와 거의 헤어질 듯)

예린 됐어! 우리 이제 끝났어. 지키지 못할 약속하지 마.

전화를 끊고 거울을 들어서 얼굴을 확인한다. 최대한 운 거 티 안 나게 정리하는 예린.

#6. 화보 촬영장 주차장, 예린 차 밖/ 오전

문이 열리고 예린, 차에서 내리다가 밖에 서 있던 마이클(수현)과 마주친다. 마이클(수현) 순간 놀라서 멈칫. 예린, 마이클(수현) 째려보고 대기실로 걸어간다.

마이클(수현)　　　　예린, 무슨 일 있나?

마이클(수현) 음료수 한 잔 마시며 대기실로 들어간다.

#7. 화보 촬영장 여자 대기실/ 오전

요가복 차림의 예린 여자 대기실로 들어온다. 수현(마이클)과 눈이 마주치고 가볍게 목례를 하는 예린. 들어오자마자 막내 코디가 예린의 사이즈를 재어 본다. 예린, 사이즈를 보더니 만족스럽지 않은지 덤벨을 들고 앉았다 일어났다를 반복하는 예린. 이때 촬영스태프가 대기실 문을 연다.

촬영스태프　　　　의상팀, 와서 체크 좀 해 주세요.

예린 가 보라고 손을 들고, 막내 코디 대기실을 나간다. 예린은 계속 운동 중이다.

예린　　　　뉴스 잘 봤어요.
수현(마이클)　　　　(받아친다) 마이클이 워낙 쫓아다녀서요.
예린　　　　오~ 잘되길 바래요.
수현(마이클)　　　　(의외다) 진심이에요?

예린 요가매트에 앉아서 근육을 계속 풀면서,

예린 연애에 빠지면 일도 제대로 못 할 거고. 그럼 금방~ 없어지는 게 이 바닥이니까. 나야 땡큐지~

수현(마이클) (짜증 낸다) 지금… 저주하시는 거예요?

예린 무슨… 저주? 어머….

막내 코디가 의상이 걸린 행거를 끌고 들어온다. (블랙(예린)/ 화이트(수현) 의상)

#8. 화보 촬영장 남자 대기실/ 오전

화보 촬영 의상(수트)으로 갈아입고, 메이크업을 끝낸 마이클(수현) 스캔들 기사를 보고 있다.

마이클(수현) 연애도 한 번 못 해 봤는데. 무슨 스캔들이냐고…. 그러게 영화 시사회는 왜 가서….

#인서트 (마이클 회상)

- 14부 #4. 시사회 쫑파티/ 저녁

영화 시사회에서 인사하는 마이클(수현)과 수현(마이클).

시사회 쫑파티에서 감독하고 건배하는 마이클(수현).

#현재/ 화보 촬영장 남자 대기실

마이클(수현) 그래, 영화… (고개 갸우뚱) 영화?

뭔가 곰곰이 생각하는 마이클(수현).

#9. 화보 촬영장 여자 대기실/ 오전

수현(마이클) 메이크업 중이고 예린은 메이크업 완료. 두 사람의 정확한 메이크업 상태와 얼굴은 전체적으로 안 보이고 실루엣만 보인다. 촬영스태프 들어와 예린 호출한다.

촬영스태프　　예린, 촬영 먼저 갈게요~

앉아 있다가 우아하게 막내 코디의 손을 잡고 일어나는 예린. 일어나서 촬영장으로 나가다가 수현(마이클)에게 다가와서 귓속말.

예린　　(속삭인다) 내가 비밀 하나 말해 줘? 마이클 벼락 맞은 거 나 때문이야. 내가 하늘에 빌었거든. 마이클 저 싸가지… 차라리 벼락 맞고 확~ 죽어 버리라고.

예린 뒤돌아서 막내 코디 보조를 받으며 대기실을 나간다. 수현(마이클) 놀라서 예린이 나간 쪽을 쳐다본다.

#10. 화보 촬영장/ 오전

마이클(수현) 입구로 뛰어오고, 수현(마이클)도 반대편에서 뛰어온다.

마이클(수현)　　미친 소리라고 할 수도 있는데.

수현(마이클)　　저주, 영화처럼 누가 저주를 걸었으면?

사진작가E　　　자, 시작할게요~~

마이클(수현), 수현(마이클) 촬영장을 쳐다보면 사진을 찍고 있는 예린의 얼굴이 보인다. 블랙원피스, 짙은 화장, 풍성한 웨이브 머리를 한 예린. (동화 속 마녀 콘셉트)

마이클, 수현　　　예린이 마녀?

카메라를 보고 마녀처럼 고혹적으로 웃는 예린의 표정.

#11. 화보 촬영장 남자 대기실/ 오전

마이클(수현)은 자리에 앉아 있고, 수현(마이클)은 계속 생각하면서 서서 왔다 갔다 한다.

수현(마이클)　　　내가 왜 그 생각을 못했을까, 그날 예린이 짤렸어.
마이클(수현)　　　이제 어떻게 할 거야?
수현(마이클)　　　영화에선 어떻게 하더라….
마이클(수현)　　　마녀가 저주를 풀어 주거나, 왕자님한테 키스를 받거나….
수현(마이클)　　　안 되면?
마이클(수현)　　　죽어.
수현(마이클)　　　왜 죽어! (안심한다) 아. 그건 영화지.
마이클(수현)　　　(비웃음) 참 우리가 이러고 있는 게 영화야.
수현(마이클)　　　(정말 하기 싫지만) 미안하다고 하면 될까?

마이클(수현)　　필요하면 무릎도 꿇고.
수현(마이클)　　무릎은… 못 해!
마이클(수현)　　왜? 해.
수현(마이클)　　못 해!

서로 또 죽일 듯이 가까이 붙어서 째려보고, 문이 열리고 헨리가 들어온다.

헨리　　어! 또… 또… 너무 티낸다.
마이클, 수현　　(동시에) 시끄러!!!

#12. 화보 촬영장/ 오전

마녀 콘셉트인 예린과 천사 콘셉트인 수현(마이클). 두 여자 사이에서 고민 중인 남자 콘셉트의 마이클(수현)이 화보 촬영 중이다. 수현(마이클)과 마이클(수현)이 서로 마주 보며 그윽하게 눈빛을 교환하고 예린은 질투가 나는 듯 두 사람을 째려본다. (마치 정말 두 사람을 예린이 저주하는 듯)

마이클(수현)　　(조용히) 끝나고 빨리 사과해.
수현(마이클)　　그냥 이대로 살아.
마이클(수현)　　(수현(마이클)을 째려보며) 뭐라고?
사진작가　　잠깐! 마이클 조금만 더 사랑스럽게~

그 콘셉트로 몇 컷 더 찍는다. 촬영에 집중하는 세 사람.

사진작가　　예린은 끝. 마이클, 수현 씨는 커플로 몇 컷 더 갈게요.

예린 (사진작가에게) 수고하셨어요.

촬영이 끝나자 막내 코디가 와서 예린에게 물을 준다.

마이클(수현) (막내 코디 보며) 어? 저 친구 어디서 봤는데?

#인서트 (마이클 회상)

- 8부 #13. 백화점 예린 팬 사인회장/ 오후
백화점 예린 팬 사인회 때 준비하던 팬클럽 임원

#현재/ 화보 촬영장

마이클(수현) 아! 팬 사인회! 근데 쟤가 왜?

뭔가 이상한 느낌을 받은 마이클(수현)의 표정에서,

엔딩!

16부

예린의 저주를 풀어야 해!

#1. 화보 촬영장 여자 대기실/ 점심

촬영 끝나고 평상복으로 갈아입고 의자에 눈 감고 앉아 있는 예린.

막내 코디	(손에 촬영 의상 들고) 의상 주고 올게요.
예린	알았어.

막내 코디 대기실을 나가자, 핸드폰에 문자 알람 소리. 예린, 눈을 뜨고 핸드폰을 확인한다. 문자를 보고 웃는 예린.

#2. 화보 촬영장 주차장/ 점심

비비안의 차 도착한다. 뒷좌석에서 내리는 희수와 비비안.

비비안	들어가요.
희수	오호, 제가 다 떨려요….

비비안 희수를 데리고 안으로 걸어간다.

#3. 화보 촬영장 안/ 점심

희수와 비비안 촬영장으로 걸어 들어가고, 희수의 시선으로 화보 촬영을 하는 수현(마이클) 보인다.

희수 (손으로 입을 막고) 어!! 진짜!! 웬일!!

희수는 비비안을 쳐다보고 최고라고 엄지손가락을 치켜세운다. 비비안도 같이 웃어 주고, 마침 그때 모든 촬영이 끝났다. 마이클(수현)은 헨리와 잠시 이야기 중이고 수현(마이클)은 먼저 희수 쪽으로 걸어온다. (희수가 서 있는 쪽이 여자 대기실 가는 길)
희수가 수현(마이클)을 보고 너무 반가워서 손을 들고 인사를 하는데 수현(마이클) 전혀 희수를 알아보지 못한다.

수현(마이클) (비비안에게만) 비비안, 오셨어요?

희수와 비비안을 지나 대기실로 걸어가는 수현(마이클). 희수 손 인사를 하려다가 손을 어색하게 내린다. 그 모습을 본 마이클(수현), 급하게 희수에게 뛰어온다.

마이클(수현) 희수 씨 맞죠? 수현 씨한테 이야기 많이 들었어요.
희수 정말요?

마이클(수현)이 비비안을 피해 희수를 데리고 여자 대기실로 가는데 비비안이 마이클(수현)을 잡는다.

비비안 같이 가.

#4. 화보 촬영장 여자 대기실 복도 근처/ 점심

여자 대기실로 걸어가는 마이클(수현)과 희수, 비비안.

마이클(수현)E　　어떡하지? 진짜 어떡하지?

비비안이 마이클(수현)을 쳐다보면 마이클(수현) 이마에 땀이 송송 맺혀 있다. 누가 봐도 마이클(수현) 긴장한 표정이다. 냉정하게 표정이 변하는 비비안. 대기실에 거의 다 왔다. 이제 다 끝이라고 생각하는 그 순간, 급하게 뒤이어 뛰어오는 촬영스태프.

촬영스태프　　예린? 재촬영해야 해요!

촬영스태프가 예린을 찾으며 대기실로 들어간다.

#5. 화보 촬영장 여자 대기실 안/ 점심

대기실에서 혼자 정리하던 수현(마이클).

촬영스태프　　수현 씨, 예린 벌써 갔어요? 어쩌지?
수현(마이클)　　(자리를 보며) 짐도 아직 여기 있는데?
촬영스태프　　(두리번거리며) 코디! 코디!

이때 들어오는 막내 코디.

촬영스태프　　예린 벌써 갔어요?

막내 코디	(뭔가 숨기는 듯) 촬영 끝난 거 아니에요?
촬영스태프	진짜 미안해요. 단독컷 재촬영해야 할 거 같은데?
막내 코디	어떡하지? (당황) 언니한테 끝났다고 했는데….
촬영스태프	내가 이야기할게. 예린 어디 있어요?
마이클(수현)	(대기실로 뛰어 들어오며) 무슨 일이에요?
수현(마이클)	(시크하게) 예린이 없어졌나 본데?
촬영스태프	아이씨… 어떡해!

촬영스태프 난감해하면서 대기실을 나간다. 이어서 비비안, 희수도 대기실로 들어온다. 수현(마이클)은 희수를 보고도 전혀 모르는 얼굴로 표정 변화가 없다. 희수는 수현(마이클)이 전혀 아는 척을 하지 않자 어색하게 서 있다. 마이클(수현)은 예린의 막내 코디만 계속 쳐다보면서 고개를 갸우뚱. (마이클(수현)은 희수가 있다는 걸 잠시 잊었다)
이런 세 사람을 조금 떨어져서 보고 있던 비비안.

비비안	저기, 수현 씨 친구가 왔는데…

울리는 비비안의 핸드폰, 비비안 전화를 받으며 대기실을 나간다.

마이클(수현)	(막내 코디 얼굴 보면서) 혹시 저 만난 적 있지 않아요?
막내 코디	네?
마이클(수현)	그때 팬 사인회 때 만난 거 같은데….
막내 코디	(이 상황에 당황해서 이상한 대답) 전 아무것도 몰라요.

마이클 피해서 예린 자리로 가서 예린의 남은 짐을 정리하는 막내 코디.

마이클(수현)　　아까 차에서 울던데, 예린.
수현(마이클)　　예린이 울었어?
마이클(수현)　　어. 차에서 '됐어, 필요 없어.' 이러면서 울던데.
수현(마이클)　　(무슨 생각이 난 거처럼) 잠깐 이야기 좀 해.

비비안 전화를 끊고 대기실로 들어오면, 마이클(수현)과 수현(마이클) 동시에 나간다. 그런 수현(마이클)을 어색하게 쳐다보는 희수.

희수　　이상해요.
비비안　　뭐라구요?
희수　　다른 사람 같아요.

#6. 화보 촬영장 입구 근처/ 점심

조용한 곳으로 걸어오는 수현(마이클)과 마이클(수현).

수현(마이클)　　만약에 니가 남자친구랑 어쩔 수 없이 헤어졌어. 너무 슬퍼서 잠수를 탈까, 아님 남자친구랑 도망을 갈까?
마이클(수현)　　(단순하게) 헤어지면 안 만나는 거지.
수현(마이클)　　됐다. 너한테 무슨 대답을 듣겠냐…. (핸드폰으로 체크) 아직 기사는 안 떴는데… (뭔가 발견) 어…?

[CG] SNS 글
- 촬영장 알바 왔는데 주연배우가 촬영하다가 없어져서 스케줄 꼬임. 유진 뜨더니 완전 멋대로인 듯…

수현(마이클)	(핸드폰 보면서) 야. 봐 봐. 같이 튀었네. 이것들…. (옆을 보면 마이클(수현)이 없다) 어디 갔어?

마이클(수현) 바로 앞에서 예린 막내 코디 붙잡고 또 이야기하고 있다. 수현(마이클) 짜증 내면서 마이클(수현) 쪽으로 걸어온다.

마이클(수현)	잠깐만, 나 진짜 몰라요? 거기 있었잖아. 맞죠?
막내 코디	(마지못해) 네, 맞아요.
마이클(수현)	그러게! 왜 아니래. 맞는데?
막내 코디	회사에서 싫어해서… 언니랑 저만 아는 비밀이에요.
수현(마이클)	(무언가 눈치챘다) 원래 팬클럽이었어요? 언니랑 아주~ 친하겠네. 비밀도 없이. 예린 지금 유진(영화 시사회 배우)이랑 같이 있죠?

놀란 막내 코디.

#7. 화보 촬영장 주차장/ 점심/ 과거

유진의 차 주차장에 서 있다. 예린 나와서 문을 열면 유진이 환하게 웃고, 예린 차에 타서 유진과 포옹.

#8. 화보 촬영장 입구 근처/ 점심 (#6 이어서)

수현(마이클)	(설득한다) 유진, 촬영장에서 도망갔어요. 기사 뜨면 걔네 회사는 크니까 커버할 거예요. 예린만 다쳐요. 그랬으면 좋겠어요?
막내 코디	언니가… 말하면 안 된다고 했는데….

#9. 도로, 마이클 차/ 오후

운전하는 마이클(수현), 수현(마이클)은 핸드폰으로 계속 온라인기사 체크 중이다.

마이클(수현)	어떻게 알았어?
수현(마이클)	연예인들이 비밀연애 할 땐 아군이 필요해. 팬이라며? 완전 딱이지!
마이클(수현)	아니… 둘이 사귀는 거 어떻게 알았냐고.
수현(마이클)	그냥, 들었어….
마이클(수현)	(또 질문) 근데 너 예린을 왜 찾아?
수현(마이클)	(당연한 걸 뭘 묻느냐는 듯) 사과하라며… 왜?
마이클(수현)	어, 아냐.

마이클(수현) 운전에 집중하고, 수현(마이클) 핸드폰으로 계속 체크한다.

#10. 도로, 유진 차/ 오후

유진 운전하고 있고, 예린 유진과 팔짱을 끼고 행복한 표정으로 유진을 보고 있다.

유진	그렇게 좋아?
예린	응! (차 문 내리고) 와~~ 날씨 좋다!!

#11. 도로, 마이클 차/ 오후

마이클(수현) 운전하고, 핸드폰으로 네티즌 SNS, 블로그, 기사를 체크하는 수현(마이클).

수현(마이클)	운 좋게 사진은 안 찍혔네. 잘 피해 다녀…. (잘난 척) 난 탐정을 해도 잘했을 거야.
마이클(수현)	(웃기네) 만약에 내가 팬 사인회 안 갔으면 몰랐겠지.
수현(마이클)	아… 만약? 그렇긴 하지. (랩처럼) 만약 거기 안 갔으면 내가 살해협박도 안 받았겠지. 만약 니가 센스가 있었다면 내가 그 개망신을 안 당했겠지. 만약 니가 술이 안 취했으면 스캔들도 안 났겠지. 만약 니가 양심이 있으면 지금 그런 말을 못 할 텐데?

앞의 신호등이 바뀌어서 마이클(수현) 브레이크를 확~ 밟는다. 앞으로 몸이 쏠리는 수현(마이클).

마이클(수현)	(정신없다가 이제 생각남) 맞다!! 희수!!
희수E	느낌이 이상해요.

#12. 화보 촬영장 여자 대기실/ 오후

희수	그런 애가 아니거든요.
비비안	사고 이후 처음이죠?
희수	우리 수현이 괜찮은 거죠?
비비안	그걸 희수 씨가 꼭 확인해 주셔야 해요.

#13. 화보 촬영장 주차장/ 오후

비비안 주차장으로 나온다. 헨리도 따라 나온다.

헨리	누나, 무슨 일이야?
비비안	두 사람 진짜 수상해.
헨리	마이클은 사고 나서 이상해졌잖아.
비비안	한수현도 그날 병원에 있었어.
헨리	정말?
비비안	두 사람 뭔가 숨기는 게 있어. 한수현은 친구도 못 알아보잖아.
헨리	어쩌려고?
비비안	이제 한수현으로 CF, 화보, 브로슈어 다 바뀔 거야. 우리 메인 모델이 한수현이라고!! 이게 얼마짜리 프로젝트인데! (냉정) 숨기는 게 있으면 둘 다 가만 안 둬!

냉정한 비비안의 얼굴에서,

엔딩!

17부

예린 제발 저주를 풀어 줘!

#1. 산속/ 늦은 오후

산속을 지나가는 마이클의 차.

#2. 고급 별장입구, 마이클 차/ 늦은 오후

별장 타운 입구를 들어가는 마이클의 차. 별장 이름이 보인다.

마이클(수현)	(여전히 희수 걱정) 희수가 거기 올 줄은 정말 몰랐어!
수현(마이클)	비비안 만만하게 보면 안 된다고 했지? 정신 차려! 지금 우린 예린이 더 급해! (주변을 보며) 근데 또 여기야?
마이클(수현)	(의심) 자주 오나 봐?
수현(마이클)	난 호텔을 선호하는 편이라서….

입구를 지나 갈림길. 여러 갈래로 길이 나뉘어 있다.

수현(마이클)	어… 왼쪽. 저기가 제일 큰 데.

수현(마이클)이 알려 준 쪽으로 차를 돌리는 마이클(수현).

#3. 고급 별장 주차장/ 늦은 오후

제일 큰 별장의 주차장. 유진의 차가 주차되어 있고, 마이클의 차가 도착한다. 차에서 먼저 내리는 수현(마이클), 바로 별장 현관으로 뛰어간다. 수현(마이클)의 급한 모습이 약간 어색한 마이클(수현) 입구로 뒤따라 뛰어간다.

#4. 고급 별장/ 늦은 오후

신나는 아이돌의 음악이 나온다. (엄청 시끄럽게) 소파에 예린이 앉아 있고, 어색하게 서 있다가 음악에 맞춰서 춤을 추는 유진. 예린은 박수를 치면서 너무 기쁘게 웃는다.

#5. 고급 별장 현관 앞/ 늦은 오후

현관으로 뛰어오는 수현(마이클)과 마이클(수현). 벨을 누르는 수현(마이클).

수현(마이클)　　　예린!! 예린!!

안에서 아무런 대답도 없고, 문에 귀를 한번 대 본다. 벨을 다시 누르고, 문을 쾅쾅 두드리는 수현(마이클).

#6. 고급 별장/ 늦은 오후 (#4 이어서)

춤을 추다가 예린에게 다가가서 손을 잡고 일으키는 유진. 예린도 함께 즐겁게 막춤을 춘다. '예린'을 부르면서 문을 두드리는 소리. 놀란 두 사람. 현관 쪽으로 가서 인터폰을 보면 수현(마이클)과 마이클(수현)의 얼굴이 보인다. 황당한 표정으로 서로 쳐다보는 유진과 예린.

#7. 고급 별장 현관 앞/ 늦은 오후

문을 두드리는 수현(마이클). 그 옆에 마이클(수현)이 서 있다. 문이 열리자마자 바로 들어가는 수현(마이클)과 마이클(수현).

#8. 고급 별장/ 늦은 오후

수현(마이클)과 마이클(수현)이 들어오고, 깜짝 놀라는 예린과 유진. 유진에게 안기는 예린.

유진	우리 여기 있는 거 어떻게 알았어? 설마 기자랑 같이 온 거야?
수현(마이클)	아니야.
유진	웃기네! 그럼 여길 어떻게 알았어?

유진이 달려들어서 마이클(수현)의 멱살을 잡고 바닥으로 던진다. 놀란 수현(마이클)이 유진에게 달려들면 오히려 유진에게 잡힌다. 옆에서 예린 연약하게 바라보고 있다.

(점프)

의자에 묶여 있는 마이클(수현)과 수현(마이클). 인질극에 나오는 인질처럼 손을 뒤로 하고 손발이 다 묶였다. 그 앞에 서 있는 유진과 예린. 예린 연약한 척하며 유진에게 안겨 있다.

수현(마이클)	진짜 따라오는 사람 없다고! 카메라도 없고.
유진	그럼… 왜?
수현(마이클)	몇 번을 말해. 사과하러 왔다고!
마이클(수현)	수현 씨가 너무 사과를 하고 싶다고 해서.
예린	그걸 왜 꼭 지금 해야 되는데?
수현(마이클)	어릴 때부터 사과는 꼭! 당일에 하라고 배워서.

예린, 유진을 쳐다보면 빨리 사과 받고 보내라는 표정.

예린	못 믿겠지만… 일단 알겠어. (수현(마이클)에게) 뭘 잘못했어? 빨리 말해.
수현(마이클)	어… 그러니까… 일단 죄송해요. 너무 죄송하고 전부 다 죄송해요.
예린	그러니까 뭘 잘못했냐고…
수현(마이클)	아!! 모델! 이번에 제가 모델 들어가서 죄송하다구요….
예린	(열 받는다) 시즌 따라 모델 교체는 자연스러운 거야. 그거 사과하려고 여기까지 왔다고?
수현(마이클)	맞아요. 사과 받아 주시는 거예요?
예린	받아 주면 오늘 일은 비밀로 할 거야?
수현(마이클)	당연하죠! 완전 비밀!
마이클(수현)	어. 완전 비밀로!
예린	알았어. 사과 받아 줄게.
수현(마이클)	고마워요~ 그럼 이것 좀 풀어 줘요.

유진 1시간 뒤에 매니저가 바비큐 준비됐다고 올 거야.
그때 풀어 주라고 할게. 여기 연인끼리 보내긴 정말
좋아. (예린에게) 가자!

예린 일어나서 유진의 손을 잡고, 현관으로 걸어간다.

마이클(수현) 고마운데 이건 풀어 주고 가!

손을 흔들며 빨리 나가는 예린과 유진.

수현(마이클) (기쁘다) 그래도 잘된 거지? 사과 받아 줬잖아.
마이클(수현) 맞아!!
수현(마이클) 이대로 영혼이 바뀌나?
마이클(수현) 좀 기다려 보자.

수현(마이클)과 마이클(수현) 기쁜 마음으로 묶인 채로 앉아 있다.

#9. 고급 별장 주차장, 유진 차/ 저녁

급히 뛰어서 차에 타는 예린과 유진.

유진 빨리 가자! 쫓아오기 전에!

유진 시동을 걸고 별장 주차장을 빠져나간다.

#10. 고급 별장/ 저녁

의자에 그대로 묶여 있는 수현(마이클)과 마이클(수현). 눈을 동그랗게 뜨고 기다리고 있다. 아무 변화가 없다.

수현(마이클)　　왜 아무 일도 없어?
마이클(수현)　　이게 아닌가… 맞는데….
수현(마이클)　　(알았다) 야… 내가 아니라 니가 사과를 해야지. 니가 지금 마이클이잖아!
마이클(수현)　　그럼 어떡해?
수현(마이클)　　쫓아가야지!

수현(마이클) 묶여 있던 손을 꺾어서 능숙하게 매듭을 푼다. 발의 매듭도 쉽게 풀어 버린다. 마이클(수현)의 매듭도 풀어 주는 수현(마이클).

#11. 도로/ 저녁

도로를 달리는 마이클의 차 전경.

#12. 도로, 마이클 차/ 저녁

급한 표정으로 운전을 하는 마이클(수현). 수현(마이클) 핸드폰으로 길을 체크 중이다.

마이클(수현)　　이 길 맞아?
수현(마이클)　　나가는 길 이거 하나야!!

운전을 하는 마이클(수현). 앞의 유진의 차가 보인다.

수현(마이클) 저기!

#13. 도로, 유진 차/ 저녁

유진 운전 중이고 예린은 보조석에 앉아서 유진의 팔짱을 끼고 행복한 표정. 뒤에서 클랙슨 소리를 울리며 쫓아오는 마이클의 차.

예린 마이클? 왜 또!!

유진 차 옆으로 붙은 마이클의 차. 보조석에 앉은 마이클(수현)이 창을 내리고 차를 세우라고 소리를 지른다. 천천히 속도를 줄이고 차를 세운다.

#14. 도로/ 저녁

길가에 세운 마이클의 차, 그 뒤에 유진의 차. 양쪽 차에서 네 사람 거의 동시에 내린다.

유진 쫓아온 거 아니라며! 누가 시켰어? 우리 대표야?
마이클, 수현 (무섭게 동시에) 아니라고, 쫓아온 거…

예린을 보곤 해맑게 웃는 마이클(수현)과 수현(마이클). 예린 무서워서 유진에게 안긴다.

마이클(수현) 나도 사과를 해야 하는데 못 한 거 같아서… . 정말

	미안해.
예린	(대충) 알았어. 이제 진짜 그만해.

예린 두 사람을 이상하게 쳐다보다가 유진과 함께 차를 타고 떠난다.

마이클(수현)	됐어!!! 이제 돌아가는 거야!
수현(마이클)	그동안 고생한 거 싹 다 잊는 거야.
마이클(수현)	고생했어.
수현(마이클)	(마이클(수현)의 손을 잡으며) 꿈이라고 생각하면 돼.

동시에 눈을 꽉 감는 두 사람. 아무 일도 일어나지 않는다.

수현(마이클)	역시 둘이 같이 사과를 해야 하나?
마이클(수현)	그런가…?
수현(마이클)	빨리 타!

차에 타는 두 사람.

엔딩!

18부

모두 다 내 잘못이야

#1. 조용한 곳, 유진 차 안/ 저녁

한적한 도로에 차를 세운 유진. 밖으로 나가서 뒤에 쫓아오는 차 없는지 확인한다. 다시 차에 타는 유진. 예린을 그윽하게 쳐다보며 키스할 듯 천천히 다가온다.

마이클(수현)E 예린!! 예린!

키스하려던 예린과 유진 놀라서 쳐다보면, 창밖에 마이클(수현)과 수현(마이클) 서 있다.

#2. 조용한 곳, 유진 차 밖/ 저녁

열 받아서 운전석에서 나오는 유진.

유진 치사해서 간다. 돌아가! 와… 나 이런 방법은 또 처음 보네. 돌아간다고 대표한테 전해!

수현(마이클) 잽싸게 팔을 꺾어서 유진 못 움직이게 만든다.

수현(마이클) 아니라고. 쫓아온 거.

유진 (아프다) 차라리 쫓아왔다고 말해….

수현(마이클), 손으로 유진을 잡고 있으면서 마이클(수현)을 쳐다본다.

마이클(수현) (보조석 창문을 두드리며) 예린… 창문 좀… 할 말이 있어.

예린 (거의 울 거 같다) 당신들… 정말 원하는 게 뭐야?

마이클(수현) 나랑 수현이 정말 너무 미안해. 우리 둘의 사과 받아 주는 거지?

예린 (거의 흐느낀다) 받아 줄게. 너네 하고 싶은 대로 다 해.

수현(마이클), 유진의 팔을 놓아주고 유진, 얼른 차에 다시 탄다. 눈앞에서 사라지는 유진의 차.

#3. 도로, 유진 차 안/ 저녁

눈물을 흘리는 예린. 미안한 표정의 유진.

유진 미안해. 집에 데려다줄게.

#4. 조용한 곳/ 저녁

멀어지는 유진의 차를 보면서 즐겁게 손을 흔드는 마이클(수현)과 수현(마이클).

마이클(수현)	이제 정말 된 거지?
수현(마이클)	완벽하게.
마이클(수현)	좋아. 마이클로 사는 거 힘들긴 해도 나름 재미있었어. 부럽기도 하고, 멋있더라.
수현(마이클)	나도 한수현으로 살았던 거 좋은 기억으로 간직할게.

둘이 동시에 고개를 끄덕이고, 다시 손을 잡고 두 눈을 꼭 감는다.

마이클, 수현	(동시에) 제발….

또 아무 일도 일어나지 않는다. 잡았던 손을 신경질적으로 놓는 두 사람.

수현(마이클)	이거 아니야. 영화는 영화라고!
마이클(수현)	(생각) 맞다! 마녀가 저주를 풀어 줘야지. 용서한다, 저주를 풀겠다, 그런 말을 들어야 하는 거야!!

#5. 예린 집 주차장/ 저녁

차에서 내리는 유진과 예린. 예린의 어깨를 안아 주며 현관으로 들어가는 유진. 가냘프게 유진에게 안기는 예린.

#6. 지하 엘리베이터/ 저녁

엘리베이터를 기다리는 예린과 유진. 그때 비상구 문이 열리고 본능적으로 쳐다보면 아무도 없다. 이때 엘리베이터 문이 열리면서 그 안에 있는 마이클(수현)과 수현(마이클).

마이클, 수현 (동시에) 예린!

예린 (폭발한다) 가만 안 둬!!

엘리베이터로 뛰어 들어가는 예린.

#7. 엘리베이터 안/ 저녁

- 날라차기로 마이클(수현)의 얼굴을 맞추는 예린.
- 예린에게 머리채를 잡혀서 괴로워하는 수현(마이클).
- 양손에 마이클(수현)과 수현(마이클)의 멱살을 잡고 흔드는 예린.
- 그 모습을 공포스러운 표정으로 쳐다보는 유진.

#8. 예린이 사는 층 엘리베이터 밖/ 저녁

엘리베이터 문이 열리고 팔짱을 끼고 내리는 예린과 유진. 수현(마이클)의 손이 예린의 발목을 잡는다. 예린 뒤돌아보면 완전 개박살이 난 마이클(수현)과 수현(마이클)이 엘리베이터에 널브러져 있다.

수현(마이클) (간절하게) 제발… 용서한다는 한마디만…

예린 두 사람을 천천히 쳐다보면 간절하게 예린을 쳐다보는 두 사람. 간절한 두 사람의 표정에서 한심하게 마이클(수현)과 수현(마이클)을 쳐다보고 있는 예린.

예린 (한숨) 휴~ 그래… 용서할게….

예린의 말을 듣고 안심하는 마이클(수현)과 수현(마이클). 서서히 닫히는 엘리베이터 문.

유진	자기, 예전에 무술 배웠어?
예린	(다시 여성스럽게) 호신술로… 쪼금.

예린 유진에게 안기면 유진 살짝 무섭다.

#9. 수현 집 앞, 마이클 차/ 저녁

마이클의 차, 수현의 집 앞에 서 있다. 차 안에 힘없이 앉아 있는 마이클(수현)과 수현(마이클). 둘 다 예린에게 맞아서 멍들고, 헝클어진 머리. 마이클(수현)과 수현(마이클) 아무런 말이 없다.

수현(마이클)	아직도 안 변하는 거 보면 아닌가 봐…. 진심으로 사과했는데.
마이클(수현)	(욱한다) 솔직히 예린 짜른 건 니 잘못은 아니지.
수현(마이클)	뭐냐.
마이클(수현)	(흥분) 수술한 게 예린 잘못이 아닌 것처럼 너도 어쩔 수 없었을 거 아냐.
수현(마이클)	사실 수술은 핑계야.

#9-1. True Size 본사 사무실/ 저녁/ 과거

여자 모델 프로필을 책상에 던지는 마이클.

마이클　　　　나 모델 바꿀 생각 없어.
비비안　　　　새로운 모델 미팅은 할 수 있잖아. 한번 보자고.
마이클　　　　강 회장이 보냈지?
비비안　　　　다 우리 좋자고….
마이클　　　　난 싫어. 그 사람 돈밖에 몰라.
비비안　　　　(냉정) 그럼 너도 예린 포기해.

예린이 유진하고 호텔에서 나오는 사진을 마이클에게 보여 준다.

비비안　　　　나는 강 회장 포기하고, 마이클은 예린 포기하고. 필요하면 사진 (예린, 유진의 사진을 들면서) 이거 빌려줄게.
마이클　　　　됐어!
비비안　　　　그럼 마이클도 오케이 한 거다.

만족스럽게 웃는 비비안.

#현재/ 수현 집 앞, 마이클 차

마이클(수현)　　비비안 새로운 투자자 잡으려고 자른 거네.
수현(마이클)　　처음도 아니었는데 괜히 긁어서.
마이클(수현)　　구겨진 포장지 그런 말은 왜 한 거야?
수현(마이클)　　정신 차리라고. 커리어가 아깝잖아.

마이클(수현)은 아무 말 없이 수현(마이클)의 이야기를 듣고 있다.

#10. 마이클 집 작업실/ 저녁

불 꺼진 문을 열고 헨리 들어온다.

헨리	형? 아직 안 왔나 보네…. 이게 뭐야? 디자인 다시 하나?

헨리 들어와서 책상 위에 있는 학생이 준 포트폴리오 집어서 보다가 다시 책상 위에 올려놓는다. 포트폴리오 안에서 작은 불빛이 새어 나온다.

#11. 수현 집 앞, 마이클 차/ 저녁 (#9 이어서)

수현(마이클)을 가만히 쳐다보고 있는 마이클(수현).

수현(마이클)	차라리 어쩔 수 없다고 솔직히 말할걸…. 내가 다 잘못한 거야. 나 때문이라고!!!

밤하늘에 갑자기 들리는 천둥소리!! 우르르~ 그 소리에 놀라서 서로 쳐다보는 두 사람. 동시에 하늘을 쳐다본다.

#12. 수현 집 앞/ 저녁

수현의 집 앞에 서 있는 마이클의 차. 구름 사이로 번쩍하고 번개. 천둥소리 울리고, 하늘이 번쩍! 울린다. 마이클의 차로 내리치는 번개!! 쾅쾅쾅!!!

엔딩!

19부

마이클이 날 속이고 거래를 했어?

#1. 아침 하늘 전경/ 아침

#2. 마이클 집 침실/ 아침

누워 있는 마이클. 아침 햇살 얼굴에 비추고 피곤하게 일어나는 마이클.

#3. 수현 집 욕실/ 아침

문을 열고 들어오는 수현. 피곤해서 눈을 감은 채 들어와서 세면대 앞에 선다.

(화면 이분할로 나뉘면서)
마이클 욕실에서 세면대 앞에 선 마이클. 동시에 둘이 거울을 보면 놀라서 순간 입이 안 다물어지는 두 사람의 얼굴. 그리고 각자 좋아하는 모습. (영혼이 돌아왔다)

#4. 마이클 집 드레스룸/ 아침

- 드레스룸 문이 열리고 마이클 멋있게 들어온다.
- 옷을 하나씩 멋있게 입는 모습.
- 헤어를 만지는 마이클.

#5. 수현 화장대/ 아침

- 미스트를 뿌리는 수현.
- 립스틱을 바르는 수현.
- 마스카라를 올리는 수현의 모습.

#6. 마이클 집 현관입구/ 아침

정리 박스를 현관 입구 쪽에 내려놓는 마이클. 박스 안에는 수현이 쓰던 물건들이 정리되어 있다. (수현이 받았던 학생의 포트폴리오도 보인다) 거울 앞에서 마지막 체크를 하는 마이클. 마음에 드는지 기분 좋게 신발장을 열어 보면 신발장을 가득 채운 여자 신발. 타이트하게 쭉 보면 다 제대로 있다. 위 칸에서 남자 구두를 꺼내서 신고 정리 박스를 들고 문을 열고 나간다.

#7. 수현의 원룸/ 아침

하이힐을 신은 수현, 문을 열고 나간다.

#8. 길가/ 아침(인지도가 높아지고 유명해진 수현)

신나게 길거리를 걸어가는 수현. 지나가는 사람들 수현을 알아보고 핸드폰으로 사진을 찍는다. 수현은 사람들의 시선을 즐긴다.

#9. 버스 정류장/ 아침

버스 정류장 앞에 도착한 수현. 자연스럽게 버스를 기다리는데 정류장의 사람들 힐끔힐끔 수현을 쳐다본다. (유명한 사람이 왜 버스를 탈까 하는 표정) 수현 서서 눈치를 보다가 조금씩 조금씩 옆으로 나와 도로에 서 있는 빈 택시를 탄다.

#10. 의류복합몰 True Size 매장 앞(1부 #4 동일 장소)/ 오전

매장에 들어가는 마이클. 냉정한 눈으로 쳐다본다. 예전의 날카로운 마이클의 모습에 긴장하고, 옷을 싹 바꾸라면서 예전처럼 완전 짜증을 내는 마이클.

#11. True Size 백화점 매장/ 오전

매장으로 들어가는 마이클. 이 매장은 수현이 영혼이 바뀌었을 때 마이클로 사인회를 했던 매장이다. 팬들과 함께 사진이 붙어 있다. 사진을 보며 자기도 모르게 웃고 있다. 정신 차리고 매장에 있는 사진을 다 떼라고 하고 나간다.

#12. True Size 본사 사무실/ 오전

전화를 받고 있는 비비안.

비비안	마이클이 매장에요? (웃으며) 그렇게 하세요. (마이클에게 전화가 온다) 어, 마이클.

#13. 백화점 복도/ 오전

True Size 매장에서 방금 나와서 백화점 복도를 걷는다.

마이클	매장 관리가 엉망이야. DP도 마음에 안 들고.
비비안E	웬일이래? 그동안 매장 가자고 해도 싫다고 하더

니….

마이클	그동안은 컨디션이 안 좋았잖아. 그렇게 알고 준비 해 줘.

#14. True Size 본사 사무실/ 오전

전화를 끊는 비비안. 밖에서 노크를 하고 문을 열고 들어오는 수현. 비비안 일어나서 수현 테이블에 앉으라고 하고 본인도 앉는다.

수현	대표님. 부르셨어요?
비비안	어서 와, 수현 씨. 갑자기 사람들이 막 알아보고 그러지?
수현	네, 버스 타려다가 택시 탔어요.
비비안	더 불편해질 거야. 곧 매니저도 붙여 줄게.
수현E	오호… 매니저.
비비안	자… 큰일 할 사이에 계속 의심할 수는 없고…. 수현 씨. 나한테 숨기는 거 있어?
수현	(눈 찡긋) 숨기는 거라뇨…?
비비안	이렇게 유명해졌는데, 연락 오는 사람 한 명 없네?

밖에서 똑똑 노크하는 소리. 문을 열고 들어오는 사람 희수다. 비비안, 희수를 보며 묘하게 웃는데 수현이 먼저 인사를 한다.

수현	야, 왜 늦어? 대표님 기다리시게….
희수	이 동네가 처음이라서…. 대표님 또 뵙네요.

비비안 (번갈아 보며) 두 사람… 인사했나 봐?

수현 예린 때문에 정신없어서…. 오늘 제가 거하게 쏘기로 했어요.

희수 쌩까는 줄 알았더니… 화보 때문에 떨려서 그랬대요.

희수와 수현 서로 편하게 웃는다. (딱 봐도 절친)

수현E 예린처럼 저까지 당할 수는 없잖아요~

비비안 다행이네. 희수 씨 그럼 잠시만.

희수, 수현에게 손 인사하고 사무실을 나간다.

수현 희수 때문에 부르신 거예요?

비비안 (박수를 치며) 아냐. 좋아! 깔끔해! (완전히 태도 바뀐다) 이제, 우리 일을 해야지.

수현 뭘 시작해요?

비비안 왜 이래~ 지금 와서….

#14-1. 고급 식당 룸/ 오후/ 과거 (12부 #1 이어서)

비비안과 계약 딜을 하고 있는 수현(마이클).

비비안 최고 수준으로 'True Size' 전속계약. 옵션으로 관계사 CF 2개.

수현(마이클) (불만) 음… 마이클 가치가 그 정도밖에 안 되나요?

비비안	(팔짱을 끼고 의자에 등을 대며) 그럼?
수현(마이클)	최고 수준 모델계약 해 주시구요, 옵션으로… (비비안을 쳐다보며) 모든 수익의 50%.

비비안 어이가 없어서 웃는다.

비비안	마이클도 그런 대우는 못 받았어.
수현(마이클)	지금은 제가 더 필요하시잖아요.
비비안	수현 씨, 살 뺄 자신은 있어?
수현(마이클)	계약은 지키라고 있는 거예요.
비비안	(수현을 빤히 보다가) 그 자신감에 이상하게 끌리네.
수현(마이클)	마이클 여자 문제, 디자인 표절로 일단 매장시키고, 신규브랜드 런칭까지 같이할게요.
비비안	볼수록 마음에 든다.

#현재/ True Size 본사 사무실

황당한 표정의 수현. 비비안은 수현을 완전히 믿고 너무너무 감격한다.

비비안	(완전 애교) 너무 멋져. 이런 복덩이가 나한테 오다니….
수현	(충격이다) 그런 딜을 마이클, 아니 제가 대표님하고…. 그걸 언제 하기로 했죠?
비비안	벌써 시작했어. 마이클도 이젠 끝이야.

비비안, 수현을 보면서 만족스럽게 웃는다. 수현의 얼굴이 어둡다.

#15. 원단공장/ 오전

원단공장 앞에 정차하는 마이클의 차. 마이클 차에서 내려서 들어간다.

#16. 원단공장/ 오전

마이클 옷매무새를 고치면서 들어가면, 원단을 시찰 중인 강 회장과 비서 진이 보인다. 강 회장, 마이클을 보고 반갑게 가서 악수를 하고, 마이클도 예의 바르게 인사를 한다.

강 회장	마이클이 먼저 연락할 줄이야.
마이클	그때는 죄송했습니다.

둘이 이야기를 하는 모습. 진지하게 이야기를 하고 있는 마이클. 묘한 미소를 짓는 마이클의 얼굴에서,

엔딩!

20부

또 다른 저주의 시작

#1. 쇼핑거리/ 점심

희수와 함께 쇼핑을 하는 수현. 하지만 수현의 표정이 밝지는 않다.

- 옷을 입고 포즈를 취하는 희수.
- 액세서리를 귀에 대 보고 좋아하는 희수와 수현.
- 수현이 계산을 하고 선물로 희수에게 준다. 희수 너무 기분 좋다.

지나가는 사람들이 사진을 찍고 몰려들자, 희수 매니저처럼 수현을 데리고 지나간다.

#2. 커피숍/ 점심

아이스크림을 한 스푼 떠서 먹는 희수. 옆의 테이블 사람들이 계속 쳐다보는지 확인.

희수　　　　야, 사람들 엄청 쳐다본다.

수현 대답이 없다. 수현 잠깐 무슨 생각을 하는 거 같다. 멍하게 가만히 있는 수현. 그때 울리는 수현의 핸드폰. 수현 전화 온 줄 모르고 가만히 있는데, 희수가 핸드폰을 들어서 주면 영수에게 온 전화.

수현 여보세요.

#3. 영수 집/ 점심

영수 (조심스럽다) 안녕하세요? 저 기억하시겠어요?
수현E 그럼요.
영수 기사 잘 봤어요.

#4. 커피숍/ 점심

당황한 수현. 고개 숙이고 입을 가리고 작게 이야기한다.

수현 아, 그거 마케팅이에요. 기사만 그렇게 나간 거예요.
영수E 정말요?

#5. 영수 집/ 점심

영수 그럼 한번 뵐 수 있을까요?
수현E 내일 어떠세요?
영수 (놀란다) 내일요? 네! 장소는 문자로… 네, 네!!

영수 전화 끊고 완전 기분 좋다.

#6. 커피숍/ 점심

수현도 전화를 끊고, 희수 의심스러운 눈으로 수현을 쳐다보는데,

희수	누구야?
수현	별거 아냐.
희수	(실망) 이제 나한테 말도 안 해 주고….
수현	비밀 지켜야 해!! 이쪽으로 와 봐.

희수, 수현의 자리에 가서 앉는다. 귓속말로 희수에게 해 주면 깜짝 놀라는 희수. 다시 귓속말로 이야기하는 두 사람.

#7. 수현 집 앞/ 오후

집으로 걸어오고 있는 수현. 집 앞에 마이클의 차가 보인다. 마이클 수현을 보고 내리고, 보조석에서 정리 박스(19부 #6)를 꺼낸다. 마이클이 준 박스에는 수현의 물건이 들어 있다.

마이클	혹시 빠진 거 있으면 말해.
수현	잠시만, 나도 니 거 챙겨 올게.
마이클	됐어! 다 버려. 쓸 일도 없어.
수현	넌 필요 없으면 바로 버리는구나. 그래서 나도 버리려고 한 거야?
마이클	(농담) 널 버릴 데가 있어?
수현	그래, 내가 뭐라고….
마이클	농담이야….
수현	잘 가.

수현 박스를 가지고 집으로 들어가 버린다. 마이클, 수현이 조금 이상하

다. 수현의 집으로 따라가는 마이클.

#8. 수현 집/ 오후

수현 문을 열고 들어오면 밖에서 벨소리가 들린다. 문 열어 주면 마이클 들어오려는데,

수현	왜 남의 집에 들어와?
마이클	(안 들어오고) 까칠하기는… 왜 무슨 일인데?
수현	(맘먹고) 그날 비비안하고 거래한 거 왜 말 안 했어?
마이클	(생각났다) 그거, 내가 다 생각이…
수현	내가 바본 줄 알아? 니가 수현으로… 내가 마이클로… 그렇게 되는 거잖아.
마이클	그런 거 아니야.
수현	나 완전 부자더라. 모델료도 벌써 입금됐대.
마이클	진짜 비비안하고 손이라도 잡게?
수현	응.
마이클	뭐라고?
수현	너 대신 잘 먹고 잘 살 거야.

수현 문을 쾅! 닫아 버린다.

#9. 수현 집 앞/ 오후

닫힌 문. 마이클 벨을 한 번 더 누르려다 그냥 밖으로 나간다.

#10. 수현 집/ 오후

수현 식탁 위에 마이클이 가져온 박스를 올려놓는다. 안에 포트폴리오가 보인다. 꺼내서 하나씩 보는 수현. 서툴지만 열심히 디자인한 포트폴리오. 몇 장 넘겨 보고 다시 상자에 넣고 집에 안 보이는 곳에 상자를 밀어 넣는다.

#11. 도로, 마이클 차/ 오후

운전하는 마이클. 기분이 별로 좋지 않다. 옆으로 차를 세운다. 핸드폰을 들어서 전화를 할까 말까 망설이다가 전화를 하는 마이클.

수현E	여보세요?
마이클	어? 어….
수현E	여보세요?
마이클	너 진짜 비비안하고 일할 거야?

#12. 수현 집/ 오후

수현	(그럼 그렇지, 니가) 그게 궁금해?
마이클E	어차피 그건 나였을 때 가능한 거야. 너는 못 해.
수현	난 모델료 먹고 떨어질게. 비비안하고 싸우려면 니가 직접 해. 이제 됐지?

신경질적으로 전화를 끊는 수현.

수현 양심도 없어!

#13. 도로, 마이클 차/ 오후

수현이 전화를 끊었다.

마이클 그래? 나도 됐다!!

다시 시동을 걸고 출발하는 마이클.

#14. 마이클 집 개인 바/ 저녁

바 위에 까만 봉지를 올려놓는 마이클. 봉지를 꺼내서 만두를 꺼낸다. 나무젓가락으로 만두를 집어 와인과 같이 먹는다.

마이클 자존심 굽히고 강 회장도 만났는데, 날 배신자 취급을 해?

만두를 한 입 씹어서 먹고, 와인을 마시면서 곰곰이 생각하는 마이클.

#15. 공원/ 아침

공원 철봉에 매달려서 턱걸이를 하는 수현. 비장한 얼굴. 하나, 둘, 셋, 넷… 턱걸이를 계속하면서 생각을 한다. 사람들이 수현이 너무 멋있게 턱걸이를 하자 다 쳐다보고 수현 계속 분노의 표정으로 턱걸이를 하고 있다.

#16. 마이클 집 주방/ 아침

가볍게 토스트를 만드는 마이클. 아침 햇살을 맞으면서 토스트를 굽고 우유를 잔에 따르는 모습이 그림같이 멋있다. (기존의 마이클의 모습으로 완벽하게 돌아옴) 예쁜 그릇에 토스트와 스크램블을 올리고 식탁을 차린다.

마이클　　　　　　헨리~ 헨리…

마이클, 헨리방을 쳐다보는데 인기척이 없다.

#17. 헨리 방/ 아침

방문을 여는 마이클.

마이클　　　　　　너 어제 몇 시에 왔어?

헨리도 아무도 없는 텅 빈 방.

#18. 마이클 집 주방/ 아침

혼자 식탁에 앉아서 토스트를 한 입 깨물어 먹는 마이클. 음미하면서 우유와 토스트를 맛있게 먹는 마이클.

#19. True Size 본사 1층 매장/ 오전

매장에 정상 출근하는 마이클. 직원들 서서 마이클에게 인사를 하고 날카로운 눈빛으로 매장을 하나하나 살핀다. 마이클 사무실로 올라가고, 직원들 서로 쳐다보면서 한숨 푹~

#20. True Size 본사 사무실/ 오전

문을 열고 들어오는 마이클. 비비안 먼저 와서 책상에 앉아 있다.

마이클	굿모닝, 비비안~
비비안	오늘은 컨디션이 좋은가 봐.
마이클	그동안은 내가 아니었어. 아주 잠깐이었지만 그런 나의 모습은 싹 잊어 줘~ 난 돌아왔어. I'm back.
비비안	(웃으면서) Welcome back!!

마이클, 비비안 서로 웃다가 고개 돌리고 표정 싸늘하게 변한다. 마이클 사무실에 헨리가 없다. 헨리 책상도 없어졌다.

마이클	(다시 웃으며) 요새 헨리 너무 노는 거 아냐? 걔 어제도 집에 안 왔어.
비비안	헨리가 누군데?

비비안이 마이클을 이상하게 쳐다보는 표정에서,

엔딩!

21부

사라지는 사람들

#1. 커피숍/ 점심

예쁘게 차려입은 수현. 긴장을 했다. 미리 와서 혼자 앉아 있다. 앞에 있는 물만 벌컥벌컥 마신다. 울리는 핸드폰, 보면 희수에게서 온 문자.

[문자]

조심해. 사람들은 너랑 마이클이 사귀는 줄 알아.

전화기를 넣고 다시 앉아서 영수를 기다린다. 이때 한 번 더 울리는 핸드폰. 마이클이다. 전화 안 받고 가방에 넣는다.

#2. True Size 본사 사무실/ 점심 (20부 #20 이어서)

전화를 하고 있는 마이클. 그런 마이클을 이상한 표정으로 쳐다보고 있는 비비안. 수현이 전화를 받지 않자 마이클 답답하다.

마이클	헨리!! 네 사촌동생!
비비안	내 사촌동생 여자야. 마이클… 다시 기억이 안 나는 거야?

마이클 그대로 문을 열고 나가 버린다.

비비안	(슬픈 표정) 점점 심해지네…. 불쌍한 마이클…. (전화 울리고 받으며 밝은 목소리) 존, 프로필은 잘 봤어요. 디자인 좋던데요?

#3. True Size 본사 1층 매장/ 점심

급하게 내려오는 마이클. 매니저를 보고 뛰어간다.

매니저	시키실 일이라도?
마이클	매니저, 헨리 알죠? 헨리.
매니저	알죠!
마이클	(환하게 웃으며) 헨리 우리 다 알고 있는 거죠?
매니저	그럼요. 저희 완전 좋아해요! 이번 모델이 헨리에요?

마이클 순간 가슴이 철렁 내려앉는다. 그대로 매장을 나오는 마이클.

#4. True Size 본사 1층 매장 밖/ 점심

숨이 터질 거 같아서 매장 문을 열고 뛰쳐나온다. 마이클 눈에 보이는 시내의 전경. 이리저리 돌아봐도 자기가 알던 그 세상이 맞는데 헨리만 없다. 당황한 표정의 마이클!

#5. 도로, 마이클 차/ 점심

운전을 하면서 전화를 거는 마이클. 수현에게 걸고 있다. 수현 전화를 받지 않는다. 답답한 마음에 전화를 끊고 다시 전화를 건다.

마이클 　　　　희수 씨, 안녕하세요? 저 마이클입니다.

#6. 커피숍/ 점심

영수를 기다리는 수현. 입구에서 들어오는 사람들 전부 영수 아니고 시간을 보면 약속시간이 1시간이 넘었다. 자꾸 마이클에게 전화가 오고 전화 받지 않는다. 수현 마음이 착잡하다. 한숨만 쉬는 수현. 고개를 푹 숙이는데 한 남자가 급하게 뛰어와서 테이블 앞에 선다. 반갑게 고개를 들면 마이클이다. 마이클 뛰어와서 숨을 헉헉대면서 앉아서 컵에 담긴 물을 마신다.

수현 　　　　웬일이야?
마이클 　　　　헨리가 없어졌어.
수현 　　　　그럼 실종 신고해.
마이클 　　　　(눈이 반짝) 그치? 너 헨리 알지?
수현 　　　　말장난할 기분 아냐.

마이클 일어나서 수현이 앉은 자리에 비집고 앉는다.

수현 　　　　왜 이래!
마이클 　　　　(귓속말로) 헨리가 없어졌어. 아예 없던 사람이라고!!

놀란 수현, 마이클을 쳐다보고, 귓속말을 하던 마이클과 얼굴이 완전 가깝다. 서로 얼굴을 쳐다보며 두 사람. 쿵쿵쿵 심장 소리, 침이 꿀꺽 넘어가고, 눈이 반짝반짝. 마이클의 이마에 땀이 송골송골 맺힌다. 앞에서 마이클의 소녀 팬이 사진을 찍는다.

마이클이 수현의 손을 잡고 커피숍을 나간다.

#7. 커피숍 입구/ 점심

마이클이 수현의 손을 잡고 나온다. 수현, 마이클의 손을 뿌리친다.

마이클	이상해. 헨리가 없어졌다고.
수현	(영수를 찾는다) 왜 안 왔지? 분명 온다고 했는데….
마이클	그게 중요한 게 아니야.
수현	난 중요해!

수현 핸드폰을 꺼내서 영수의 번호를 찾아서 바로 걸지 못하고 조금 망설인다. '통화' 버튼을 못 누르고 망설이자 옆에 있던 마이클, 핸드폰을 확~ 뺏어서 '통화' 버튼을 누른다. 다시 핸드폰을 뺏으려고 수현이 손을 내미는데 마이클의 얼굴이 하얗게 변한다.

마이클	언제 통화했어? 이 사람하고.
수현	어제 낮에. 밤에 잘 자라고 문자 오고.
마이클	없는 번호야.
수현	그럴 리가.
마이클	헨리랑 똑같아….

#8. 킥복싱·에어로빅장 사무실/ 점심

컴퓨터를 보면서 이야기를 하는 센터직원. 그 앞에 마이클과 수현이 서 있다.

직원	차영수란 분은 없는데요?
마이클	여기 다 실명으로 쓰죠?
직원	그럼요.

직원 하얀 종이를 하나 꺼내서 마이클, 수현에게 준다.

직원	회원님. 여기 사인 좀… 마이클도.

수현 마지못해 웃으면서 사인하고, 마이클도 한다. 핸드폰 들어서 사진을 찍어 달라는 직원. 서로 어색하게 붙어서 사진을 찍는다. 마이클, 수현 웃으면서 스틸!

#9. 킥복싱·에어로빅장 건물 입구/ 점심

충격 받은 얼굴로 나오는 수현과 마이클.

수현	헨리랑 영수 씨가 없어진 게 우연은 아니지?
마이클	그러게. 안 되겠어. 물어보자.
수현	누구한테?

#10. 관상학 점집/ 오후

나이 든 할아버지가 돋보기를 들고 두 사람의 얼굴을 빤히 쳐다본다. (관상을 보고 있음) 고개를 갸우뚱하면서 뭔가 종이에 적는다. 한숨을 쉬는 두 사람의 얼굴.

#11. 뇌 과학센터/ 오후

머리에 검사기계를 붙이고 뇌파검사를 하고 있는 수현과 마이클. 검사결과를 보고 의사는 아무 문제가 없다고 한다. 또 한숨을 쉬는 두 사람.

#12. 타로 점집/ 저녁

구슬을 가지고 타로 점을 보고 있는 아줌마. 두 사람 카드를 2개 조심스럽게 꺼내서 고개를 저으면서 두 사람을 쳐다보는 아줌마. 이번에도 실패다. 두 사람 절망스럽다.

#13. 대로/ 저녁

불우이웃돕기 성금을 하는 상자에 돈을 넣는 수현.

자원봉사자	감사합니다. 두 분 잘 어울려요.

마이클과 수현, 어색하게 인사한다.

마이클	차 타고 가.
수현	싫어. 버스 탈 거야.
마이클	나랑 있는 거 다 봤는데 니가 버스를 타 봐. 내가 뭐가 되냐?
수현	그럼 너두 버스 타!! (마이클을 보며) 왜 하필이면 너랑 나야? 나 잘못한 거 없는데?
마이클	(말도 안 돼) 세상에 잘못한 게 하나도 없는 사람이 어디 있냐?

수현	너는 몰라도 난 아니라고! 예린도 네가 잘못한 거였잖아!!
마이클	그래!! 예린은 내 잘못이라고 치자. 근데 예린은 이미 용서를 해 줬잖아. 그래서 몸도 돌아왔는데 또 이건 뭐냐고? 너도 잘 생각해 봐, 살면서 남한테 원한 살 일이 없었는지!!

수현, 마이클을 째려보다가 서 있는 근처에 예쁜 빈티지 숍이 보인다. 들어가자고 고개를 까딱하고 걸어가는 수현. 마이클 따라 들어간다.

#14. 빈티지 숍/ 저녁

아티스트가 수제로 만든 빈티지 액세서리 숍. 예쁜 노트, 펜, 액세서리가 진열되어 있다. 들어와서 노트 2개를 들고 계산대에 섰다. 수현이 지갑을 꺼내는데 마이클이 노트를 뺏어서 대신 계산을 한다.

#15. 빈티지 숍 문 앞/ 저녁

수현에게 노트를 건네주는 마이클.

마이클	고맙다는 인사는 생략해도 돼.
수현	그래.
마이클E	뭐야, 진짜 고맙다고 안 하네?
수현	여기다 각자 살면서 잘못한 거 적어서 만나.
마이클	그래.

수현 잘 가.

수현과 마이클 인사하고 동시에 반대쪽으로 걸어간다.

#16. 수현 집 앞/ 저녁

차에서 내리는 마이클. 그 앞에 서서 아차! 싶다. (마이클, 수현 습관적으로 다른 집으로 감)

#17. 마이클 집 앞/ 저녁

마이클의 집 앞에 서서 집을 쳐다보고 있는 수현.

엔딩!

22부

이 남자 스윗하네?

#1. 마이클 집 앞/ 저녁

마이클 집 앞에 서 있는 수현의 얼굴. 수현의 핸드폰에 마이클의 문자 알림.

[문자]

헨리도 없는데 우리 집에서 생각해 보자. 좀만 기다려.

먼저 들어가지 마! 경찰에 신고한다!!

문자를 보고 자기도 모르게 웃음이 나는 수현.

#2. 마이클 집 거실/ 저녁

밖에서 열리는 문. 마이클과 수현 들어온다.

수현	비밀번호 바꾸지.
마이클	(괜히 싫다) 됐어. 이사 갈 거야.
수현	그래라.

수현, 헨리 방으로 걸어간다.

#3. 헨리 방/ 저녁

문을 열고 들어오는 수현과 마이클. 텅 빈 헨리의 방. 장난치던 모습은 없고 진지하게 표정이 변하는 마이클과 수현.

#3-1. 헨리 방/ 저녁/ 과거

- 헨리가 자고 있다가 마이클이 불러서 뛰어나가는 모습.
- 여자 친구랑 몰래 들어와서 껴안고 노는 모습.

#현재/ 헨리 방

헨리 생각을 하면서 수현의 눈이 빨개진다. 눈물이 약간 맺혀 있다. 마이클이 쳐다보자 일부러 고개를 돌리는 수현.

마이클　　　　와인 한잔할래?

수현을 데리고 나가는 마이클.

#4. 마이클 집 미니 바/ 저녁

와인병을 꺼내고, 잔을 세팅하는 마이클. 테이블에 만두도 있다.

마이클　　　　뭐야, 처음 온 집도 아니고.
수현　　　　아니… 느낌이 좀 다르네.
마이클　　　　이게 와인하고 환상이야. 최고! 먹어 봐.
수현　　　　(만두를 하나 집어서 먹고) 맛있다!
마이클　　　　그치? 프랜차이즈 하나 해야지.
수현　　　　먹는 건 내가 진짜 자신 있는데.

마이클	(이런 한심하다는 듯) 프랜차이즈는 파는 거야.
수현	(괜히 창피하다) 난 거실에서 쓸 테니까 넌 작업실 써.
마이클	여러 번 강조해서 좀 치사한데 내 집이야. 작업실을 쓰든 바닥에서 하든 내 맘이야.
수현	이럴 시간 없을 텐데. (마이클 노트를 보며) 넌 그거 모자랄걸?

수현 와인 잔을 들고 거실로 걸어간다. 마이클도 수현을 한 번 훽~ 째리고 노트를 편다.

#5. 마이클 집 거실/ 저녁

소파에 앉아서 노트를 적는 수현. 곰곰이 생각을 하고 신중하게 적는다.

#6. 마이클 집 개인 바/ 저녁

노트에 적고 있는 마이클. 막상 쓰려고 하니까 안 써진다. 와인을 다시 한 잔 더 마신다. 숨을 한번 들이쉬고, 천천히 쓰는 마이클. 쓰는 속도가 점점 빨라진다.

#7. 마이클 집 거실/ 저녁

다 적고, 노트를 덮는 수현. 미니 바 쪽을 쳐다보면 너무 조용하다.

수현	(자는 거 아냐?) 자냐?

#8. 마이클 집 개인 바/ 저녁

(만화처럼) 미친 듯이 적고 있는 마이클. 노트북까지 가져와서 기사를 검색하면서 하나하나 적고 있다. 분야별, 연도별, 감정별로 정리하면서 전투적으로 적고 있는 마이클.

마이클 (혼잣말) 나 좋다는 여자를 다 만날 수는 없잖아. 거의 다 울던데. 일단 울렸으니까 애정 쪽으로.

애정 쪽에 체크하면서 미친 듯이 적고 있다. 그 모습을 뒤에서 어이없이 보고 있는 수현.

(점프)
노트가 더 쌓여 있고, 이젠 디자인북까지 다 쌓아 놓고 하나씩 체크하면서 잘못한 걸 적는 마이클. 그 뒤에 피곤한 얼굴로 앉아서 마이클을 보는 수현.

(점프)
마이클 울면서 반성하면서 노트를 적는다. 눈물을 흘리면서 리스트를 적는 마이클. (최대한 웃기게) 거실에서 수현 자다가 마이클이 흥분해서 책상을 쾅! 치면 깜짝 놀란다. 그리고 다시 잔다.

(점프)
날이 밝았다. 지금까지 적은 것을 쭈욱~ 체크해 보는 마이클. 매의 눈으로 체크한다. 이제 거의 끝나서 어깨를 손으로 툭툭 치면서 근육을 풀어 준다. (마이클, 이렇게 시간이 오래 지났는지 몰랐다) 뒤에서 수현 완전히 바닥에 뻗어서 잔다.

#9. 마이클 침실/ 아침

문을 열고 수현을 안고 들어오는 마이클. 침대에 조심스럽게 수현을 눕힌다. 수현이 눕자 몸을 뒤척이고, 마이클 이불을 수현에게 덮어 준다. 마이클 그런 수현을 보면서 슬며시 웃는다. 수현, 마이클의 팔을 잡고 이리저리 흔들면서 웃는다. (좋은 꿈을 꾸는 거 같다)

마이클 꿈에서 좋은 일 있나 보네.

마이클 조심스럽게 팔을 빼고, 베개를 수현이 대신 안을 수 있게 해 준다. 베개를 안고 이리저리 뒹구는 수현. 조심스럽게 방문을 닫고 나간다. 행복하게 웃는 수현의 얼굴.

#10. 마이클 집 거실/ 아침

침실에서 나와 거실에 놓인 수현의 노트를 발견한다. 조용히 수현이 자는지 침실을 확인하고 몰래 거실로 가서 노트를 펴서 본다. 마이클이 읽는 수현의 메모가 음성으로 들린다.

수현E 프로필 뽀샵 심하게 해서 상대방을 속인 것.
마이클 반칙이지~
수현E 이쁜 애들 미워한 것.
마이클 이쁜 게 무슨 죄야?
수현E 알바 월급 안 준 가게 인터넷에 맛없다고 글 올린 것.

마이클 그런 건 경찰에 신고해야 해.

낄낄대면서 웃던 마이클. 한 장을 또 넘기는데 내용을 보고 진지하게 표정이 변한다.

수현E 남의 인생을 탐낸 것. 이렇게 살고 싶다고 진심으로 생각한 것.

#11. 마이클 집 침실/ 아침

거실에서 노트를 읽는 마이클에서 자연스럽게 화면 전환. 베개를 안고 행복하게 웃는 수현의 모습.

수현E 이게 신이 준 선물이라고 믿었던 것.

(점프)

몸을 뒤척이다 침대에서 떨어지는 수현.

수현 아야!!

눈을 뜨는 수현. 안고 있던 베개를 보고 방을 보면 마이클의 방이다. (뭐야? 내가 여기 잔 거야?) 눈이 동그래져서 방문을 열고 나간다.

#12. 마이클 집 거실~주방/ 아침

문을 열고 나오면 아무도 없다. 거실을 한번 둘러보고 주방으로 들어가는 수현. 식탁에 마이클이 만든 아침상이 있다. 놀란 수현. 전부 다 수현이 좋아하는 것들. 술 먹은 날 아침에 당기는 것들이다. 앉아서 음식을 살짝 하나 먹어 보는데 생각보다 너무 맛있다. 본격적으로 먹기 시작하는 수현.

#13. 축구장/ 아침

대기업 회장들의 취미 조기축구단. 나이 든 할아버지, 아저씨 축구를 하고 있고, 그 주변에 비서진들이 쫘~악 깔려 있다. 강 회장 유일하게 여자로 축구를 하고 있다. 뒤돌아보면 관중석에 있는 마이클. 마이클, 강 회장이 보면 일어나서 인사하고 강 회장도 손 인사.

#14. 관중석/ 아침

조기축구가 끝나고 비서진들과 함께 운동장을 나가는 회장들.
부축을 받아서 나가는 사람도 있다.

마이클	축구에 관심이 있으신 줄 몰랐어요.
강 회장	관심 없어. 다 사업파트너야. 저 인간 건강 괜찮나… 살아 있나… 체크하는 거야.
마이클	아직 회장님은 건강하시잖아요.

강 회장과 마이클 웃는다.

강 회장	보내준 거 좋던데? 그런 생각을 했다니, 의외야.
마이클	저도 새로운 콘셉트로 한번 도전해 보고 싶습니다.
강 회장	잘해 보자고.

마이클	감사합니다.
강 회장	자네도 모임 들어와. 용병으로.

마이클과 강 회장 서로 웃는다.

#15. 축구장 주차장/ 아침

차로 걸어오는 마이클. 핸드폰을 켜서 보면 아무 문자도 없다. ('아침 고맙다'는 수현의 문자를 기다림)

#16. 마이클 집 주방/ 아침

완전 깨끗하게 비운 식탁 위의 음식들. 정신없이 먹고 나서 그 빈 접시들을 쳐다보는 수현. 주방 싱크대를 한번 쳐다보고, 접시를 어떻게 해야 할지 고민 중.

수현	이 접시를… 설거지를 해야 하나…. 누구한테 물어보나. 희수 기집애, 이럴 땐 딱 생각나냐….

접시를 몇 개 정리를 하다가 다시 그 자리에 둔다. 눈을 깜빡이면서 고민을 하다가 핸드폰을 들어서 희수에게 전화를 거는 수현.

기계응답	이 번호는 결번이오니…

놀란 수현. 이번엔 희수였다! 희수가 없어졌다.

엔딩!

23부

수현, 모델 첫 데뷔!

#1. 마이클 집 정문/ 아침

미친 듯이 뛰어서 밖으로 나오는 수현.

#2. 인도/ 아침

핸드폰으로 택시를 부르는데 오지 않고 빈 택시도 없다. 다시 뛰기 시작하는 수현.

#3. 헬스장/ 아침

희수가 운동하던 헬스장에 뛰어온 수현. 관리자에게 물어 보지만 고개를 절레절레 젓는 관리자.

#4. 쇼핑거리/ 오전

희수와 함께 갔던 쇼핑거리. 갔던 가게마다 들러서 희수랑 같이 왔는데 기억나는지 물어보는데 아무도 기억을 못 한다. 나와서 그 자리에 주저앉는 수현. 지나가는 사람들 쳐다본다.

#5. True Size 본사 1층 매장/ 오전

광고 포스터를 쳐다보고 있는 마이클. 다른 모델과 마이클이 함께 찍은 포스터가 붙어 있다. (예전엔 여기 예린과 마이클이 함께 찍은 포스터가 크

게 걸려 있었다)

매니저　　　　마이클, 이 포스터는 오늘이 마지막이에요.
마이클　　　　아, 새로 찍은 거 오늘 나오죠?
매니저　　　　네, 다들 기대 많이 하고 있어요.
마이클　　　　고마워요. 참! (혹시 비비안도 없어졌나?) 비비안은…
매니저　　　　(사무실을 가리키며) 위에요.
마이클　　　　별 일 없네요.

그대로 매장에서 나가는 마이클.

#6. True Size 본사 1층 매장 앞/ 오전

지나가는 사람, 차, 건물 다 그대로다. 이때 울리는 마이클의 핸드폰, 수현이다.

마이클　　　　오늘은 예린이었어.
수현E　　　　(거의 동시에) 희수가 없어졌어…. 희수가…

마이클 전화를 끊고 도로를 보면 길이 막혀서 차가 움직이지 않는다. 포기하고 뛰기 시작하는 마이클.

#7. 대로변/ 오전

사람들을 피해서 열심히 뛴다.

#8. 쇼핑거리/ 오전

쇼핑거리 중간에 고개를 푹 숙이고 주저앉아 있는 수현. 사람들이 지나가다가 한 번씩 쳐다보고, 사진도 찍는데 아무것도 안 하고 그대로 앉아 있다. 그런 수현 앞에 뛰어와서 일어나라고 손을 내민다. 고개를 들어서 보니 마이클이다. 두 사람을 둘러싼 많은 사람들. 재킷을 벗어서 수현에게 덮어 주고 일으켜 세우는 마이클. 수현 눈물을 흘리고 있다. 자상하게 눈물을 닦아 주고 수현을 데리고 걸어간다.

#9. 수현 집 옥상/ 오후

옥상에 서서 하늘을 쳐다보고 있는 수현과 마이클.

수현	미안해. 어제 너도 많이 힘들었지.
마이클	오늘은 포스터에서 예린이 없어졌어. (애써 위로) 방법 찾으면 있을 거야.
수현	(스스로 위안) 그렇겠지? 항상 생각했어. 몸이 바뀌면 제일 먼저 영수 씨 만나서 데이트하고 희수 만나서 그동안 있었던 거 이야기하고…
마이클	나는 헨리랑 오랜만에 술 한잔하고 예린 만나서 당장 유진이랑 헤어지라고…
수현	다음은…
마이클	다음엔… (쉽게 말을 꺼내지 못한다)

서로 얼굴을 빤히 쳐다보는 수현과 마이클.

마이클, 수현	(동시에) 나?
마이클	그럼 우리가 만일에 몸이 바뀌면 만나고 싶어 했던 사람들 순서로 없어지고 있다는 거야?
수현	그래서… 그 순서면 이제 너랑 내 순서라는 거지?

마이클과 수현 놀라는 표정.

#10. 광고 인쇄소/ 오후

인쇄기에서 'True Size'의 새로운 포스터가 출력되어 완성되고 있다. 수현과 마이클이 함께 찍은 화보와 수현의 단독 화보.

#11. True Size 홈페이지/ 오후

수현이 메인모델로 꾸며진 홈페이지.

#12. True Size 본사 1층 매장/ 오후

기존에 붙어 있던 포스터를 떼고 수현의 포스터로 교체하는 직원들. 매장 내 비치되어 있던 브로슈어도 새로 다 바뀌었다.

#13. 백화점 앞/ 오후

백화점 건물 벽 전면에 수현 'True Size' 단독 광고가 걸려 있다. 그 앞에서 놀란 얼굴로 보고 있는 수현과 그런 모습이 흐뭇한 마이클.

마이클	생각보다 잘 나왔네.
수현	믿을 수가 없어. 이게 나라니.

학생1 저기… 수현 맞죠?

수현, 학생을 보고 맞다고 고개를 끄덕. 사인을 해 달라고 한다. 종이를 받아서 사인을 해 주는 수현, 사람들이 점점 몰리고 마이클은 뒤로 완전 밀려난다. 사람들에게 둘러싸인 수현. 이때 검은색 양복을 입은 보디가드들이 수현에게 다가와 빠르게 상황을 정리한다. 보디가드가 길을 터서 얼른 그 자리를 피하게 만들어 주고, 놀란 수현 그들을 따라간다. 대로변에 큰 밴이 서 있고, 그 앞에 비비안이 만족스러운 표정으로 기다리고 있다. (비비안이 수현의 매니저 같은 느낌) 수현 서둘러 밴에 타고, 비비안은 몰려 있는 사람들에게 인사하며 웃는다. 마이클, 두 사람을 발견하고 뛰어오는데 앞에 사람들에 막혀서 밴에 가까이는 못 가고 비비안을 부른다.

마이클 (손 흔들며) 비비안, 나두!!

비비안, 마이클 타기 전에 얼른 밴 문을 닫아 버린다. 바로 출발하는 비비안의 밴. 팬들 아쉬워하고, 마이클은 황당하다.

비비안E 퍼펙! 퍼펙!! 퍼~~펙트!

#14. 도로, 달리는 밴/ 오후

비비안 만족스럽게 웃으면서 수현과 이야기 중이다. 수현 처음 타 보는 밴이 신기하고, 이런 상황이 어색하다.

비비안 완벽했지!! 어때, 내 선물이?

수현	무슨 선물이요?
비비안	왜 이래. 자기가 이야기한 거잖아.

#14-1. 고급 식당 룸/ 과거 (12부 #1 이어서)

수현(마이클)	아, 그리고 제 첫 광고 걸리는 날 백화점 건물 전면 광고, 팬클럽 즉석사인회 TV언론사 인터뷰 부탁드려요.

#현재/ 달리는 밴

비비안	수현 씨. 가만 보니까 아주 전략적이야. 이제 수현 씨가 요구하는 거 다 해 줄게. 여기 운전하는 매니저, 뒤에는 스타일리스트…
수현	그게 아니라…
비비안	아~~ 마이클? 걱정 마. 모델 붙여서 호텔 침대에 누워 있는 거 찍으면 돼. 그거 한 방이면 훅~
수현	세워요….

비비안 또 수현 이야기 안 듣고 스케줄 정리 중이다.

수현	세우라고!!!

운전사 놀래서 밴을 급하게 세우고 수현, 비비안을 피해서 문을 열고 밴에

서 내린다.

비비안 수현 씨…, 수현 씨?

비비안 도로 한복판을 열 받아서 걸어가는 수현을 쳐다본다.

비비안 뭐야? 저것도 작전인가? 야! 찍어, 얼른!!

옆에 타고 있는 매니저 얼른 내려서 걸어가는 수현을 핸드폰으로 찍는다.

#15. 대로변/ 오후

열 받아서 걷고 있는 수현. 수현 앞에 사람들 몰려서 사진을 찍는다. 약간 고개를 숙이면서 걷고 있다. 도로에서 어떤 차가 경적을 빵빵 울려서 쳐다보니 마이클의 차다. 수현 빨리 마이클의 차에 탄다.

#16. 도로, 마이클 차/ 오후

도로 위의 마이클 차 안.

마이클 비비안, 역시 스케일이 커~
수현 (어이없다) 이젠 놀랍지도 않아! (마이클을 쳐다보며) 근데 왜 비비안은 괜찮지? ('왜 안 없어지지?'라는 뜻)
마이클 나도 그게 신기해.
수현 미워하는 사람이 아닌 건 확실하네. 그랬으면 네가 제일 먼저 없어졌을 거야!

마이클 (웃음) 그런가? (진지하게) 오늘 안으로 해결해야 해.
우리까지 없어지면 나머지 사람들 영영 못 돌아와.

날카로운 눈빛으로 액셀을 밟고 속도를 내는 마이클의 차.

엔딩!

24부

너에게 꼭 하고 싶은 이야기가 있어

#1. 도로/ 오후

달리다가 갑자기 대로변에 차를 급하게 세우는 마이클. 운전석에서 내려서 밖으로 나온다. 가슴이 답답한지 내려서 한숨을 크게 쉬는 마이클. 수현 무슨 일인가 싶어서 따라서 나오는데…

수현	왜? 어디 아파? 무슨 일이야?
마이클	(아까랑 180도 다르다) 어디로 가야 할지 모르겠어.
수현	뭐?
마이클	(슬프다) 내일 사라지다니. (정신 차리고) 아냐, 이럴 시간이 없어. 마지막 날일 수도 있는데… (흥분) 바다, 바다가 보고 싶어!

마이클 울다 웃다 하면서 반실성한 사람처럼 왔다 갔다 하고, 수현 짜증나서 한 바퀴 둘러보는데 길 건너 지나가는 학생. (12부 #5. 포트폴리오를 줬던)

수현	어? 걔 아닌가?
마이클	누구?
수현	그 포트폴리오…

다시 돌아보면 없다.

마이클	(생각났다) 포트폴리오!!! 거기 해답이 있을지도 몰라. 주차장엔 외부인 출입금지야. 거기 들어올 수가 없다고!
수현	(같이 놀란다) 어머! 진짜?
마이클	그래!!! 그거였어!!
수현	(김빠진) 내가 봤는데 그냥 평범해.
마이클	(머리를 쥐어뜯으며) 으악!!!! 그럼 어떻게 하냐고!!!

하늘을 보면서 소리 지르는 마이클. 만화처럼 마이클이 있는 곳에서 전체 도시 전경까지 줌 아웃!

#2. 도로, 마이클 차/ 오후

수현이 운전을 하고 보조석에 앉은 마이클 절망스러운 표정이다.

마이클	(포기한 듯) 지금 벌써 5시네. 자정까지 7시간… 이제 7시간 후면 사라지는구나….
수현	(폭발) 너 자꾸 이러면 나 그냥 간다?
마이클	(기어가는 목소리) 가지 마… 잘못했어!

수현 마이클이 평소랑 달리 너무 이상하다. 슬쩍 보니 마이클 이마에 땀이 맺혀 있다. 한쪽 손을 이마에 대 보니 열이 심하다. 놀란 수현.

#3. 고급 레스토랑 앞/ 오후

차에서 내리는 마이클과 수현. 마이클이 축 늘어지고 수현 부축한다.

#4. 고급 레스토랑/ 오후

아무도 없는 레스토랑. 마이클 의자에 앉는다. 몸살기가 있는 듯 추워서 몸을 떨고 있다.

수현	왜 사람이 없어?
마이클	친구가 하는 곳인데 오늘 휴일이야.
수현	병원에 가자.
마이클	싫어. 병원에서 마지막을 보낼 순 없어.
수현	난 무슨 죄야?
마이클	(가방에서 노트를 꺼내서) 어제 적은 거 있으니까 방법을 좀 찾아봐. 꼼꼼하게 봐. 난 주방 쪽 방에 잠깐 누웠다 나올게.

마이클 힘없이 주방(안쪽)으로 들어간다. 걱정스럽게 마이클을 보는 수현.

#5. 고급 레스토랑 주방/ 오후

힘없이 들어오는 마이클. 수현이 안 보이게 몸을 확 숨는다. 마이클 멀쩡하다. 마이클 수현 몰래 어디론가 전화를 건다.

#6. 고급 레스토랑/ 오후

레스토랑을 한번 쭈욱 돌아보고, 테이블 의자에 앉는 수현. 마이클의 노트

펼쳐서 본다. 첫 페이지를 넘기면 목차가 나온다.

수현 유아기, 청소년기, 성년기. 아예 자서전을 썼구나.

수현이 페이지를 넘길 때마다 마이클의 목소리와 인서트 화면이 CG 부분 화면으로 추가.

#6-1. 유치원/ 낮/ 과거

꼬마 마이클 몰래 숨어 있다가 친구가 그 앞을 지나갈 때 물총을 집중적으로 바지에 쏜다. 그 친구 바지가 마치 오줌을 싼 것처럼 젖었다. 꼬마 마이클은 도망가고, 그 친구는 여자 친구들에게 놀림을 받았다.

마이클E 유아기, 0세~8세. 친구 바지에 물총을 쏴서 오줌싸개로 만듦.

#6-2. 디자인대회 시상식/ 낮/ 과거

청소년 마이클과 친구 3명, 봉투를 들고 있다. 돈을 꺼내서 세 보며 좋아하는 마이클과 친구들.

마이클E 청소년기 9세~18세. 디자인대회 친구 이름으로 나가서 1등~4등까지 싹쓸이함.

#6-3. 몽타주 (빠른 속도로 화면 전환)

열 받은 마이클, 디자인 파일을 집어던지는 마이클, 상대방을 울리는 마이클, 비웃는 마이클, 싸우는 마이클, 물을 맞는 마이클.

마이클E	성년기 19세~현재. (랩하듯이) 뚱뚱한 기자랑 인터뷰하다 중간에 나간 일, 서브 디자이너에게 디자인 파일 집어 던진 일, 독설로 여러 사람 울린 일, 다른 브랜드 무시한 일, 경비아저씨한테 짜증 낸 일, 소개팅 가서 몸매 지적한 일…
수현E	그만, 그만!!!

#현재/ 고급 레스토랑

부분화면 CG 펑~ 하고 사라진다. 마이클의 노트를 책상에 거칠게 내려놓는 수현.

수현	(숨이 찬다) 너무 많아. 안 죽고 아직 살아 있는 게 신기해…

이때 레스토랑 문이 열리고… 깜짝 놀라는 수현.

배달원	배달 왔습니다.

#7. 고급 레스토랑 주방/ 오후

숨어서 수현이 꽃다발하고 케이크를 받는 걸 몰래 보는 마이클.

#8. 고급 레스토랑/ 오후

자다 일어난 것처럼 눈을 감고 나오는 마이클. 꽃다발과 케이크를 들고 있는 수현.

수현	꽃 배달 왔어. 오늘 휴무라고 했는데 그냥 주고 가네.
마이클	그래?
수현	친구한테 전화해 봐.
마이클	됐어. 그냥 우리가 먹자.

#9. 고급 레스토랑 창가 자리/ 오후

케이크를 꺼내고 초를 꽂는다. 마이클은 초에 불을 붙이려는데 수현 팔짱을 끼고 마이클을 이상하게 쳐다본다. 마이클 왜 그러냐는 뜻으로 어깨를 살짝 올리면,

수현	이 상황에 무슨 케이크야? 아픈 거 맞아. 확실해. 희수랑 헨리가 없어졌어. 오늘 지나면 우리도 없어질 수 있다고.

마이클 수현의 말을 듣고 초에 불을 붙인다. 마이클 와인을 꺼내서 잔에 와인을 따른다. 그리고 수현에게 잔을 주고, 본인 잔에도 와인을 따른다. 잔을 드는 마이클. 수현 잔을 들지 않고 마이클을 계속 째려보면, 잔을 들라고 계속 손짓.

마이클	맞아. 오늘 안에 해결하지 않으면 우리도 없어질 거야.

수현 대답 대신 고개 끄덕.

마이클 또 하나, 오늘이 지나기 전에 할 게 있어.
수현 유언이야?
마이클 (웃는다) 한수현, 데뷔 축하해!!

수현 살짝 놀라서 마이클을 쳐다본다. 생각하지 못했던 상황.

#인서트

- 23부 #13. 백화점 앞/ 오후
 백화점 광고를 보며 좋아하는 수현을 바라보는 마이클.
- 24부 #5. 고급 레스토랑 주방/ 오후
 수현 몰래 주방에서 전화로 꽃 배달 주문하는 마이클.

#현재/ 고급 레스토랑 창가 자리

마이클 이게 세 번째로 널 만나고 싶었던 이유야. 헨리랑 술 한 잔도 못 했고, 예린한테 헤어지란 말도 못 했잖아. 세 번째는 해야지. 축하해. 멋있었어….

마이클 와인을 마시고, 수현도 마지못해 조금 마신다.

수현 태어나서 제일 행복한 날인데 아무도 없네.
마이클 난 투명인간이야? 내가 있잖아. 20대 여성이 뽑은,

안기고 싶은 남자 1위!

수현	말도 안 돼.
마이클	진짜라니까? 한번 안아 줘?
수현	해 봤잖아. 화보 찍을 때.
마이클	그거랑은 다르지.

일어나서 수현에게 걸어온다. 수현 싫다고 마이클을 손으로 쳐 낸다.

수현	됐어!
마이클	증명해 준다고!!

마이클 계속 안으려고 장난 치고 수현 도망가려고 숙이면서 일어나다가 부딪혀서 수현 넘어질 뻔한다. 마이클 수현의 허리를 잡아 주며 수현을 안는다. 수현이 머리가 마이클의 심장에 닿고 심장소리가 크게 들린다. 수현 당황해서 얼른 빠져나가려는데 마이클 수현의 허리를 더 세게 안는다. 수현 고개를 들어서 마이클을 쳐다보고 마이클도 수현을 계속 쳐다본다. 점점 가까워지는 두 사람의 얼굴. 수현 피하려고 얼굴을 살짝 뒤로 하면 손으로 수현의 얼굴을 감싸고 키스를 하는 마이클. 창가로 들어오는 석양. 두 사람의 애틋한 첫 키스.

엔딩!

25부

포트폴리오의 비밀

#1. 고급 레스토랑 근처 벤치나 공원/ 저녁

수현 의자에서 석양의 하늘을 쳐다본다. 수현에게 담요를 덮어 주고 옆에 앉는 마이클.

수현	벌써 저녁이야. 우리 이렇게 가만있어도 되는 걸까?
마이클	할 수 있는 게 없으니까…. 지금까지 일어난 모든 일이 우리가 원했던 게 아니잖아. 사라진 사람들도 그리고 우리도….

수현 밑을 내려다보면 가방을 메고 지나가는 어린 학생들이 보서로 장난을 치고 지나간다.

수현	(화제를 바꾸며) 좋겠다. 너넨 걱정이 없어서….
마이클	난 저땐 걱정이 많았는데….
수현	조숙했나 봐?
마이클	엄마 이야기 했지? 원래 엄마 꿈이 디자이너였어. 매일 옷을 만들어서 나한테 입으라고 했어.
수현	좋았겠네.
마이클	여자 옷이었다고!

수현 깜짝 놀란다.

마이클	그래서 밤마다 기도했지. (손을 기도하듯 모으며) 여자 옷 안 입게 해 주세요. 엄마가 없어졌으면 좋겠어요. 어느 날 집으로 돌아오는데, 자꾸 신호등이 걸리는 거야. 그날따라 기분도 조금 이상하고….
수현	(일부러 밝게) 엄마 덕분에 디자이너가 된 거네. 역시 조기교육은 중요해.

마이클 웃는다.

수현	난 삼촌 집에서 자랐어. 부모님 얼굴도 본 적 없고….
마이클	(당황) 어, 미안해. 괜히 엄마 이야기를….
수현	괜찮아. 너무너무~~ 사랑을 많이 해 주셨어. 그래서 내가 7살 때 35kg가 넘은 거야. 소.아.비.만!

마이클 엄지 척!

수현	우리 동네에 진짜 이쁜 아줌마가 있었거든. 나한테 살만 빼면 완전 이뻐질 거래. 난 먹는 게 너무 좋다고 못 하겠다고 했지. 자기가 예쁜 옷을 하나 선물을 해 주겠다고…. 그걸 보면서 날씬하게 해 달라고 기도하면 이뤄질 거라고 하는 거야.
마이클	'True Size'랑 똑같네.

수현　　　　맞아, 맞아!! 잘생긴 오빠도 소개해 준다고…. 그리고 예쁜 옷을 선물 받았지!! 그 옷을 걸어 놓고 매일매일 기도했어!

마이클　　　그래서 효과가 있었어?

수현　　　　(손가락으로 4 표시) 40 돌파!!!

마이클 깔깔대며 크게 웃는다. 수현도 민망해서 같이 웃는다.

마이클　　　설마, 그 이쁜 언니가 우리 엄마고 너랑 나랑 남매고 그런 건 아니겠지?

수현　　　　어릴 때 어디 살았는데?

마이클　　　연암동.

수현　　　　(놀란다) 나도.

마이클　　　너 혈액형이 뭐야? 난 A형.

수현　　　　(말도 안 돼) 나도….

순간 아무 말 못 하는 마이클.

수현　　　　(바보 아냐?) 우리 엄마, 아빠 25년 전에 돌아가셨어. 난 친딸이고!

마이클　　　(괜히 창피하다) 사람들 쳐다본다. 가자.

마이클 먼저 일어나서 고급 레스토랑으로 들어가고, 수현도 따라 들어간다.

#2. 도로, 마이클 차/ 저녁

마이클 운전하고, 수현 보조석에 앉아 있다.

수현	신기하다. 어릴 때 같은 동네에 살고…. (마이클을 보며) 설마 같은 동네에 살아서…?
마이클	그 동네 최소 5천 명은 살거든?
수현	그렇지…. 너무 말이 안 되지. 아깝다. 우리가 남매면 나도 디자이너 되는 건데.
마이클	우리가 어떻게 남매야. DNA가 달라. 그리고 디자이너는 다른 문제야.
수현	왜? 나도 디자인에 관심 많아. 한번 그려 봐?
마이클	그래. 특별히 작업실 빌려준다!
수현	오케이!!

속도를 내서 운전을 하는 마이클.

#3. 마이클 집 주차장 입구/ 저녁

차에서 내리는 마이클과 수현. 주차장 입구로 걸어 나오는데 마이클, 맞은편에 누군가 있는 걸 알고 고개를 숙인다. 수현도 따라서 고개를 숙이고…

수현	왜 뭔데?
마이클	파파라치!
수현	(고개 들고) 어디?
마이클	(수현 고개를 숙이며) 고개 들지 마!!

수현과 마이클 다시 고개를 숙인다.

수현	근데 우리 어떻게 될지 모르는데….
마이클	맞다! 그러네!

다시 고개를 드는 마이클과 수현. 맞은편 파파라치를 향해 멋있는 포즈를 취한다.

#4. 조금 떨어진 곳/ 저녁

파파라치. 큰 사진기를 들고 사진을 찍는다. 갑자기 수현과 마이클이 파파라치를 향해 포즈를 취하자 놀라는 파파라치.

파파라치	뭐야? 저럼 재미없는데.

다시 사진을 찍는다. 마이클과 수현 포즈를 몇 번 더 취하고 손까지 흔들어 주면서 입구로 걸어간다. 파파라치 실망하고 철수한다.

#5. 마이클 집 거실/ 저녁

현관문 열리고 웃으면서 들어오는 마이클과 수현.

마이클	은근 재밌다!
수현	당황한 거 봤어?

서로 또 한 번 쳐다보며 웃는다.

#6. 마이클 집 작업실/ 저녁

작업북을 펼치고, 연필을 들고 있는 수현. 슬쩍 한번 선을 그어 보는데 이상하다. 얼른 다시 지우는 수현. (지금은 의상디자인을 컴퓨터로 하지만 실제로 그리는 것으로 설정) 그때 문이 열리면서 마이클이 들어온다.

마이클	잘돼 가?
수현	(고민하는) 창작하는 중이야….

마이클 웃으면서 문을 닫고 나간다. 마이클이 나가자 한숨~ 몰래 일어나서 책장에 꽂혀 있는 디자인북 꺼내려다가 다시 포기하고 자리에 앉는다. 가만히 생각하는 수현.

#인서트 (수현의 회상)

- 20부 #10. 수현 집/ 오후

학생이 준 포트폴리오를 표지를 넘겨서 첫 장을 보는 수현.

포트폴리오 클로즈업. (여성스러운 드레스에 어깨에 나비처럼 프릴이 잡혀 있는 드레스)

#현재/ 마이클 집 작업실

손을 풀고 조금씩 밑 작업을 하면서 그리기 시작한다. 열심히 그리는 수현의 모습. 컬러펜슬도 꺼내서 칠하고, 지웠다가….

#7. 마이클 집 거실/ 저녁

소파에 앉아서 책을 읽는 마이클. 책을 읽다가 고개를 들어서 밖을 보면 벌써 어두워졌다.

#8. 마이클 집 작업실/ 저녁

거의 마무리 작업 중. 마지막 펜 작업이 끝나고 스케치를 털어서 보면 꽤 근사하다. (수현이 디자인을 배우지 않았기 때문에 옷의 특징 위주로 그림)

#9. 마이클 집 거실/ 저녁

책을 읽는 마이클에게 작업북을 내미는 수현. 표지가 있어서 아직 수현의 디자인은 보이지 않는다. 웃으면서 작업북을 받는 마이클. 표지를 넘기고 수현의 디자인을 본다. 어설픈 수현의 그림에 훗~ 하고 웃음을 터뜨리는 마이클. 그러다 자세를 고쳐 잡고 수현의 디자인을 자세히 본다. 수현 점점 도도하게 표정을 짓는다. (자기가 잘 그렸다고 생각)

마이클	이거… 어디서 봤어?
수현	(괜히 찔려서) 내가 그렸지.
마이클	내가 대학 때 했던 디자인이야.

마이클 작업북을 들고 작업실로 들어간다.

#10. 마이클 집 작업실/ 저녁

마이클 급하게 들어와서 서재 맨 위에 있는 예전 작업북을 꺼낸다. 작업북 안에 있는 스케치. 지금 수현이 한 것과 거의 비슷하다. 마이클의 예전 디자인도 숄더 부분을 나비처럼 만들어 놓았다.

마이클	이거 보고 한 거야?
수현	아니, 그 학생 포트폴리오…. 맨 앞장에 그려져 있던 거야….

놀라는 마이클의 표정. 당황한 수현.

#11. 수현 집(작은 창고 혹은 구석)/ 저녁

박스 안에 들어 있는 학생의 포트폴리오. 그 안에서 반짝 하고 빛이 새어 나온다.

엔딩!

26부

마지막 한 장은 누굴 그리지?

#1. 수현 집(작은 창고 혹은 구석)/ 저녁

박스 안에 들어 있는 포트폴리오. 그 안에서 새어 나오는 빛.

마이클E	나도 한번 꺼내 볼걸.

#2. 도로, 마이클 차/ 저녁

마이클 운전 중이고, 보조석 앉은 수현은 본인이 그린 디자인과 마이클의 예전 디자인을 계속 보고 있다.

수현	정말 볼수록 비슷해.
마이클	초기 디자인이야. 비비안이 싫어해서 발표한 적은 없어.
수현	그걸 누가 알고… 그 학생 누굴까?
마이클	가 보면 알겠지!

속도를 내면서 운전을 하는 마이클.

#3. 수현 집/ 저녁

문이 열리고 급하게 들어오는 마이클과 수현. 수현 들어오자마자 구석으로 가서 박스를 꺼내 온다. 박스 안에 들어 있는 학생의 포트폴리오. 마이클, 박스 안에 포트폴리오를 꺼내서 급하게 펼쳐본다. 앞장부터 넘겨 보는 마이클. 남녀가 쳐다보고 있는 형식의 포트폴리오. 여자 옷이 수현이 그린 것과 거의 비슷하다.

수현	어때? 난 그냥 평범해 보였어.
마이클	자세히 보니까 버터플라이 부분만 빼곤 나랑 조금 달라.

몇 장을 더 넘겨 보는 마이클. 남녀가 2명씩 커플로 나오는 포트폴리오. 그걸 제외하면 상당히 평범하다. 끝까지 보는 마이클. 제일 마지막 2장은 백지로 비어 있다.

마이클	왜 그리다 말았지?
수현	난 끝까지 안 봤는데… 원래 이래?
마이클	아니. 미완성을 주진 않지. 그건 기본이야.
수현	이상하다.

마이클 포트폴리오를 다시 쳐다보다가 몇 장을 또 넘긴다. 그리고 다시 이리저리 돌리면서 쳐다보는 마이클.

수현	왜?
마이클	이거… (막 넘겨서 앞으로) 나랑 너야! 이거 봐! 우리 지금까지 있었던 일이야!!

수현과 마이클 첫 장부터 하나씩 본다. 한 장씩 넘길 때마다 실제 화면이 보였다가 다시 포트폴리오로 변환.

디자인1) 서로 마주보고 놀라는 표정의 남녀.
- 5부 #7. 병원 화장실/ 오전
서로 얼굴을 보고 놀라는 마이클과 수현.

디자인2) 서로 어깨동무를 하며 쳐다보는 남녀.
- 13부 #9. 수현 집 옥상/ 저녁
옥상에서 술을 마시는 마이클과 수현.

디자인3) 레드카펫에 선 남녀.
- 14부 #1. 레드카펫/ 저녁
레드카펫에서 멋지게 등장하는 마이클과 수현.

디자인4) 남자는 서 있고, 여자는 앉아서 남자를 쳐다본다.
- 23부 #8. 쇼핑거리/ 오전
수현을 찾아온 마이클.

디자인5) 서로 가까이 키스할 듯 서 있는 남녀.
- 24부 #9. 고급 레스토랑 창가 자리/ 오후
서로 쳐다보면서 키스하는 마이클과 수현.

넘기면 백지가 되는 포트폴리오.

마이클　　전부 다 커플 디자인이야.
수현　　우리 하루에 2명씩 사라졌어.
마이클　　(백지가 2장이다) 남자 2명, 여자 2명. 우리가 그리는 그대로 돌아오는 걸까?

핸드폰 시계를 보니 밤 10시가 넘었다.

수현　　시간이 없어! 빨리 해 보자.
마이클　　펜… 펜만 있으면 돼!

마이클은 식탁에 앉아서 그림을 그릴 준비를 하고, 수현은 책장에서 펜하고 디자인 용품을 가져온다. 디자인하는 사람들이 쓰는 전문도구.

마이클　　너… 이거…
수현　　나도 연습했어. 혹시 몰라서…. 근데 흉내도 못 내겠더라….

마이클 수현을 보면서 대견하게 한 번 웃고. 펜을 하나 집는다. 비어 있는 포트폴리오에 디자인을 하려는데,

마이클　　누구부터 하지?
수현　　헨리랑 희수.

마이클이 직접 백지에 디자인을 시작한다. 멋지게 디자인을 완성하는 마

이클. 선을 거침없이 그려 가면서 헨리와 희수를 그리는 마이클. 스케치를 마무리를 하고, 컬러펜을 들고 컬러를 칠하는 마이클. 수현은 그런 마이클을 처음 본다. 장난치고 허술한 모습이 아닌, 디자이너로 집중해서 그림을 그리는 마이클.
마이클의 모습을 지긋이 쳐다보는 수현. 수현의 눈에 그런 마이클이 멋있다. 마이클의 디자인이 거의 완성되었다. 두 사람이 뒤돌아서 부딪히는 디자인. 디자인을 앞에 놓고 마이클과 수현 같이 동시에 쳐다본다.

#4. 번화가/ 저녁

#3의 마이클의 디자인에서 자연스럽게 화면 전환. 똑같은 포즈로 길에서 서로 등이 부딪히는 헨리와 희수. 옷도 마이클이 디자인한 옷처럼 입었다.

헨리	죄송합니다.
희수	네, 저두요.

인사를 하는 헨리와 희수. 고개를 숙였다가 서로 얼굴을 빤히 보고, 희수는 헨리를 보고 첫눈에 반했다.

희수	혹시 저희 어디서…
헨리	아뇨…!!

헨리 얼른 뒤돌아서 반대쪽으로 걸어간다. 뒤에서 아쉬운 표정으로 헨리를 쳐다보는 희수. 이때 울리는 헨리의 전화. 마이클이다.

헨리　　　　　　　　형. 나 이상한 여자가 느끼하게 쳐다봐.

헨리 뒤돌아서 보면 가만히 헨리를 쳐다보고 있는 희수.

마이클E　　　　　　헨리… 헨리 맞아?
헨리　　　　　　　　왜? 어. 나 무서워~~~

#5. 수현 집/ 저녁

전화를 하는 마이클. 수현도 놀란 표정으로 마이클을 본다.

마이클　　　　　　　야! 그만 놀고 집에 빨리 들어가!!

이때 울리는 수현의 핸드폰. 핸드폰을 보면 희수다.

수현　　　　　　　　여보세요?

#6. 번화가/ 저녁

헨리의 뒷모습을 보면서 전화를 하는 희수.

희수　　　　　　　　나 운명의 남자를 만난 거 같아. 너무 귀여워~

희수는 계속 헨리에게 정신이 팔려 있다.

희수　　　　　　　　여보세요? 듣고 있어?

#7. 수현 집/ 저녁

전화를 받고 있는 수현. 말을 제대로 잇지 못하고 약간 눈물이 글썽. 마이클은 그런 수현의 어깨를 조용히 감싸 준다.

수현	나 너한테 할 말이 너무 많아.

#8. 번화가/ 저녁

희수	일단 니 이야기는 나중에 듣자. 끊어!!

희수 전화를 끊고 헨리 쪽으로 뛰어간다. 쫓아오는 희수를 보고 놀라서 도망가는 헨리. 그런 희수는 쫓아가서 말을 걸고, 헨리는 뿌리치고 또 도망간다.

#9. 수현 집/ 저녁

전화를 끊고 가만히 서 있는 수현. 어깨를 감싸 주고 있는 마이클에게 기댄다.

수현	진짜 잘되었다. 그치?
마이클	헨리 목소리도 씩씩하더라….
수현	(눈물 닦고) 이제 나머지 한 장도….

마이클이 수현을 잡는다. 수현 쳐다보며,

마이클	이거 마지막 한 장이야. 여기 예린하고 그 친구 그리면 우리까진… 안 될지도 몰라.
수현	다 돌아왔으니까 괜찮지 않을까?
마이클	혹시… 모르니까… 예린이랑 너랑…
수현	아냐! 너랑 예린이랑 아니, 너랑 영수 씨랑… 어떡하지…?
마이클	다 나 때문이었잖아. 나 하나 벌 받으면 돼.
수현	하필 너랑 나랑… 이유가 있겠지. 빨리… 시간 얼마 안 남았어!!

마이클과 수현 서로 애틋하게 쳐다보고, 마이클 식탁에 앉아서 나머지 한 장의 그림을 그린다. 그런 마이클을 쳐다보는 수현.

(점프)
그림을 완성한 마이클. 포트폴리오를 닫는다. 두 사람의 그림은 보여 주지 않음.

마이클	이제 진짜 둘만 남았네.
수현	잘 돌아왔겠지?
마이클	유진이랑 헤어지라고 말해 줘야 하는데! 남자 보는 눈이 그렇게 없어서!!

서로 쳐다보면서 웃는다. 마이클은 수현의 얼굴을 빤히 쳐다보고 수현은 마이클이 쳐다보니까 민망하다.

수현 왜 빤히… 쳐다봐?

마이클 넌, 날 왜 만나고 싶었어? 그걸 말 안 해 줬잖아.

수현 아… 그거… 고맙다고… 인사를 하려고…. (마이클을 보며) 고마웠어. 덕분에 못 해 본 것도 해 보고…. 살도 빼 주고… 계약 잘 지켜 줘서…

마이클 계약은 지키라고 있는 거야.

12시가 거의 다 되어 간다. 서로 시계를 쳐다보고 웃는 두 사람. 서로의 눈을 쳐다보는 두 사람. 천천히 가까워지고… 서서히 입을 맞추는 두 사람. 시계는 12시 정각을 알리고, 키스하던 두 사람을 보여 주다가 옆에 놓여 있는 포트폴리오로 화면이 옮겨 간다. 서서히 사라지는 두 사람.

수현NA 신데렐라는 12시 종소리가 울리면 혼자 집으로 돌아간다. 그러면 왕자는 유리구두를 가지고 신데렐라를 찾아 나선다. 하지만 'True Size 신데렐라'인 나는 12시 종소리와 함께 왕자도 데리고 사라졌다. 유리구두 따윈 필요 없으니까. 우린 어디로 사라졌을까? 영수 씨와 예린은 어떤 모습으로 나타났을까? 그리고 이 포트폴리오를 준 학생은 누구지?

엔딩!

27부

우리가 그린 완벽한 해피엔딩

#1. 수현 집/ 저녁

서로 애절하게 쳐다보면서 키스를 하는 마이클과 수현. 두 사람의 애틋한 키스. 두 사람 옆에 놓여 있는 포트폴리오. 마이클이 마지막 장에 그린 그림 디자인이 보인다. 작은 포스터 앞에 서 있는 남녀의 모습에서 스틸!

#2. 의류복합몰 True Size 매장 앞/ 오후 (1부 #4 동일)

#1의 디자인 스틸에서 자연스럽게 화면 전환.

'True Size' 포스터 앞에 서 있는 예린과 영수. 예린이 보고 있는 'True Size' 포스터는 수현과 마이클의 키스하는 장면이다. (1부의 예린과 마이클의 포스터가 수현과 마이클의 포스터로 변경, 수현과 예린의 위치가 변경. 예린과 마이클은 서로 키스를 거부하고 고개를 돌린 콘셉트였고, 이번 수현과 마이클은 서로 키스를 하는 포스터)

예린이 수현을 부러워하는 눈으로 쳐다본다.

예린　　　　수현 너무 이쁘다.
영수　　　　난 마이클이 너무 부러워요.

서로 쳐다보는 두 사람.

영수　　　　　모델 지망생?
예린　　　　　그쪽은…
영수　　　　　(디자인북을 보여 주며) 디자이너.

웃으면서 같이 길을 걸어가는 두 사람. 자연스럽게 걸어가면서 말을 걸고 있다. 두 사람을 비추던 화면 다시 'True Size 포스터'를 보여 준다. (줌인)

#3. 호텔 발코니/ 저녁 (1부 #3-3 같은 장소)

#2의 포스터에서 자연스럽게 화면 전환.
키스를 하는 마이클과 수현. 두 사람의 모습이 아름답다.

감독E　　　　　컷!!

키스하던 마이클과 수현 떨어진다.

마이클　　　　　몇 번을 하는 거야.
수현　　　　　어머! NG를 누가 내는데?
마이클　　　　　너 아까 왜 고개를 돌려?
수현　　　　　너는 내 엉덩이 쪽에 손 올렸잖아!

감독 마이클, 수현에게 다가온다.

감독　　　　　좀 더 로맨틱하게. 이거 다음 시즌 메인이미지라며!
수현　　　　　(마이클을 째려보며) 로맨틱을 혼자 해요?

마이클 내 옷으로도 충분히 로맨틱해!

수현과 마이클 티격태격 싸우고, 감독은 중간에서 계속 설명하느라 진이 빠진다.

#4. 호텔 방(발코니와 연결된 방)/ 저녁

헨리는 핸드폰으로 열심히 기사를 보고 있고, 뒤에서 헨리 뒤통수를 톡! 하고 치는 비비안.

비비안 촬영모니터 안 하고, 또 게임이야?
헨리 누나! 이거 봐. 지금 완전 난리야!!
비비안 뭔데?

헨리가 핸드폰으로 비비안에게 기사를 보여 준다.

기사 내용 [모델 수현의 과거 사진]
수현이 어렸을 때 뚱뚱했던 과거 사진들이 인터넷에 쭈욱~ 나온다.

비비안 얘, 수현이야?
헨리 완전 소아비만 수준이야!

비비안과 헨리 서로 기사를 보면서 낄낄대면서 웃는다.

#5. 호텔 발코니/ 저녁

마이클과 수현 여전히 서로 째려보고, 감독 중간에 서서 콘티를 설명한다. 수현의 여자 코디가 수현에게 급하게 핸드폰을 가져다주고, 핸드폰을 보던 수현 깜짝 놀란다. 이때 마이클도 핸드폰을 잠깐 보다가 놀라서 웃는다.

마이클	뭐야? 이거 너야? 완전 뚱뚱했구나, 어렸을 때!! 하하하
수현	이 사진 다 없앴는데… 누가 뿌린 거야!
마이클	이거 몇 살 때야? 40kg는 넘었겠다!!
수현	(열 받아서 받아친다) 35kg였거든?
마이클	35kg도 많은 거지. 완전 대박!!! 이상하다. 이 얼굴 어디서 많이 본 거 같은데…? 어디서 봤지?

핸드폰으로 마이클이 어린 수현의 사진을 보면서 수현의 얼굴을 번갈아 보는 마이클. 수현도 그러고 보니 마이클 얼굴을 쳐다본다. 두 사람 서로 묘하게 쳐다보면서 고개를 갸우뚱하고.

#6. 신호등 거리/ 오후/ 과거

[자막] 20년 전

신호등 앞에 서 있는 사람들. 멀리서 걸어오는 어린 마이클. 신호등 앞에 서자 바로 파란불로 바뀐다. 신호등을 건너가는 어린 마이클.

#7. 어린 마이클 집/ 오후/ 과거

마이클의 엄마가 짐을 싸고 집을 떠나려고 한다. 거실에는 여행 가방이 있고, 신발장을 열어서 신발을 하나씩 가방에 넣는 마이클의 엄마.

#8. 작은 슈퍼/ 오후/ 과거

집으로 가는 마이클. 동네의 가게를 지나가고, 그 앞에 어린 수현이 서 있다. 마이클은 어린 수현(통통한)을 쳐다보고, 서로 스치듯 그냥 지나치는 두 사람.

#9. 어린 마이클 집 앞/ 오후/ 과거

집으로 뛰어오는 마이클.

#10. 어린 마이클 집 안/ 오후/ 과거

텅 비어 있는 집. 신발장도 열려 있고 엄마가 떠난 것을 어린 마이클도 알 수 있다.

#11. 작은 슈퍼/ 오후/ 과거

가게 앞에 서 있는 수현. (어릴 적 뚱뚱한 수현) 고개를 숙이고 기다리고 있는데 수현 앞에 나타난 여자.

수현　　　　　　아줌마!

수현 앞에 서 있는 마이클의 엄마.

마이클 엄마　　　자, 이거 선물!

수현 마이클 엄마가 건네는 쇼핑백을 받아서 꺼내보면 예쁜 여자아이 옷이 있다. 어깨 부분이 나비처럼 되어 있는….

수현	나도 이거 입고 싶다.
마이클 엄마	이걸 보고 기도하면 너도 날씬해질 거야.
수현	그럼 나도 아줌마처럼 이뻐질 수 있어요?
마이클 엄마	나중에 잘생긴 남자친구도 생길 거야!

수현 괜히 기분이 좋다. 옷을 꺼내서 몸에 대 보고, 이쁘다고 말하는 수현. 마이클 엄마가 옷을 몸에 대 주고, 서로 웃는다.

#12. 마이클 집 주차장 입구/ 저녁 (12부 #5 이어서)

마이클(수현)에게 급하게 포트폴리오를 주고 뒤돌아서 뛰어가는 학생. 마이클(수현) 그 모습을 보다가 집으로 들어가고, 학생 뛰는 속도를 천천히 줄인다. 그러다 서서 뒤돌아서 마이클(수현)이 들어가는 것을 본다. 안경을 천천히 벗는 학생. 학생의 얼굴이 젊은 시절의 마이클 엄마랑 똑같다! 카메라를 보면서 '쉿!' 하고 윙크를 하는 마이클 엄마의 얼굴에서,

엔딩!

小号的灰姑娘

刘德甫 剧本集

别拿水晶鞋糊弄我！！
我只要你帮我减掉30kg！

序言 和他们不一样的“我”

有时候我很恨自己的出身，很恨自己是中国人；也很恨自己选择了来韩国，很恨自己不是朝鲜族却过着和朝鲜族一样的生活。无数个在追梦的梦里摔倒了再爬起来，爬起来的时候转身看看身边，还是自己。我没有朝鲜族的语言优势，也没有像一般海外留学生那么有钱，我只记得“我有梦想”。

2007年3月，我第一次坐飞机飞往一个不是属于自己的国度“韩国”。那是一个阳光明媚的春天，却对我来说是一个寒冬的开始，因为我将在这里开始我毫无尽头的学习生活。到现在了，再去回顾过去的时光；没想到的是，竟然已经有16个年头。虽然我依然还在继续着，继续着我对电影的热爱，继续着我的学习生活，继续着没完没了的挑战。在此，我真的非常感谢让我能放弃固有观念重新认识电影的“灵山大学”和“中央大学”，还有陪伴我走完电影之路的每一位同路人。

2021年2月，我第一次有幸参于出演了韩国电影《分手的决心》，这也是我告别演员生活的第15个年头。在这个的片场里，我见到了自己中央戏剧学院师姐汤唯，见到了韩国最顶尖级别的导演朴赞郁，虽然只是剧中一个跑龙套的角色，没有一句台词，但却让我印象很深刻。因为我在片场的时候想起了和自己有着同样经历的周星驰导演，记得那时我是从凌晨5点开车到片场，7点左右换好衣服，之后便开始准备和其他的群演们的一场打斗的戏。我饰演一个华侨头目下的小弟，这是一场下葬的戏，我需要从山下跑到山上，而且还有动作冲突的场面。不料，意外的事情发生了，在听到朴导喊cut的那一刹那间，才意识到自己被对手的演员用力过猛，给直接推下斜坡。现场并未感觉到有什么异常,因为刚好摔在斜坡下面的草皮上,而且墓地的土是被松动过的;但,事后的几天,才发觉自己真的是肌肉拉伤。这就是我在韩十几年后的第一次"触电"经历。

2022年6月电影在首尔龙山CGV上映,我很庆幸找到了自己的身影,欣喜中带着一份伤感。回顾自己在电影圈边缘游走的这几年间。2016年首次做为导演受邀去海南拍摄《北纬十八度的爱情故事》,2017年12月首次做为制作公司拍摄中日韩合拍电影《同颜小姐》,因为萨德的问题,原计划在韩国拍摄的故事转去了日本。2018年6月首次做为中韩企划的网剧《小号灰姑娘》,中途投资中断,不得不接盘完稿,直到今天2023年9月才有机会和大家见面。其实在这段特殊的岁月中,不光有我的作品,还有更多作品也都被雪藏中断,甚至无限期保存或者被消失在某个人的电脑硬盘内。但,我和他们不一样,我会努力让更多喜欢中韩合拍片的朋友看到我们的坚持,也希望这份坚持可以成为中韩文化交流的见证。

《小号灰姑娘》是一部身体互换,喜剧爱情,反古典童话的奇幻作品。其中包含了灰姑娘,减肥,时尚和外貌至上等当下年轻人最关心的话题。还有个更深层次的思考,比如:青春困惑和自我身份认同,外加喜剧娱乐元素的融合,远离长篇的故事叙事,改为新型的"主角人物中心制"的迷你型短剧系列。剧本短小,每集在20分钟以内不乏看点!当然也希望可以在都市的碎片生活中带给大家带来一丝丝的"快乐"。

2023年09月22日

目录

1. 作品介绍

1) 网剧

小号灰姑娘

2) 风格

女频-迷你网剧

3) 类型

奇幻, 喜剧, 爱情

4) 编剧

刘德甫

5) 形式

15分/集（27集/1季）

2. 人物简介

1) 迈克: True Size时尚的首席设计师 (男,26岁,金牛座)

年仅26岁的迈克对于整个时尚圈来说就是一个神一样的存在, 虽然他并没有优越的留学经历, 但却拥有着西方设计师的风范; 在他的作品中不仅可以看到熟悉的传统西方设计理念, 更不乏东方色彩元素的创意融合; 也正是这独特有的审美风格让他荣获"新古典主义设计大师"的称号。现在的迈克不仅是'True Size'时尚有史以来最年轻的设计师，也因为他185cm的高挑身材和俊秀的外表，让他一跃成为当下时尚圈内"完美和流行"的代名词。每次新品的发布都会给时尚圈带来一股势不可挡的流行热潮。正是如此'True Size'时尚不仅成为了普通大众关注的焦点，也成为了时尚圈内力争效仿的对象，且连续5年被年轻时尚女性评为减肥之后"最想穿"的潮流品牌。

2) 悦悦: 应届毕业生 (女,22岁,白羊座)

本名马悦，自称"微胖界的女神"，身高160cm，体重75kg。吃货属性，不管是受了委屈压力增大，还是有事情不开心了；只要能让她找到一个小小的借口，肯定会大吃特吃；嫣然一个"饿鬼转世"，却美其名曰："减压吃趴大行动"。

3) 伊琳: True Size时尚的专属模特 (女,24岁,射手座)

一个拥有着天使面孔和魔鬼身材的完美结合体，人不仅长得标致，就连身材也是爆棚；特别是眉宇之间略微的混血气质，尤为显得是那么的超凡脱俗。现在的伊琳是'True Size'时尚旗下的专属模特，人气高到可以与迈克相提并论，当然也是所有模特们羡慕嫉妒恨的对象；凡事与迈克一起出席活动，凡事两人偶然间的触碰都会让外界浮想联翩，大做文章，甚至还被称为'True Size'时尚"内的绝对CP(金童玉女)"。

4) 亨利: 迈克的秘书 (男,23岁,白羊座)

小卷毛式的邻家哥哥形象，非常平易近人。人气和才华仅次于迈克，两人的关系也可以称为"既生瑜何生亮"。在时尚界内虽然常被拿去与迈克相提并论，但却没有一次能胜过迈克。亨利从内心里既佩服这位有天分的迈克大哥，也怨恨自己只能留在这里做陪衬。这种既近又远的感觉让亨利的内心总是得不到平静，也间接地成为了一个微度失眠症患者。

5) 薇薇安: True Size时尚的投资人兼CEO (女,29岁,狮子座)

在迈克18岁时薇薇安就看中了这个天才少年，并成功地投资迈克建立今日风靡全国的'True Size'时尚帝国。公司的品牌事业在迈克的引领之下不仅得到了高速的发展，也使薇薇安本人在家族事业中的地位得到了更进一步的稳固。

第1集

轻易到手的绝非时尚!

#1.天空(全景) 夜/外

天空中乌云密布,雷声伴随着闪电一阵阵响起!

#2.True Size时尚公司-橱窗 夜/内

玻璃展柜内一片漆黑,塑料模特歪倒在地。迈克倒在一堆塑料模特之中,头上流着血。阴暗模糊的画面中随着雨声渐进,轰隆隆的雷声,闪烁的光线,银色恐怖的脸(迈克)渐渐被照亮。

#3.品牌广告视频(VCR)

#3-1.迈克办公室 日/内

一身笔挺的西服,穿着精致的迈克坐在电脑前。他用手绘板全神贯注地设计着时装效果图,身高185cm,帅气脸庞,上天赏饭吃的完美比例身材尽收眼底。

#3-2.时装秀场 日/内

现场的工作人员们正在忙碌地为时装秀的开场做准备着,模特们在舞台上练习走秀,迈克站在舞台的尽头,用挑剔尖锐的眼神监督大家排练,不时地露出极其不满的表情对着模特们指指点点。工作人员们各个紧张地注视着迈克的眼神,他突然眉心一皱将手上的时装秀日程表扔在了一旁恼怒地离去。

#3-3.酒店阳台 夜/外

身着西服的迈克和品牌方的专属模特伊琳默契配合摆出各种优雅的姿势,伊琳有着东方女性柔美的脸庞,同时也有着西方女性火辣的身材,她身着红色性感礼服散发着华丽优雅的气质。伊琳和迈克同时注视着对方,两个人越靠越近,就在两人嘴唇快要碰上的时候,迈克却转头避开了伊琳的热吻。伊琳的表情显得格外的尴尬,相反迈克则坚定地看向正前面。

迈克　　　　　　　　轻易到手的绝非"时尚"。

迈克微笑的脸部特写定格出字幕。

字幕:只属于我的时尚!True Size

悦悦E　　　　　　　　神经!

#4.时装区-True Size专柜前 下午/内

(接#3)画面切到'True Size'系列宣传视频。海报内容:微微侧头拒绝接吻的迈克和伊琳两个人的宣传照片。聚集各种品牌的时装专柜卖场,悦悦站在'True Size'的专柜前,旁边还有其他时尚品牌的衣服。悦悦160cm的身高,75kg的体重,整个人显得很大块儿。

悦悦　　(憧憬地看着伊琳)不管怎么看,伊琳都是那么的完美。

悦悦走到'True Size'专柜内挑了一件雪纺衫走到镜子前,放在身上比划着。再看看自己臃肿身材,雪纺衫显得格外的精致,犹如一件童装。悦悦用可惜的目光横扫过专柜中陈列的其他衣服,上面的尺码不是S,就是XS。悦悦抬头用渴望的眼神看着店员。

悦悦　　您好,请问有没有更大一点的size啊?
店员　　(瞬间闪过鄙夷的目光,但很快又恢复成职业且又官方的微笑)我们的品牌只有S和XS码,是专门为小码客户群体提供服务的"高级时尚品牌"。

悦悦环顾专柜里的其他顾客,发现大家都是又高又瘦的身材,不禁使自己联想起了吃东西的筷子。

悦悦　　(无语地)这样的衣服有人买吗?

悦悦刚把衣服挂回去,顾客1,2就取下了刚才的那件雪纺衫。

女顾客1　　伊琳同款嘢!为了买它我足足饿了三天!
女顾客2　　哼!那我今天早上还只喝了一杯水就急急忙忙赶了过来。

女顾客1，2挤开悦悦，对着镜子拿着伊琳同款雪纺衫比划着。悦悦看到她们的身材自卑地后退了一步，另一名顾客也挤了过来。悦悦再次往后退了一步，一群人涌了进来，悦悦被人潮挤得一步接一步的往后退，直到退到专柜之外的地方。悦悦露出不满的表情，嘴角一撇转身走向别的专柜。

#5.时装专柜-试衣间 下午/内

（跳切）

- 悦悦走进别的专柜，挑了另一件雪纺衫和裤子走进试衣间。
- 悦悦手里拿着雪纺衫和裤子。
- 悦悦将雪纺衫和裤子挂在试衣服的钩上。
- 试衣间外的门下隐约可以看到悦悦的脚，悦悦脱下自己的裤子穿上一条新裤子。
- 悦悦向上提裤子的时候裤腿越绷越紧，越紧越用力地提裤子，结果裤子还是提不上去。
- 悦悦深吸了一口气用力拉上裤子的拉链。砰！
- 拉链虽然提了上去，但中间爆开了。悦悦看着坏掉的拉链惊慌失措，吓出一身冷汗。
- 悦悦吃力地往身上套雪纺衫，雪纺衫背部也被撑破撕裂。
- 试衣间的门开了个小缝，悦悦透过小缝看出口处没有店员，露出了庆幸的笑容。

#6.试衣间入口-收纳台 下午/内

悦悦将刚才试过的裤子和雪纺衫叠好小心翼翼地放在收纳台上想要逃跑，

这时被店员叫住。

店员E　　女士，请等一下！

悦悦为难地转身回来，店员们看着悦悦手里拿着被撑破的裤子和雪纺衫。还有站在一旁等着试穿的顾客们看到悦悦的窘相哄堂大笑起来。悦悦快步走过去拿起自己的衣服，想要尽快离开这里。却不料顺手带上了旁边衣架上的另一款衣服(#4.伊琳同款雪纺衫)。

悦悦　　(自言自语地)囧死了……

悦悦转身离开试衣间，在对面一名女顾客急忙走进试衣间。

女顾客3　　(对店员)伊琳同款雪纺衫不是在这儿吗?前台说还剩下一件的。

店员　　等等，刚才好像还看到的……

店员找了一圈都没有找到伊琳同款雪纺衫。

店员　　难道被刚才那位顾客拿走了?

#7.专柜-收银台 下午/内

顾客们在收银处排着长队准备结账，悦悦站在队伍最后面。此时，女顾客3冲了过来，抓住悦悦的肩膀。悦悦诧异地转过身，女顾客3直接开始翻悦悦手中的衣服,从中找到了伊琳同款雪纺衫。

女顾客3	找到了!
悦悦	(惊慌)你要干什么?
女顾客3	你不会是要买这个吧?

悦悦看到那件伊琳同款雪纺衫后惊慌失措,接着看向四周。周围的人投来异样的目光让悦悦十分不爽。

悦悦	这是我挑的衣服,我要买这件雪纺衫!
女顾客3	(鄙视地)你要买…这个?(从钱包里掏出些钱给悦悦)这样可以了吧?直接转卖给我。

围观的女人们都笑了起来,悦悦被气地满脸通红。

悦悦	(生气地)衣服买了穿不穿是我的事!

悦悦推开女顾客3走到柜台前故意把手里所有衣服一件一件摆在柜台上。

悦悦	这些全要了!

#8.True Size公司大楼(全景) 下午/外

'True Size'公司大楼外景。

#9.True Size公司-办公室 下午/内

低头沉思着的迈克回头看向镜头,迈克脸部的特写。迈克沉思了一会儿流露出一丝迷人的微笑。迈克的眼神深邃,帅气的表情被瞬间定格。阳光透过窗口如同电影般的灯光效果朦胧地洒落在着迈克身上。

迈克　　　　　　　　对不起,其实我也很难受,希望你以后可以幸福。

CG特效:随着优美的音乐迈克身后出现一对漂亮的翅膀如同一个帅气的天使。

迈克看着看着露出微笑,(CG翅膀消失)随即迈克的表情一转。

迈克　　　　　　　　非得要这样吗?

迈克坐在自己的办公桌前,对面站着公司理事薇薇安和迈克的秘书亨利。薇薇安衣着干练,表情严肃,目光如炬,气场十足,表情高傲地站着。亨利一头卷发,穿着休闲靓丽。薇薇安和亨利相互看了一眼对方后,同时严肃地看向迈克。此时,门外有人生气地喊着迈克的名字。

伊琳E　　　　　　　　迈克! 迈克你在哪儿?

听到伊琳的声音三个人都惊吓到了。薇薇安推搡亨利的背示意锁上门。亨利有些害怕,在原地一动不动地站着。门打开时三个人同时扭头看向门口。伊琳(#3-3广告中模特)伊琳怒火冲天地站在门口,怒火中燃烧的特写镜头。(CG特效:漫画式的头上冒火)迈克,薇薇安,亨利如同被冻住一样僵在原地，伊琳把奢侈品包砸向迈克。

(高速摄影)

- 迈克露出诧异的表情。
- 薇薇安把亨利推向迈克。
- 亨利被推过去时瞪大了眼睛。
- 奢侈品包砸到亨利的裆部，他随后掉在地上。
- 亨利“啊！”的一声惨叫着晕了过去。
- 迈克惊讶的表情，薇薇安惊讶的表情。
- 生气的伊琳狠狠地盯着这三个人。

(跳切)

伊琳坐在桌子前，迈克和薇薇安坐在对面。亨利从地上爬起，脸部出现了淤青(撞在地上的时候受伤)，表情痛苦，转过身用双手护住裆部。

伊琳　　你，竟然……炒我鱿鱼？

伊琳生气的表情定格。

第1集完

第2集

干脆杀了迈克这个混蛋!

#1.True Size公司-办公室 下午/内

迈克轻叹一口气，抬头露出微笑。

迈克	(和练习的时候一样的表情)对不起，以后……
伊琳	(打断)闭嘴!

迈克向亨利使眼色，亨利急忙搬来塑料模特。塑料模特穿着特别的小号size的衣服，正是'True Size'系列下一季的新品。

伊琳	盲肠炎，是急性的!(摸着自己的脸)浮肿的地方很快就会消失的。

迈克听完伊琳的话没有回答，从桌子上拿起一张纸紧紧握住，随后将手上的纸摊开。迈克将手上皱巴巴的纸递给伊琳看。伊琳不解地看着迈克。

迈克	(故作冷静地)纸皱了总会留下痕迹，也不可能回到原来的样子。

迈克把手上的纸扔到桌子上。

迈克　　　　　　　　(第1次毒舌)我们总不能拿皱巴巴的包装纸来包装我们"新产品"吧?

伊琳拿着迈克扔的纸,手微微颤抖。

伊琳　　　　　　　　皱巴巴的包装纸?

伊琳看着皱巴巴的纸露出惊讶的表情,迈克看着伊琳摇头叹气。伊琳紧紧握住纸,眼中含着泪。

伊琳　　　　　　　　我只是病了,难道你们就没有生过病吗?

迈克　　　　　　　　(第2次毒舌)当然有,大家都有会生病。就像开车会出事故,走路遭雷劈,但我迈克的模特,是绝不能出现任何问题的,也绝对不能!对于我来说,你胖了比杀了我让我更难以忍受!!!

伊琳流着泪看着迈克那张可恨的脸,内心感觉受了奇耻大辱,眼眶中的泪水不断的流出来。迈克抽出面巾纸递给伊琳,伊琳并无反应。迈克看到伊琳的表情中充满着了傲慢,直接将纸巾攥成一团丢进垃圾桶,随后起身捡起伊琳掉在地上的"包"递给伊琳。伊琳接过"包"慢慢起身看着躲在后面的薇薇安和亨利,两个人都在极力地躲避伊琳的视线。

伊琳　　　　　　　　你们一定会后悔的!

迈克毫不在意地笑着略带挑衅地给了伊琳一个飞吻的动作。伊琳气冲冲地关上门离开。亨利看到伊琳离去后瞬间全身无力地瘫坐在地上。

亨利	吓死人了。刚才伊琳的表情，真的太可怕了。

#2.True Size公司大楼前 下午/外

伊琳气冲冲地走出公司，出现CG漫画特效：伊琳瞬间变成冒着黑烟的魔女。伊琳转身看向迈克的办公楼，诅咒话语如火焰般喷出。

伊琳	迈克你这大混蛋！诅咒你被雷劈死！

晴空万里的天空瞬间变得阴暗起来，随后雷声响起。

#3.True Size公司-办公室 下午/内

亨利和薇薇安听见窗外的雷声吓了一跳。亨利起身走到窗边看着窗外，天空阴云密布，闪电夹杂着雷声。

CG特效：天空中赫然出现了伊琳凶神恶煞，双目怒视的表情。薇薇安吓了一跳，揉了揉双眼后再次看向天空，伊琳表情消失不见。

亨利	太好吓人了，真怕做梦梦见她。
薇薇安	(对迈克)你没事吧?再怎么说伊琳也是顶级模特。
迈克	那就再找一个“顶级模特”。

迈克倚靠在椅子上自信又玩味地浅浅一笑。

#4.悦悦家 下午/内

单身公寓内悦悦躺在床上跟好友溪秀通着电话。

溪秀E	你疯了?你居然买那件衣服?
悦悦	你要亲眼看到那些看不起人的眼神,你也会买!

悦悦主观视角(墙上挂着第1集#7.买的伊琳雪纺衫,旁边墙上贴着伊琳穿着同款雪纺衫的海报)。

#5.健身房 下午/内

身材苗条的溪秀穿着无袖衫和健身裤在跑步机上跑着步。随后溪秀减速慢慢变成走路的速度。

溪秀	(气喘吁吁地)那借给我吧。
悦悦E	不要!

溪秀从跑步机下来坐在椅子上喝着水。

溪秀	我不穿,只是借来发个朋友圈,最近不是很流行这样嘛,蹭个热点玩。不过说实话还真没看到有谁是穿着拍的。

#6.悦悦家 下午/内

悦悦仍然打着电话。

溪秀E　　　　雪纺衫那么小，就是明星也不一定能穿得了。
悦悦　　　　(鄙笑)那当童装穿好了。

#7.健身房 下午/内

溪秀　　　　你见过白马王子骑玩具马呢?像我们这样的人，还是重新投胎兴许几率会更大一点。

溪秀挂掉电话，对面走过来一个高个，胸大，瘦腰的性感女孩。溪秀低头看看自己的胸再看看对面女孩的胸，双肩不自觉地垂了下来。性感女孩在溪秀面前走过，开始健身时周围的男人都盯着她，就连溪秀也不禁投来了羡慕的目光。

#8.悦悦家 下午/内

悦悦躺在床上看着伊琳同款雪纺衫。

悦悦　　　　我不能再躺着了，我得动起来。

悦悦起身，下定决心般的拿出运动服。

悦悦　　　　我要重新开始我的人生!

#9.公园 傍晚/外

悦悦穿着运动服，公园里有不少人在健身。悦悦蹲下系好鞋带，坚毅的神情中甚至透出一丝悲壮。悦悦在公园内疯狂地跑步。在户外健身器材上疯狂地做着各种运动的悦悦。悦悦时而还摆出优雅的瑜伽动作。

(跳切/晚上)
公园里脸色通红汗流浃背的悦悦孤零零的一个人瘫倒在地。

悦悦　　如果这样都瘦不下来,那真的要去死了。(看着天空)老天为什么把我造成这样,为什么!!!

夜空中乌云密布,电闪雷鸣!

#10.True Size公司-办公室 夜/内

迈克认真地画着效果图画到一半看似非常不满的样子,一把把效果图纸撕下。迈克痛苦地抓着头发。片刻后,迈克再次打开设计本重新开始作图。

#11.True Size公司-专柜 夜/内

迈克从办公室里走出来,路过1楼'True Size'品牌专柜。专柜关着灯,迈克确认专柜已经打烊了。迈克看见旁边微微歪放着的塑料模特,他过去将模特重新摆正,给模特穿上衣服。窗外打雷声很大。路人听到雷声纷纷跑着,只有迈克关心衣服。

#12.天空 夜/外

天空中,电闪雷鸣!

#13.True Size公司大楼(全景) 夜/外

雷劈到'True Size'公司大楼上,大楼闪着强大的电流!

#14.True Size公司-橱窗 夜/内,外

塑料模特歪倒在地,模特旁边是躺在地上的迈克,看样子是迈克摔倒时碰倒的模特。迈克晕倒在地,闭着眼睛一动不动。(接第1集#2.'True Size'公司大楼前/伊琳的诅咒)

伊琳E　　迈克这个大混蛋!诅咒你被雷劈死!劈死你!!!

第2集完

第3集

迈克真的就这么死了?

#1.高级酒吧 夜/内

薇薇安和亨利走进酒吧。薇薇安向吧台前的服务员打招呼后随即坐了下来。亨利坐在薇薇安对面,一脸不满意的表情。

亨利	已经下班了!(瞪着薇薇安)你是不是没朋友啊?
薇薇安	请,叫我理事!
亨利	理事,你不是喜欢我吧?

薇薇安瞪着亨利,露出荒唐的表情,准备把杯子扔向亨利。亨利赶紧用包挡着脸,缩着脖子闭着眼。随后亨利慢慢地放下包,看到薇薇安慢慢地把杯子放下。亨利也用手摸着之前摔倒的淤青的部分装作若无其事。

亨利	(夸张)现在的女人真暴力。

薇薇安变脸露出微笑的表情看着亨利。

亨利	你别,这样更吓人……
薇薇安	(撒娇)最近有人接近迈克吗?
亨利	(瞬间醒悟)什么?你就是为了这个?(舒了一口气,

放松地靠在椅背上)你问的是工作上?还是私人的啊?(假装想了一想)似乎有吧……

薇薇安从钱包里拿出卡放在桌子上。亨利看见卡眼神发亮,伸手过去想要拿卡。薇薇安却把手按在卡上,眼睛盯着亨利。亨利从薇薇安的手指下把卡抽了出来,攥在手上。

亨利 工作上的没有。
薇薇安 也就是说私人的有了?
亨利 晚上偶尔……
薇薇安 他经常带女人回家吗?
亨利 NO,NO,NO,恰恰相反……是女人们经常找他……

#1-1.迈克家门口 夜/外[亨利回想]

(跳切)
- 迈克开门,清纯女大学生递过来自己简历给迈克。
- 迈克开门,性感模特站着对面抛媚眼给迈克。
- 迈克开门,更性感的西方模特直接献吻给迈克。
- 迈克小心翼翼地开门,有位奶奶色眯眯地站着对面,迈克直接僵化。

#1.高级酒吧 夜/内[返回现实]
亨利回想着不禁皱起眉头。

亨利　　　　　　　反正各式各样的女人都有。

薇薇安手托着下巴一副理解的表情,嘴角不觉地上扬。

#1-2.True Size公司-办公室 上午/内[薇薇安想象]

迈克在桌子前画这服装效果图。(漫画般搞笑夸张)

薇薇安NA　　　　　他专注时微微皱起的眉头,性感的脸庞;画图时娴熟干练的动作,迷人的气质。

#1.高级酒吧 夜/内[返回现实]

薇薇安　　　　　　(沉浸在想象中)迈克是我最完美的作品……

亨利　　　　　　　(接话茬)商品!(看着薇薇安的脸)你是不是喜欢迈克?

薇薇安　　　　　　你说什么呢?

亨利　　　　　　　哎呀,想让男人爱上你其实很简单,要不要告诉你秘诀?

薇薇安　　　　　　别说没用的。帮我好好盯着迈克!(握拳)谁敢跟我抢,我就废了谁。

亨利觉得薇薇安有点可怕,打了冷颤。

亨利　　　　　　　(感觉薇薇安有点吓人)快逃,迈克快逃!!!!!

亨利看着上方大喊。漫画风镜头从亨利坐着的酒吧位置，直接拉到大楼全景。

#2.True Size公司-橱窗 夜/内-外

塑料模特歪倒在地，旁边是躺在地上的迈克。看样子是迈克摔倒时碰倒模特，迈克晕倒在地。外边传来救护车声音。

#3.高级酒吧 夜/内

桌子上薇薇安的手机铃声响起。薇薇安接起电话露出诧异的表情，站起来看向亨利。

#4.街道 夜/外

急救车在街道上飞驰。

#5.医院(全景) 夜/外

医院空镜。

#6.迈克病房(豪华病房) 清晨/内

迈克脸色苍白地躺在床上，没有任何意识。

#7.医生的诊断室 清晨/内

医生一面看着就诊的资料，薇薇安和亨利两人坐在医生对面。薇薇安哭了一晚上，睫毛膏晕散在整个眼睛上嫣然一个大熊猫。

薇薇安	医生,迈克没事吧?
医生	没有受太大的伤。
薇薇安	(哭)为什么偏偏是我们的迈克……

薇薇安向医生行礼后被亨利扶着起身准备离开。此时,护士急匆匆地开门冲进来。

护士	病人不见了!

#8.迈克病房(豪华病房) 清晨/内

病房内空无一人,薇薇安和亨利开门进来。迈克不在床上,两个人打开洗手间的门,同样空无一人。此时,医生和护士也跟进了病房。

亨利	怎么回事?
护士	我刚才来确认病情,却发现病人不见了。
薇薇安	快点,调监控找人!

亨利急忙冲出病房,医生和护士跟了出去。薇薇安独自留在病房瘫坐在床上。此时,薇薇安的手机响起,拿起看到是伊琳的电话。

#9.酒店-咖啡厅 清晨/内

一身华丽打扮的伊琳跟薇薇安通着电话。

伊琳	GOOD MORNING,薇薇安。(阴阳怪气)哎呀……现在

应该不是早上了?

薇薇安E	你要干什么?
伊琳	听说迈克住院了。
薇薇安E	你怎么知道的?
伊琳	我们这个圈子里的消息传得很快的。
薇薇安E	没什么事吧。
伊琳	(鄙笑)是啊,应该好好照顾身体。帮我转告他,祝他早日康复。

伊琳挂掉电话,表情变得冰冷。

#10.迈克病房(豪华病房) 清晨/内

薇薇安拿着手机的手颤抖着。

迈克E	找我做什么?

薇薇安诧异地转头看向门口,看到迈克就站在病房门口。

迈克	我刚在楼下散步呢。
薇薇安	迈克!!

薇薇安跑向迈克,拥入迈克怀抱抬头看向迈克。

薇薇安	你没事吧,有没有哪儿不舒服?

薇薇安说着再次投入迈克的怀抱痛哭。迈克想要推开薇薇安，但薇薇安紧紧贴着迈克。
迈克尴尬地拍着薇薇安的背，亨利回到病房看见迈克后也赶紧跑到他身边。

亨利　　　　你没事吧?

迈克想要推开这两个人，但薇薇安和亨利却更用力贴近迈克，迈克露出了尴尬的表情。

#11.专柜-收银台 下午/内(第1集#7.专柜-收银台/同一场景)

悦悦把昨天买的'True Size'购物袋放在结算台上。结算台的店员正是昨天在试衣间工作的那位，一下就认出了悦悦。

悦悦　　　　我要退货。

悦悦意味声长地笑的表情。

第3集完

第4集

我的新女神出现了!

#1.专柜-收银台 下午/内(第1集#7.专柜-收银台/同一场景)

悦悦从钱包里拿出发票递给她看。店员理解地点头,从购物袋里拿出衣服确认价格表。悦悦的衣服被撕开。(同上第1集#6. 试衣间入口-收纳台)

悦悦	这个不是很好嘛?

悦悦(迈克)看着衣服。

店员	(小心翼翼地)女士,您这么说我们也很为难啊。
悦悦	什么意思?
店员	你不是昨天在试衣间弄坏衣服逃跑的那位吗?
悦悦	今天不会了。
店员	对不起,我们专柜无法给您退货。
悦悦	请问,我去哪里可以退货?

#2.街道 下午/外

街道上一辆豪华轿车跟悦悦擦肩而过。

#3.亨利车 下午/内

亨利开着车，薇薇安坐在副驾驶。迈克坐在后座看着窗外的人。

薇薇安	医生说你现在需要稳定情绪。
迈克	我觉得不需要，快去公司吧！

迈克看着窗外。薇薇安担忧地看着后视镜中的迈克。

#4.专柜-客服中心 下午/内

悦悦坐在客服中心正在跟经理确认购物袋内衣服被撕裂的地方。

经理	（亲切地）我先确认监控视频再给您退货。
悦悦（迈克）	为什么不相信我?快退货！

经理露出为难的表情。店员匆忙地走向经理在耳边说了点什么，经理听完店员的话，露出紧张的表情。

#5.True Size公司-楼前 下午/外

车停在路边。薇薇安，亨利，迈克下车。亨利扶着迈克，迈克摆了摆手，随即转身看着后面的专柜。迈克看着专柜橱窗皱起眉头，不满地摇了摇头。亨利和薇薇安见迈克跟平时不同，相互看着，又看向迈克。三个人走进专柜。

#6.True Size公司-专柜 下午/内

薇薇安打开门进来。

悦悦　　　　　　你们怎么回事?怎么这样对待顾客?

保安和店员,经理紧张地跟在悦悦的后面。

薇薇安　　　　　什么事?

大家听到薇薇安的声音后都停了下来。悦悦坐在地上,迈克走进来看见悦悦僵在原地。周围再次变得黑暗。屋顶有一束光照向悦悦,悦悦看着像天使般美丽。

CG特效:血流加速,心跳加速,脸上都是汗,迈克着迷地看着悦悦。

薇薇安向经理使眼色,经理和保安抬着悦悦想要扔向门外。悦悦奋力挣扎。迈克注视着眼前的一切。

#7.True Size公司-专柜前 下午/内

悦悦走出柜台时经理赶忙给悦悦行礼,随即走进专柜。悦悦气愤不已,发泄似地整理着头发和着装。

#8.True Size公司-办公室 下午/内

迈克和亨利开门进来,薇薇安跟在后面。

迈克　　　　　　刚才那个女孩是谁?

薇薇安　　　　　之后我会让经理注意这些事情。

迈克　　尽快把她的联系方式给我。

亨利　　啊,不是吧!

迈克　　是的!就是她!她将成为'True Size'的下一个"小号女神"!

迈克愉快地微笑,薇薇安和亨利看着迈克露出担忧的表情。

#9.True Size公司大楼(全景) 下午/外

迈克E　　哈哈哈哈!!!

#10.True Size公司-专柜 下午/内

工作的员工们都听到了来自迈克的笑声。

员工1　　(对经理)这是迈克的声音吧?

经理　　应该是吧。

员工　　第一次听见他这么笑。

经理　　是啊,有点可怕。

两个人相互看着对方,身体微微有些发抖。

#11.True Size公司-办公室门口 下午/外

薇薇安表情担忧地打着电话。

薇薇安 是不是后遗症啊?

医生E 脑部检查后才能确诊。

薇薇安 要不要再送他去一趟医院?

医生E 有可能是临时的症状。短期内先观察一下吧,暂且随着他的想法,尽量不要刺激患者。

薇薇安 好的……

薇薇安挂掉电话,仍然感觉不安。亨利表情为难地从办公室走出来。

亨利 姐,迈克是不是有点问题,他居然主动要那个女客户的联系方式。

薇薇安 医生说短时间内随着他,尽量不要刺激他,观察一段时间吧!

亨利 他该不会就这么傻了吧?

薇薇安 亨利,你说话小心点!

亨利哽咽,薇薇安也露出担忧的表情。

#12.True Size公司-办公室 下午/内

亨利把顾客身份信息卡递给迈克。迈克接过卡后起身穿上外套。

亨利 你去哪儿?

迈克高兴地举起顾客的信息卡在亨利面前晃了晃随,即走出办公司。亨利惊慌失措地看着薇薇安，薇薇安示意让亨利跟着迈克，亨利随即也跟了出去。

#13.True Size公司-电梯口 下午/内

迈克开心地等电梯，等电梯到了之后，亨利也跟着迈克一同走进电梯。

#14.电梯内 下午/内

迈克按下1楼按键，亨利奇怪地偷偷瞄着迈克。

亨利	为什么去一楼?
迈克	(举着顾客卡)去找她。
亨利	但是，停车场在负一楼。
迈克	哦!对啊!

迈克取消1楼按键，重新按下负1楼。亨利看到现在的迈克更加担心起来。

#15.道路-亨利车 下午/内

亨利开着车，迈克坐在后座看着窗外。亨利用后视镜看着迈克，担忧地摇了摇头。

迈克	亨利，先带我去花店。

#16.悦悦家前 下午/外

亨利的车到达悦悦家门口停了下来。从后排下车的迈克手上拿着一束鲜花，望向小区的楼，并从口袋里掏出顾客信息卡，拨通了上面悦悦的电话。

#17.悦悦家 下午/内

悦悦无力地瘫在床上，电话铃声响起，悦悦起身走到桌子旁拿起手机接电话。

悦悦	喂?
迈克E	您好！是马悦小姐吗?

#18.悦悦家前-亨利车 下午/内

亨利坐在驾驶座，表情严肃地看着迈克，表情中还透着一丝怀疑。迈克拿着花站在车外等着。悦悦此时从小区的楼内走出来，迈克看到悦悦后，如同求婚般单膝跪地将手里的花递给悦悦。亨利不敢相信眼前的一切惊地目瞪口呆。

#19.悦悦家前 夜/外

迈克单膝跪地递给悦悦鲜花。

悦悦	(诧异)你这是做什么……?
迈克	第一次见到你的时候我就知道，你是我寻觅已久的女神……我想以此表达我的心意，希望你能够接受。

悦悦露出不可思议的表情，迈克拿着花柔情似水地望向悦悦。

第4集完

第5集

为什么把我搞成这样?

#1.悦悦家前 夜/外

迈克跪下来。

悦悦　(看了看周围)搞什么……你疯了吧?

悦悦想要转身回去时,迈克抓住了悦悦的手。

悦悦　(挣脱)放开!救命啊!

车内的亨利见状急忙下车跑过去。

亨利　我是'True Size'时尚的秘书亨利,这是我们公司的首席设计师迈克。

悦悦　你说什么?

悦悦仔细看迈克的脸,似曾相识,似乎见过很多次。

#插入

- 第1集#4.时装区-True Size专柜前 下午

[空镜]'True Size'专柜上展示的海报中迈克的脸。

#1.悦悦家前 夜/外[返回现实]

悦悦盯着迈克的脸，迈克摆出和海报一样的姿势。

悦悦	你是……'True Size'海报里的那个人?
迈克	对!(第1集#3-3广告词)轻易到手的绝非"时尚"。
悦悦	哦!想起来了!
迈克	(沉着冷静地)那现在可以好好谈一谈了吧。

迈克抓着悦悦的手走向她家，悦悦(诧异)被迈克拉着走，亨利跟在两人身后。

迈克	亨利，你可以先回去了!

亨利站住，看着两人走进了悦悦家。

#2.悦悦家玄关/门口-屋内 夜/内

悦悦打开门，迈克拿着花站在悦悦身后。悦悦先进了屋，迈克尴尬地一笑，跟着进了屋。两个人进屋后把门关上。

#3.悦悦家 夜/内

进屋的两人相互客气的180度鞠躬。

悦悦　　　　　　　　(打量着迈克)演技不错啊?

迈克　　　　　　　　你演得也很逼真!

两人击掌兴奋地露出微妙的笑容。

#4.公园 晚/外[过去](接第2集#9.公园 傍晚/外)

字幕:20个小时前

悦悦整个人瘫在地上,公园的运动场上只剩下悦悦一人。

悦悦　　　　　　　　(看着天空)老天为什么把我造成这样,为什么!!!

悦悦望着天空,慢慢闭上眼睛。疲惫的悦悦很快就睡着并开始打呼噜了。周围一片寂静,不一会儿天空中电闪雷鸣!雷劈到公园中央悦悦睡觉的地方!

#5.医院急救室 清晨/内[过去]

迈克躺在病床上。医生和护士正在治疗迈克。此时,急救人员推着悦悦所躺的病床走了进来,跟迈克擦肩而过。急救人员把悦悦安排在迈克旁边的病床上。

#6.医院洗手间 上午/内[过去]

画面分屏:男人,女人,两人各自站在男洗手间和女洗手间内的洗手台前。迈克和悦悦慢慢探头看着镜子中的自己,确认自己的样子后,两人不约而同地瞪大了眼睛。镜子中浮现出迈克和悦悦的脸。

迈克/悦悦　　　　(同时)啊!!!

#7.医院洗手间 上午/内外[过去]

迈克和悦悦同时从洗手间出来,两人相互看到对方时又吓一跳。

#8.医院走廊-紧急通道 上午/内[过去]

迈克和悦悦两人愣愣地站在原地,死死地盯着对方的脸。迈克和悦悦的灵魂互换了。

两个人仿佛照着镜子一样看着站在自己面前的"自己"。

悦悦(迈克)　　　　所以……现在你成了我?

迈克(悦悦)　　　　(打自己脸)这是梦吧?

迈克(悦悦)连着打自己脸,悦悦(迈克)一把抓住迈克(悦悦)的手腕。

悦悦(迈克)　　　　你知道你在打谁的脸吗?你知道这张脸有多贵吗?万一这张脸受伤怎么办?

悦悦虽然附身在迈克身上,但性格还是谨小慎微。悦悦急忙向对方道歉。

迈克(悦悦)　　　　呃……对不起。

悦悦身体附身的迈克双手交叉在胸前。仔细打量着这迈克的(悦悦)脸。

悦悦(迈克)	啊!原来是这种感觉……好真实啊……完美的比例,迷人的眼神……我现在可以理解了,为什么那些女人失魂落魄地盯着我看。我平时照镜子时也能体会到那么一点点儿。但从别人的眼睛里看还是真的好帅……
迈克(悦悦)	你……怎么回事?现在都这种情况了,还能这么冷静?难道是你在搞鬼?
悦悦(迈克)	(鄙视的笑)我虽然策划过无数的活动,但绝对不会做这种事!
迈克(悦悦)	那你怎么会这么冷静?
悦悦(迈克)	根据我之前读过的超时空理论,我想我们已经进入了另外一个时空。现在激动也没用,我只想抓紧时间搞清楚状况。

此时,紧急通道的门被打开。护士(第3集#8)正在找迈克。

护士	(焦急)迈克……!迈克!

迈克和悦悦听到后有些惊慌,匆忙背对着门做出接吻的姿势,护士没有认出迈克,关上门后匆忙离开。刚才还紧贴着的两个人急忙拉开距离。

悦悦(迈克)	我现在没时间!你先回你应该在的位置!

迈克(悦悦)　　　　我回哪儿?

悦悦(迈克)　　　　还能回哪儿?当然回到我的病床上啊!

#插入

- 第3集#10.迈克病房(豪华病房) 清晨/内

回到病房迈克(悦悦)抱住薇薇安。

- 第4集#3.亨利车 下午/内

迈克(悦悦)坐在车的后面手一直动个不停。

- 第4集#6.'True Size'公司-专柜 下午/内

专柜内相互对视的两人悦悦(迈克)和迈克(悦悦)。

- 第4集#19.悦悦家前 下午/外

迈克单膝跪地递给悦悦鲜花。

#9.悦悦家 夜/内

字幕:现在

迈克(悦悦)抱着娃娃在床上翻滚了一会儿,接着突然起床。

迈克(悦悦)　　　　很棒吧!他们都被骗了!(看着娃娃)我就是设计师迈克!

迈克(悦悦)非常开心,但悦悦(迈克)却沉默不语。

迈克(悦悦)	(抚着胸口)明天应该也没问题吧?
悦悦(迈克)	大家肯定以为你疯了。

#10.True Size公司-办公室 夜/内

薇薇安不安地走来走去,拿出手机打给亨利。

薇薇安	你在哪儿?
亨利E	我在她家门口。
薇薇安	迈克呢。
亨利E	和她进屋了。

#11.悦悦家门口 夜/外

薇薇安E	什么?你在那做什么!

亨利听到薇薇安的吼声被吓了一跳,一面接电话一面望向悦悦家的方向。

亨利	算了,还是先回去吧。

#12.True Size公司-办公室 夜/内

薇薇安在电话这头不安地咬着嘴唇。

亨利E	迈克好奇怪,刚才居然还单膝跪地!
薇薇安	(叹气)给我把这周迈克的日程全部取消。给我好好盯着他!(挂断电话)迈克的脑袋不会是有问题吧?

薇薇安继续咬着嘴唇,陷入了沉思。

第5集完

第6集

你也尝尝胖子的滋味!

#1.悦悦房 夜/内(接第5集#9)

迈克(悦悦)脸上浮现出不快而又不可思议的表情。

迈克(悦悦)	(恍然大悟)原来如此!
悦悦(迈克)	看来还是当疯子更安全。
迈克(悦悦)	你是说喜欢我就是疯子?
悦悦(迈克)	(怀疑)肯定是,狡猾的薇薇安肯定以为我伤的不轻,脑子有问题。
迈克(悦悦)	(生气地)是啊,一看你就是脑子有问题的人,正常的人怎么会拿撑破的衣服去退呢?要不是因为你,我也不会成为别人的笑柄。

#1-1.悦悦房间 下午/内[过去]

悦悦(迈克)把挂在墙上的伊琳雪纺衫拿下来,看了一眼,感叹衣服太漂亮了。虽然觉得可惜,但还是没有办法,只能小心翼翼地扯衣服。

#1.悦悦房 夜/内[返回现实]

悦悦(迈克)像专家一样分析的头头是道。

悦悦(迈克)　　虽然这么说有点过分，但只有这一个方法。想要与我一见钟情话，就必须在一个完美的空间，证人和所有的一切都准备就绪才可以。不过话又说回来穿我的衣服的人，像你一样撑破的人也不是一个两个了！其实对于你这样无理取闹的人，我们也是有方法的，因为你所有的罪行都已被薇薇安看在眼里，这里到处都是监控录像，证据也是确凿无疑。

#2.True Size公司-办公司 晚上/内

在桌子上打开笔记本电脑，正在看着卖场监控录像的薇薇安，一面是前一天刚买走衣服的悦悦，另一面是今天上午在收银台要求退款的顾客悦悦。似乎想到什么的薇薇安拿起顾客信息卡，看了一会儿发现了悦悦的家庭住址。

#3.悦悦房 夜/内

悦悦(迈克)像往常一样猛的一下坐了起来。

悦悦(迈克)　　我迈克根本不可能跟你这样的人呼吸同一片空气，你这么大的体积肯定会消耗大量的氧气……(装逼的样子)在封闭空间里万一因为氧气不足而丧命怎么办?(看着衣柜里的衣服)还有这些……衣服……也太恐怖了!没有一点美感……好惨啊……简直如同车祸现场!

悦悦(迈克)越说越兴奋，开始有些上气不接下气，迈克(悦悦)长吐一口气坐了下来。

迈克(悦悦)　　(咳嗽)看看看看，才说了几句就开始缺氧……

迈克(悦悦)默默地看着悦悦(迈克)，从口袋里拿出手机要打给亨利。
悦悦(迈克)露出惊慌的表情看着迈克(悦悦)。

迈克(悦悦)　　亨利，我是迈克。给我叫车，一会儿去公司。(看着悦悦)然后我自己回家，今天不用管我，想做什么就去做什么吧！

#4.亨利车 夜/内

边开车边接电话的亨利。

亨利　　真的吗?我今天真的可以想做什么就做什么吗?(挂断电话)这是怎么回事，噢耶……

亨利兴奋地踩着油门。

#5.悦悦房 夜/内(接#3.悦悦房 夜/内)

迈克(悦悦)起身准备离开，悦悦(迈克)焦急地抓住迈克(悦悦)。

悦悦(迈克)　　喂！你去哪儿！

迈克(悦悦)	如果继续待下去(上下大量着悦悦)我怕你会因为缺氧把自己憋死。
悦悦(迈克)	(不屑地)啊……我说的是以前……我……
迈克(悦悦)	你知不知道天生一副喝水都胖的体质是什么心情?
悦悦(迈克)	我的身材也是努力的结果,(轻拍手臂的肥肉)而你是懒!稍微动动(冒汗)就气喘吁吁!
迈克(悦悦)	那刚好,你可以好好管理一下自己现在的身体!

迈克(悦悦)愤怒地推开悦悦(迈克),悦悦(迈克)起身扑过去。迈克(悦悦)本能地伸手想要推开悦悦(迈克)的头,但两个人因为身高差,悦悦(迈克)的手推了个空,根本没碰到迈克(悦悦)。

悦悦(迈克)	怎么这么矮?
迈克(悦悦)	这小身板!

悦悦(迈克)弯腰伸手握住迈克(悦悦)的腿,把迈克摔倒在地。迈克(悦悦)倒在地上后,悦悦(迈克)用身体压着迈克(悦悦)。

悦悦(迈克)	被自己压着是什么感觉?很沉吧?
迈克(悦悦)	啊!!!

悦悦(迈克)的屁股死死地压在迈克(悦悦)的胸口上。迈克(悦悦)上气不接下气地露出痛苦的表情。迈克(悦悦)奋力侧身一扭,身体好不容易摆脱了悦悦(迈克)之后迅速起身,踉跄着推开门逃了出去。

#6.悦悦家门口 夜/外

迈克(悦悦)气喘吁吁地走出房间,坐上等在不远处的网约车后离去。悦悦(迈克)紧跟着追了出来,看着网约车驶离后愤怒不已。悦悦(迈克)急忙拦下另一辆出租车追了过去。

#7.公路 夜/外

出租车行驶在路上。

#8.公路-网约车 夜/内

迈克(悦悦)坐在后座,头发蓬乱衣衫不整,用手揉着胸口,缓解刚才被悦悦(迈克)重压导致的酸痛。迈克(悦悦)不时回头,警惕着悦悦(迈克)有没有追过来。

#9.公路-迈克的网约车 夜/内-外

坐在后座的悦悦(迈克)表情略显不安,她死盯着前面却看不见迈克(悦悦)的网约车。

悦悦(迈克)　　(大声催促)师傅!加速啊!开快点!快!

司机　　(大声)够了!你这胖子嗓门还真大!

悦悦(迈克)惊讶。

司机　　管好你那身肥肉,别乱动,都挡到我的后视镜了……

悦悦(迈克)　　(欲言又止)你……

司机　　　　　　　　(打断)今天怎么回事!怎么这么堵?

司机故意发脾气,给悦悦(迈克)脸色看。悦悦(迈克)见状只得沉默不语。

#10.迈克家-豪华公寓正门入口 夜/外

迈克(悦悦)从网约车上下来,抬头看到一幢豪华的公寓。站在入口处的保安看到迈克(悦悦)后立刻毕恭毕敬地行礼。迈克(悦悦)不自觉地回了个礼后就走了进去。此时,出租车也追了过来,悦悦(迈克)急忙下车。而豪华公寓的大门则开始慢慢关闭。悦悦(迈克)虽然尽力跑过去但还是晚了一步。

悦悦(迈克)　　　　(敲门)保安!开门!是我!
保安E　　　　　　　回去吧,不然我报警了!

悦悦(迈克)停下了敲门的动作,向后退了一步。悦悦(迈克)看着自家的豪宅大楼,顿感有些陌生。此时悦悦(迈克)的手机铃声响起,是迈克(悦悦)的电话。

悦悦(迈克)　　　　(焦急)你什么意思啊?你到底想怎么样?
迈克(悦悦)E　　　我现在觉得如今挺好。
悦悦(迈克)　　　　什么?
迈克(悦悦)E　　　要不干脆就这么着吧。

#11.迈克家-豪华小区内庭院 夜/外

迈克(悦悦)坐在庭院的户外椅上,看着整洁美丽的小区环境。

迈克(悦悦)	第一次感觉到所有人都对我充满了善意。对了'True Size'的模特伊琳?我倒是想见见伊琳。
悦悦(迈克)E	(嘲讽)你想见伊琳?真正的迈克可不会那么闲的。
迈克(悦悦)	他现在可是闲得很哦!从现在开始,我要做一些疯狂的事哦!这是我这辈子的愿望。现在看来,逆转人生也不是什么难事。我想要一直拥有这样的生活!
悦悦(迈克)E	你不是说不知道家里的密码吗?你是怎么进去的?
迈克(悦悦)	就你不会动脑筋吗?我现在可是生病了,说我忘记密码,也是很正常的吧!又或者直接问亨利也可以吧。

迈克(悦悦)说罢挂断了电话,笑着走进豪宅大门。

#12.迈克家-豪华小区正门入口 夜/外

被挂断电话的悦悦(迈克)抬头看了一眼豪华公寓,接着环顾四周。此时周围并没有人能帮到她,她只得慢慢走向公交车站。悦悦(迈克)没走几步又回过头看,最后失落般地转身离去。

#13.迈克家-客厅 夜/内

迈克家玄关门被打开,迈克(悦悦)慢慢走进来,刚才还漆黑的客厅里,智能灯全都自动亮了起来。映入眼帘的是装修风格前卫豪华的客厅,迈克(悦悦)兴奋地欣赏着客厅,开心不已的样子像中了彩票一样。

第6集完

第7集

睁眼闭眼都是地狱!

#1. 迈克家-客厅 夜/内

迈克家玄关门被打开,迈克(悦悦)慢慢走进来,刚才还漆黑的客厅里,智能灯自动亮了起来。映入眼帘的是装修风格前卫又奢华的客厅,迈克(悦悦)兴奋地欣赏着客厅,开心不已的样子仿佛中了彩票一般。客厅中间放着一张宽敞的大沙发,沙发对面是一台大电视,电视后面的墙上还挂着迈克的照片,大理石地板在灯光的照射下尤为闪亮,那些吊灯也如同艺术品般奢华美观。迈克(悦悦)看着眼前这一切,激动得直跺脚,开心到说不出话。

#2.迈克家-工作室 夜/内

迈克(悦悦)打开灯,看到整面墙上都放着设计专业的书籍和设计画稿。

#3.迈克家-衣帽间 夜/内

衣帽间内挂满了西服,根据不同的风格被整齐分类排列着。迈克(悦悦)开心地看着。

#4.迈克家-小吧台 夜/内

迈克(悦悦)走到客厅角落的走廊,看到一间爵士酒吧风格的房间。

迈克(悦悦)举起酒杯,晃了晃杯中的红酒。

#5.街道 夜/外

车子在马路上行驶。悦悦(迈克)表情茫然地看着前方,漫无目的地在人行道上走着。此时下起了雨。路上的行人在雨中加快了脚步,纷纷跑了起来,悦悦(迈克)则淋着雨继续走着。雨势越来越大,悦悦(迈克)擦掉脸上的雨水,继续走着。此时一个小孩拿着雨伞向悦悦(迈克)走了过来。小孩把伞递给悦悦(迈克),悦悦(迈克)满脸感动地接过伞。小孩送出伞后,急忙转身向妈妈跑过去。

小孩　　　　妈,我把伞给那胖大妈。
小孩妈　　　做得好,乖儿子……

小孩牵着妈妈的手离开。悦悦(迈克)气呼呼地把伞扔在地上,但没走几步又回去捡了回来。此时,悦悦(迈克)的眼神定在包子店。

悦悦(迈克)　　(自言自语)忍住,你从不吃这种垃圾食物的。

悦悦(迈克)的手机铃声响起,是迈克(悦悦)的电话。悦悦(迈克)开心地接通了电话。

悦悦(迈克)　　(急忙)刚才对不起……

#6.迈克家 小酒吧 夜/内

迈克(悦悦)站在吧台前。

迈克(悦悦)　　　　你把起子放哪儿了?你家好多红酒啊~这些都是哪年产的啊?

迈克(悦悦)说着拿起其中一瓶红酒看了起来。

#7.大街 夜/外

悦悦(迈克)拿着手机的手抖了起来。

悦悦(迈克)　　　　不行!你不许碰它们。
迈克(悦悦)E　　　啊!找到了!打扰了。
悦悦(迈克)　　　　别碰我的酒!

电话已经挂断,悦悦(迈克)痛苦地抓着头发,气得快要炸了,这时肚子里发出咕噜噜的声音,悦悦(迈克)咬牙想要离开,但脚却没有挪动。悦悦(迈克)表情凄苦地看着包子店。

#8.迈克的小酒吧 夜/内

迈克(悦悦)优雅地把红酒倒入杯中,对着灯光摇了摇红酒杯,轻轻地抿了一口。

迈克(悦悦)　　　　人生大起大落,真是太快了,原来逆袭这么简单!

迈克(悦悦)一边感慨一边露出下定决心的表情,将杯中的红酒一饮而尽。

#9.包子店 夜/外

悦悦(迈克)站在包子店前，她表情严肃地盯着店里的蒸锅(很像女鬼)。

这时老板从后厨走了出来。

老板	你要几个包子?
悦悦(迈克)	(表情认真)我不吃!
老板	那麻烦你站远一点，不要影响我们的生意。

老板想要赶走悦悦(迈克)，但悦悦(迈克)却一直哭丧着脸盯着包子。

#10.悦悦家 夜/内

悦悦(迈克)打开门，浑身湿透的悦悦(迈克)走进屋，手上还提着一个塑料袋，里装的是包子。悦悦(迈克)走到冰箱前拿了罐啤酒，接着回到床前，浑身湿淋淋地坐在床上吃着包子。悦悦(迈克)吃着包子，感觉越吃越好吃，吃得也越来越快，随即拉开一罐啤酒喝了起来。

悦悦(迈克)	(狼吞虎咽地)这也太好吃了吧!

(跳切)

- 悦悦(迈克)打开冰箱将所有的食物拿出来直接放在床上。
- 悦悦(迈克)吃光了面包，方便食品，奶酪，金枪鱼罐头。

悦悦(迈克)	为什么，怎么一直吃……还吃得下去啊……(傻笑) 这次看来就算发生战争，也不会饿死了……提前把

一年的储备都给吃完了。

悦悦(迈克)再拉开一罐啤酒大口喝了起来。

(跳切)

- 悦悦(迈克)对着镜子一笑,她掐了掐自己的脸,感觉到了疼。
- 醉意阑珊的悦悦(迈克)看到墙上贴着伊琳的海报,摇摇晃晃地起身走过去。

悦悦(迈克)　　伊琳……要不是今天亲眼所见,都不敢相信世上竟然有这么苗条的人,我好羡慕啊~!

CG特效:海报里的伊琳看着悦悦(迈克)露出嘲笑般的笑容。

悦悦(迈克)　　什么!你居然敢嘲笑我迈克?!!你也觉得奇怪吧……(抚摸着自己的大肚腩)这副躯体……还是她的主人……难道用了什么符咒?

悦悦(迈克)翻遍屋子到处找符咒,她翻出衣柜里的所有衣服,查看了桌子,床底,家里翻了一遍之后,筋疲力尽地瘫在床上睡过去了。

#11.迈克家 上午/外

天气晴朗,迈克家全景。

#12.迈克家-更衣室 上午/内

迈克(悦悦)在家一件件地试着衣服。迈克(悦悦)打开表盒拿出一块手表。迈克(悦悦)戴上墨镜。搭配完成后,站在镜子前的迈克(悦悦)显得格外帅气。迈克(悦悦)选完穿搭之后,在桌子上选了一把车钥匙。

#13.迈克家-玄关门 上午/内

穿的很帅气的迈克(悦悦)打开鞋柜,里面装满了各式各样的女鞋,高跟鞋,就连女士运动鞋都装的满满的。

悦悦(迈克)　　难道这就是迈克喜欢的?

发现鞋柜上面放了一双男人的皮鞋,打开连看都没看直接穿到脚上。
(皮鞋和西服完全不配)

#14.迈克家-停车场 上午/外

迈克(悦悦)手里拿着车钥匙走进停车场,按了手中的智能锁。此时,一辆豪华跑车响了几声还闪着灯。迈克(悦悦)环顾四周后,随即开门上了车。

#15.迈克车 上午/内

迈克(悦悦)坐在主驾的位置上,从方向盘到后视镜,跑车的车内配饰相当豪华。迈克(悦悦)按下油门开关,跑车的发动机沉稳而又响亮的轰鸣声,把他吓了一跳。迈克(悦悦)稳了稳呼吸后,慢慢开车驶离车位。

#16.街道 上午/外

迈克(悦悦)开着敞篷跑车在街道上飞驰着。

迈克(悦悦)　　　　哦~这也不难嘛!

迈克(悦悦)踩下油门加速行驶。

#17.悦悦家 上午/内

躺在床上睡着的悦悦(迈克)突然睁开眼坐起身。

悦悦(迈克)　　　　啊!头好痛!

吃剩的包子,炸鸡盒,啤酒,饮料散落在床上,围绕在悦悦(迈克)的周围。悦悦(迈克)露出憔悴的表情。

悦悦(迈克)　　　　(摇着头)这肯定是梦……是梦……!

悦悦(迈克)重新躺了回去继续睡觉。

#18.户外咖啡厅-户外座位 上午/外

迈克(悦悦)坐在靠近窗口的位置,优雅地喝着咖啡。迈克(悦悦)意识到周围有人在拍自己时,不经意地摆出帅气的姿势。迈克(悦悦)向围观的女生投去帅气的表情,在阳光照射下,显得更加迷人。

#19.百货大楼1楼 下午/内

迈克(悦悦)高傲地走进百货大楼,顾客们认出迈克后急忙拿出手机拍照,迈克(悦悦)亲切地朝围观的客人挥手打招呼。

#20.1楼首饰专柜 下午/内

迈克(悦悦)去首饰专柜买了戒指和项链,结过账后接过购物袋。迈克(悦悦)在周围人羡慕的目光中继续走着,看起来非常享受。

#21.奢侈品女装专柜1 下午/内

迈克(悦悦)走进女装专柜,周围的人认出他后,赶紧用手机拍照,他随意摆出几个姿势都非常帅气。但随后看的几款女装却并不是很满意,随即转身走出来。

#22.奢侈品女装专柜2 下午/内

迈克(悦悦)选中一款后犹豫地看着。

迈克(悦悦)转身站在了打折区域前。

#23.奢侈品包专柜 下午/内

迈克(悦悦)手里提着刚买的奢侈品牌包包的购物袋走出专柜。

#24.皮鞋品牌专柜 下午/内

迈克(悦悦)拿着一大堆购物袋走出了鞋子专柜,购物袋多到以现在男人的体格要非常吃力地才能勉强握住。

#25.百货店 True Size专柜前 下午/内

迈克(悦悦)在走廊上走着时发现了'True Size'专柜,随即走了进去。

#26.百货店 True Size专柜 下午/内

'True Size'专柜的店员们见迈克(悦悦)走进来后都吓一跳,购物的顾客们看到他后则开始欢呼和鼓掌。迈克(悦悦)得意的向顾客们挥手打招呼,并且和他们握手和拥抱,周围的人们用手机记录着这一切。专柜经理此时走到迈克(悦悦)面前90度鞠躬向他行礼。

专柜经理　　迈克先生,您来之前怎么没打个招呼……
迈克(悦悦)　　打招呼了,那还怎么会有惊喜?

第7集完

第8集

时尚达人的生活!

#1.百货店True Size专柜 下午/内

迈克(悦悦)直接在'True Size'专柜开启了粉丝见面会,坐在桌子前给粉丝们签字,顾客们则排起长队索要签名。迈克(悦悦)笔画凌厉而又潇洒,给客人们签下了帅气的签名。迈克(悦悦)签名完之后还和粉丝们握手,不时还向围观拍自己的顾客微笑致意,然后继续低头签字。

#2.悦悦家 下午/内

悦悦(迈克)正在熟睡时,门外传来铃声和敲门声。

快递E　　马悦在吗?马悦在吗!

悦悦(迈克)被吵醒。

悦悦(迈克)　　马悦?啊……

悦悦(迈克)费劲地下床,狼狈地蹬上鞋子后踉跄地走向门口,此时门铃声一直响着,他赶紧开了门。

快递员　　马悦,你的快递。

悦悦(迈克)　　　　啊……好,谢谢你。

快递员给悦悦(迈克)递快递时瞄了一眼她身后的酒和饼干,表情复杂地看了一眼悦悦(迈克)后转身离开。悦悦(迈克)关上门后拿着快递回到床前,无力地坐了下来。她看了一眼快递盒后打开了盒子,盒子里面是悦悦的内衣。悦悦(迈克)拿起内衣的尺码大小确认一下,是大码蕾丝内衣,他看罢随意地扔到床上。

悦悦(迈克)　　　　感觉有一种莫名的不安!到底怎么回事啊!?

悦悦(迈克)起身走向冰箱拿出水,随后坐在了餐桌上。悦悦(迈克)喝水时随手拿出手机,刷到了刚发生的SNS。悦悦(迈克)看着手机屏幕,惊讶地瞪大眼睛并把刚喝进去的水喷了出来。

手机屏幕内容
CG特效:迈克鞋,迈克头发,迈克女友,伊琳迈克,屏幕中出现迈克照片。
题目:好扎眼的鞋子,这么雷的着装到底是因为衣服还是鞋子?

迈克(悦悦)在咖啡厅跟粉丝们一起拍的照片。
题目:想炫耀自己头小吗?好气。

拿了一堆购物袋还在买项链的迈克。
题目:有女友?快公开!

粉丝们排队等待的照片。

题目:话怎么这么多,拜托能想想后面排队的人吗?!

悦悦(迈克)瞠目结舌地看着手机,手不由自主地颤抖起来。

悦悦(迈克)	这是哪儿?

悦悦(迈克)用手指扩大屏幕中的照片以便确认签名会现场的地点,他确认位置后起身去衣柜选衣服。

#3.百货店True Size专柜 下午/内

迈克(悦悦)正在跟粉丝们握手。

粉丝1	今天有大瓜!待会儿伊琳姐也过来!
迈克(悦悦)	(惊讶)伊琳?
粉丝1	是啊,我们都是伊琳姐姐粉丝团的。
迈克(悦悦)	(以为还是自己的身体)好羡慕啊,我也想看到伊琳真人。

迈克(悦悦)座椅的后方就贴着迈克和伊琳合影的海报。粉丝,专柜经理,店员们听到迈克(悦悦)的话后都奇怪地看着迈克(悦悦)。

迈克(悦悦)	(意识到口误)啊!我说的是私底下,工作上不算……
粉丝1	(想到什么)那你可以作为神秘嘉宾来参加活动啊!

站在后面的粉丝们听到后纷纷鼓掌，并开始吹着口哨起哄。

粉丝们	来吧，跟伊琳好配！

迈克(悦悦)看着一直在鼓掌的粉丝们，甚是开心。

迈克(悦悦)E	要不去见一次伊琳?

迈克(悦悦)微笑着看粉丝们。

#4.出租车内 下午/内

悦悦(迈克)坐在出租车上，她表情焦急地给迈克(悦悦)打电话，却没有人接。

悦悦(迈克)	快点！
司机	前面出事故了吗?怎么半天都不动啊！
悦悦(迈克)	那我在这里下车！

#5.公路 下午/外

悦悦(迈克)下了出租车，快速确认方向后飞快往百货公司跑。

悦悦(迈克)E	要是先被薇薇安抓住那就死定了！

身材肥胖的悦悦(迈克)拼命奔跑，来往的路人们吓得急忙躲开。

#6.大酒店豪华餐厅 下午/内

薇薇安此时正和规模最大的时装公司的董事长江先生一起吃饭。江会长身旁站着两名秘书。

江会长　　还是拒绝吗?

薇薇安　　对不起。

江会长　　是他们俩之中的谁?我被哪个拒绝了?

薇薇安　　他们谁敢拒绝您啊!

江会长和薇薇安笑着喝茶。

薇薇安　　新上市的品牌风格看起来很不错啊。

江会长　　你们肯来的话会更好。

薇薇安　　(撒娇般)江董……

此时,身后的一个秘书把一个正在通话中的手机递给江会长。薇薇安看江会长正在接电话,就从包里拿出了手机,屏幕上显示有30通未接电话,未接电话下面就是亨利的短信。

亨利(短信内容):“姐,快接电话!”

江会长挂掉电话后表情迅速沉了下来。

江会长　　(凶狠)薇薇安,你居然用这套整我?

薇薇安　　什么……我没明白您的意思……

#7.百货店停车场 下午/内

亨利急忙下了车，此时他的手机铃声响起，亨利接通了电话。

薇薇安E　　你现在在哪儿?

亨利　　我正要去抓迈克。

薇薇安E　　我不是让你监视他吗?你去干嘛了?

亨利　　你说日程都取消了，所以我也休息了……

#8.大酒店 下午/内

江会长一行人已经离开，只剩下一脸疑惑的薇薇安坐在那里自言自语。

薇薇安　　迈克为什么要进其他品牌的专柜?(看着江会长坐过的位置)那可是江会长家的专柜啊!

#9.百货店 奢侈品女装专柜1 下午/内(接第7集#21.奢侈品女装专柜1 下午/内)

经理表情诧异地看着正走进专柜的迈克(悦悦)。顾客们也诧异地看着迈克(悦悦)，随即用手机拍照。迈克(悦悦)拿起专柜的衣服看了看，露出不满的表情，转身直接离开。迈克一离开，准备结账的顾客们也纷纷放下手中正在挑选的衣服后直接离开，而已经结过账顾客则提着包装袋过来纷纷要求退货。专柜瞬间从熙熙攘攘到空无一人，经理只得抓紧给公司打电话。

#10.百货店停车场 下午/内(接#7.百货店停车场 下午/内)

亨利一边走路，一边接电话。突然被惊吓到停住了脚步。

亨利	江会长肯定觉得迈克是在故意破坏他们的生意。
薇薇安E	那还不赶紧把他抓回来！

亨利挂断电话，看见前面走过来的人急忙躲到墙后面。伊琳和经纪人此时边走边聊朝他走了过来。伊琳和经纪人走向了电梯口。

亨利	她怎么来这儿了？

亨利看到伊琳后几近抓狂，他发现了紧急通道后没有选择电梯，急忙从紧急通道冲了上去。

#11.大街-百货店正门门口 下午/内

悦悦（迈克）焦急地跑过来，满脸通红浑身是汗，气喘吁吁地险些当场晕倒。悦悦（迈克）停下脚步粗喘着气，缓了一会儿想要继续跑的时候却发现膝盖太痛，她握拳拍着膝盖，抬头看着百货店。

悦悦（迈克）	什么？想以迈克的身份生活？我今天就让你以迈克的身份死掉！

悦悦（迈克）说罢愤怒地冲进百货店。

#12.百货店电梯 下午/内

悦悦(迈克)挤到拥挤的电梯内。

悦悦(迈克)　　让开!让开!!!

已经上了电梯的人烦躁地给悦悦(迈克)让位,空间非常窄,悦悦(迈克)却硬生生地挤了进去。

#13.百货店粉丝签名会 下午/内

迈克(悦悦)在粉丝会后台跟五个粉丝会的人聊着天,迈克(悦悦)的头发上还戴着花,整个人看起来像个"礼物"。

迈克(悦悦)　　(感觉头花奇怪)这是不是有点……

粉丝1　　您现在就是最大的礼物。(递花束)这个也一起吧!

迈克(悦悦)接过花束。

粉丝2　　(跑过来)姐,来了来了,她们来了!

粉丝1,2上台,迈克(悦悦)站在镜子前紧张地看着自己,拿起花束摆出各种姿势。此时,听到舞台上传来欢呼声。迈克(悦悦)瞬间紧张了起来。

亨利E　　我要疯了!迈克为什么要来这儿?

第8集完

第9集

减30公斤嘛!很轻松!

#1.百货店-True Size专柜 下午/内

亨利无力地瘫坐在地上。悦悦(迈克)跑进专柜时发现了瘫在地上的亨利。

悦悦(迈克)	亨利,那女人在哪儿?
亨利	迈克要完了。
悦悦(迈克)	你清醒一点!我不会完的!
亨利	伊琳是不会放过迈克的。

#2.百货店粉丝会-舞台 下午/内

伊琳扔掉了粉丝送上舞台的花束。

粉丝	(诧异)啊?!
伊琳	迈克,你来这儿做什么?
迈克(悦悦)	你是我的模特啊……所以我才作为神秘嘉宾……
伊琳	你已经把我炒掉了,还说我像皱巴巴的包装纸?可你还出现在这儿是什么意思?

伊琳凶狠地瞪着迈克(悦悦),慢慢向他逼近。迈克(悦悦)被伊琳吓得连忙

后退了好几步。粉丝们对伊琳说的话非常诧异议论纷纷。

粉丝们	皱巴巴的包装纸是指什么意思?难道伊琳真的被开了?

粉丝们交头接耳地开始议论着。悦悦(迈克)和亨利从粉丝会现场的后门进来,他们看到舞台上杀气腾腾的伊琳和惊慌失措的迈克(悦悦)。悦悦(迈克)看向屋顶,火警警报器映入了她的眼帘。

悦悦(迈克)	(对亨利)弯腰!
亨利	什么?
悦悦(迈克)	叫你弯下腰!

亨利急忙弯下腰,悦悦(迈克)吃力地踩在亨利的背上去,随即用火点燃一张纸扔向了火警报警器,火警报警器随即响起。

(高速摄影)
- 伊琳和迈克(悦悦)听到突如其来的警报声时吓得不知所措。
- 经纪人冲上台拉着伊琳离开,伊琳下台时不小心摔倒。
- 粉丝们争先恐后地向安全出口跑去。
- 悦悦(迈克)逆着人流跑向舞台。
- 亨利刚想起身却被逃出的粉丝们压倒在地。
- 迈克(悦悦)看着悦悦(迈克)向自己跑过来时惊讶不已。
- 悦悦(迈克)冲上台抓住迈克(悦悦)的手。

#3.车内 夜/内

亨利把车子开到悦悦家门口不远处。亨利坐在驾驶座上,迈克(悦悦)和悦悦(迈克)坐在后座,三个人全身湿透,座椅上还有残留的水渍。

亨利	迈克……
悦悦(迈克)	(没意识到)怎么了?
亨利	(对悦悦)我喊他,你应什么?

坐在悦悦(迈克)身边的迈克(悦悦)捅了一下她的腰。

迈克(悦悦)	嗯?亨利。
亨利	哥,你也在这儿下车吧。

后座的两个人听到这话,吓得同时看向亨利。

亨利	你现在回去薇薇安肯定不会放过你的。(沉浸在自己感动的情绪中)下车吧,趁着我没改变主意,赶紧下车吧!(哭泣)

亨利此时如同港片中《英雄本色》里悲伤的场面那样夸张地哭泣着。

#4.车外 夜/内

悦悦(迈克)和迈克(悦悦)下了车。亨利摇下车窗同情地看着迈克(悦悦)。

亨利　　　　　希望我们还能活着再见。

说罢亨利开车离开。

悦悦(迈克)　　　　　臭小子,还算有良心。
迈克(悦悦)　　　　　我到底做错什么了?

#5.悦悦家 夜/内

客厅里坐在桌子两侧的悦悦(迈克),迈克(悦悦)两人四目相对着。迈克(悦悦)用平板电脑浏览着SNS和新闻。

迈克(悦悦)　　　　　这怎么可能?我居然跟他们拍照签名?(放下平板电脑)这简直就是欺诈!伊琳呢?她为什么见我就发火?
悦悦(迈克)　　　　　她被我开了。
迈克(悦悦)　　　　　(叹气)我说呢。
悦悦(迈克)　　　　　你觉得你这身衣服跟……这双鞋搭吗?赶紧脱下来!
迈克(悦悦)　　　　　(心虚愧疚)我看更衣室里摆着这么一套。
悦悦(迈克)　　　　　那是我打算捐的!
迈克(悦悦)　　　　　全部?那么多的衣服啊!
悦悦(迈克)　　　　　怎么?心疼了?但跟你有关系吗?是你的吗?是我的!我的东西我想怎么处理就怎么处理。我才是迈克,所以我要以迈克的名字捐掉。

迈克(悦悦)知道自己闯了祸,出于心虚没有回答,默默起身打开冰箱门,却发现冰箱里什么都没有了。

迈克(悦悦)　　冰箱里的东西你都吃完了?
悦悦(迈克)　　(忍不住爆发怒火)对啊!又心疼了?

#6.True Size公司-办公室 夜/内

薇薇安今天一整天都在办公室浏览着有关迈克新闻的网页和SNS社交媒体的照片。亨利此时悄悄开门走了进来。

CG特效:亨利的眼中,薇薇安身后冒着黑烟。

亨利　　姐……哥去她家了。

此时,门外传来敲门声。薇薇安狠狠地瞪向门的方向示意亨利去开门。亨利赶紧过去打开门,此时一群穿着奇特时装的人走了进来。

(跳切)
心灵师(算命师),催眠师,驱魔师,脑科学家,此外还有其他几个人坐在会议桌前。
(他们的打扮可以夸张点)亨利和薇薇安坐在这些人中间。

薇薇安　　麻烦你们来这一趟。
心灵师　　(抚摸着珠子)我看见了怨灵,怨灵在哭泣。
催眠师　　问题还在他本人,需要解开他的心结。

驱魔师	(奇怪地看着两个人)是风水的问题!这边现在都是鬼!
脑科学家	(不屑地看着三个人)应该先做脑电波检查!
普通人	我觉得没那个必要!只需要撞一下他的脑袋就行!

普通人说着拍了下桌子,其他人都吓一跳。薇薇安看着眼前这些人,不觉笑了起来。

薇薇安	(如同魔女)哈哈哈哈~

亨利看着眼前的五个人和薇薇安,顿时不安了起来。

亨利	迈克……快逃!

#7.市场 夜/外

迈克(悦悦)和悦悦(迈克)在街上并排走着。虽然此时已经是晚上但迈克(悦悦)还是戴着口罩墨镜,迈克(悦悦)边走边环顾四周,生怕别人认出自己,悦悦(迈克)却毫不在意地轻松走着。

#8.夜市 夜/外

两人来到了一个夜市摊,找了两个露天的户外座位坐下。

迈克(悦悦)	为什么要来这种地方?会被拍到的。
悦悦(迈克)	把墨镜摘下来吧。

迈克(悦悦)	不要。
悦悦(迈克)	你是把自己当成明星……还是通缉犯?

迈克(悦悦)犹豫了一会儿摘下墨镜,眨了眨眼看着悦悦(迈克),欲言又止。

迈克(悦悦)	好,我也有条件,帮我减掉30公斤。
悦悦(迈克)	你在开玩笑吗?
迈克(悦悦)	没开玩笑啊,我会尽全力协助你减掉30公斤,只剩45公斤就OK了!
悦悦(迈克)	你居然有75公斤?天啊……

悦悦(迈克)低头看了一眼自己的躯体吓了一跳。坐在对面的迈克(悦悦)认真地看着悦悦(迈克)。两个人眼神毫不退让地对峙着。

悦悦(迈克)	(下定决心)好!到时候可别耍赖。
迈克(悦悦)	说话算数!
悦悦(迈克)	这不是说话算不算数这么简单的问题,这是我们之间的契约。

悦悦(迈克)倒酒举杯。

迈克(悦悦)	但我还有一点好奇。
悦悦(迈克)	还有什么条件?

迈克(悦悦)	你怎么那么喜欢收集女孩子的鞋子!
悦悦(迈克)	这是我个人的隐私。
迈克(悦悦)	这些都是要捐出去的吗?还是有很多好看的鞋子,不要的话可以送给我。
悦悦(迈克)	(忍着)劝你不要动我的鞋子。
迈克(悦悦)	难道真的都是你要穿的?没想到你还好这口。
悦悦(迈克)	(面无表情)小时候妈妈喜欢鞋子,鞋柜里装的满满的五颜六色的鞋子,直到有一天,我放学回家却发现鞋柜内一双鞋子都没有了。家里也空荡荡的……(虽然很伤心但尽量淡定)没什么,多漂亮啊。追求美丽是我的职业。

迈克(悦悦)倒酒举杯。

迈克(悦悦)	拜托了。

悦悦(迈克)笑着举起酒杯,两个人碰杯。

第9集完

第10集

是谁要杀死迈克?

#1.迈克家 清晨/外

背景音乐:电影“洛奇”的主题音乐或其他拳击电影的配乐。在背景音乐的伴奏下,身穿运动服的迈克(悦悦)开始了晨跑。

#2.悦悦家 清晨/外

悦悦(迈克)全副武装,穿着运动服,脖子上围着毛巾,露出悲壮的表情奔跑着。

#3.公园 清晨/外(第2集#9.公园)

悦悦(迈克)跑向休息区,迈克(悦悦)在她身后跟着。

悦悦(迈克)	(边奔跑边说)我的生日?
迈克(悦悦)	97年3月31日,白羊座,心眼特别小!
悦悦(迈克)	最后那句资料上好像没有吧。
迈克(悦悦)	最后那句是我自己分析的!大学时获设计奖,在那届比赛中我认识了现在的投资人薇薇安。'True Size'品牌上市,虽然风格独树一帜,但评价却褒贬不一!
悦悦(迈克)	黑粉多也说明有人气啊!下一个是获奖经历!
迈克(悦悦)	(一起运动)别催,我一紧张就容易忘。

悦悦(迈克)	好,不知道的就当我忘了。
迈克(悦悦)	我知道。

迈克(悦悦)跑到体育场中间的位置。

迈克(悦悦)	(指着地面)就是这儿,我当时就在这儿躺着的。

悦悦(迈克)仔细看着被雷劈的位置,(像警察搜证据一样)转了一圈再摸了摸土,用手比了比角度,看起来很专业的样子。

迈克(悦悦)	你还懂这些?
悦悦(迈克)	(不在意)不懂啊。
迈克(悦悦)	那你还在摆造型?
悦悦(迈克)	现场线索很重要。

悦悦(迈克)继续看向雷劈的位置。

#4.True Size公司专柜前 上午/外

营业前有人在专柜前扔了一团纸。专柜经理正要开门时发现了纸团,随即捡起来打开,发现是迈克照片。经理拿着照片进了专柜里。

#5.True Size另一个专柜 上午/外

有人将贴在专柜前的迈克海报撕了下来并拧成一团扔在地上。

#6.亨利车内 上午/内

亨利开车驶向公司。车内，坐在后座的迈克(悦悦)正在发着信息。

CG特效:短信内容

迈克(悦悦)	我按你说的穿了，现在正在去上班的路上。
悦悦(迈克)	千万不要唯唯诺诺的，迈克可是个充满自信的人。
迈克(悦悦)	别担心了！你那边还好吧？
悦悦(迈克)	当然，我可是遵守契约的人。

迈克(悦悦)看完消息后笑着收起手机。

#7.悦悦家 上午/内

悦悦(迈克)走上称，体重秤上的数字一直跳升至75公斤，她急忙走下称。

悦悦(迈克)	75公斤啊？我还以为开玩笑呢。

悦悦(迈克)陷入沉思。

(蒙太奇)

- 悦悦(迈克)拿着塑料袋去厨房把垃圾食品都扔进塑料袋里。
- 悦悦(迈克)收起白糖，盐的调味罐。
- 悦悦(迈克)将衣柜中的大码衣服收起来。
- 悦悦(迈克)把沙发上的娃娃，抱枕等舒适的家居用品都收了起来。

悦悦家瞬间变得很空，悦悦（迈克）看着眼前这一切，满意地微笑着。悦悦（迈克）再次上称，此时，体重秤显示75.5公斤。

悦悦（迈克）　　更胖了！

悦悦（迈克）烦躁地从体重秤上下来。此时，悦悦（迈克）的视线定格在伊琳的海报上。

悦悦（迈克）　　（看着海报）我今天特别羡慕你。

悦悦（迈克）痛苦地拍打着墙壁。而海报中的伊琳嘴角则微微上扬（CG）。

#8.True Size公司-办公室 内/上午

从#7.伊琳被折的皱巴巴的海报传单纸叠画到迈克脸上被画的红红的样子，还有被撕碎的传单纸，桌子上面也被放的满了折的皱巴巴的迈克的传单纸。迈克（悦悦）和亨利一张张捡起被折皱的传单纸，打开之后很仔细第看着。迈克（悦悦）和亨利每打开一张都是很惊讶的表情。

亨利　　这是什么意思?难道是警告吗?

迈克　　（悦悦）什么警告?

亨利　　第一次是照片，第二次是…!!!

亨利和迈克（悦悦）两人四目相对紧张地刚咽了一口口水，突然门被打打开了，两人瞬间惊若呆瓜。薇薇安走进办公室。

薇薇安　　伊琳的粉丝群……(看到迈克)早啊,迈克!

迈克(悦悦)　　嗯,薇薇安。

薇薇安直接坐在桌子上。

薇薇安　　签名会现场的照片已经被传到伊琳粉丝群内。"被折皱的包装纸"已经成为热点词了。

迈克(悦悦)　　(好奇)是啊,这是什么意思?

亨利　　是哥在开除伊琳的时候说过的话,说胖了之后再减肥的模特就像是被折皱的包装纸一样被重新铺平,就算再平也会有皱痕。

迈克(悦悦)E　　真是疯子……

薇薇安　　扩散之前赶紧删除!

迈克(悦悦)　　我直接道歉如何?解铃还须系铃人,不是吗?

CG特效:在迈克(悦悦)身后展现了天空的阳光和天使的翅膀。正义且天使般的迈克(悦悦)的脸惊奇地看着迈克(悦悦)的亨利和满脸写着不满意的薇薇安。

刹那间叮当一声,玻璃窗碎了,石头从外面飞过来。吓得躲起来地迈克(悦悦)和亨利,还有薇薇安。亨利起身看向窗外,发现下身是黑色裤子,穿着夹克,带着帽子和口罩的人逃跑了。掉在地上的石头包裹着的迈克的照片。迈克照片上的脸被撕得粉碎,上面写着"去死吧"。

迈克(悦悦)　　真的好吓人啊!!

#9.True Size公司大楼-后面 中午/外

悦悦(迈克)在没有人的角落偷偷地在和迈克(悦悦)通电话。

悦悦(迈克)E	(接听着电话)所以啊,谁让你去粉丝会的?!
迈克(悦悦)	这可冤死我了。

#10.拳击健身房-入口 中午/内

站在入口处的悦悦(迈克)。悦悦(迈克)站在更衣室柜子前。

悦悦(迈克)	冷静点,我现在什么也做不了。
迈克(悦悦)E	那我怎么办?
悦悦(迈克)	按薇薇安说的做吧。

悦悦(迈克)挂断电话后长叹一口气。

悦悦(迈克)	我这里也很棘手啊……

悦悦(迈克)穿的裤子臀部部分裂开了,屁股上有个大洞。真不好意思进健身房,只能把手放在门边的墙壁上叹气。

#11.拳击健身房 中午/内

正在热身的会员们,男女总共有十来个人。悦悦(迈克)穿着崩开大洞的裤子,穿着一件宽大T恤,她往下拽T恤的后摆试图尽量遮住大洞部位。悦悦(迈克)坐下来做拉伸动作时意识到裤子的洞,尽量夹紧双腿,显得有些坐立不安。悦悦(迈克)旁边坐着一个穿紧身吊带和紧身裤来凸显自己完美身材的女会员,她同样也做着拉伸动作……男教练殷勤地在女会员旁边帮她矫正姿势,随后看了一眼旁边悦悦(迈克)。

悦悦(迈克)E	别过来,别过来……
教练	(拍了拍大腿)动作这么随意的话很容易受伤的。

悦悦(迈克)用力紧贴双腿,教练用脚踢了踢她的双腿,但悦悦(迈克)的腿却一动不动,教练叫来了两名男会员。两名男会员在悦悦(迈克)两边各抓着她一条腿,教练在身后压着腰。

教练	放松。
男人1	怎么不动呢?
男人2	一二三!

悦悦(迈克)的双腿劈叉般叉开。

悦悦(迈克)	不!!!

悦悦(迈克)表情非常窘迫!

第10集完

第11集

寻找True Size灰姑娘!

#1.拳击健身房 中午/内

悦悦(迈克)的上衣被拽了上去,裤子上的大洞以及里面穿的内裤都露了出来,坐在后面的人看到后都吓了一跳。悦悦(迈克)也被这突如其来的状况害羞得无地自容。

(跳切)

悦悦(迈克)正在练拳击,她眼神尖锐,全神贯注地做着拳击动作。悦悦(迈克)眼神凶狠地看着镜子。

悦悦(迈克)E　　怎么办?不能以后每天都过这样的生活吧?得赶紧想办法回到我自己该在的位置。

悦悦(迈克)用尽全力挥拳,在身后避着悦悦(迈克)的教练最终还是挨了一拳,他看了一眼悦悦(迈克)后就晕倒在地。

#2.True Size公司大楼 下午/外(如同谍战片/可以替换别的)

背景音乐:碟中谍主题曲或者同类型谍战片的音乐。亨利乔装一番,戴着墨镜和帽子,围着围巾,从大楼后像间谍一样走了过来,他边走边环顾四周做出掏枪的动作。

#3.街道 下午/外(如同谍战片/可以替换别的)

背景音乐:碟中谍主题曲或者同类型谍战片的音乐。迈克(悦悦)戴着长长的假发,帽檐压得很低,打扮成女装的样子,仿佛被人跟踪般快步走到停在路边不远处的车子,然后上了车。

#4.亨利车 下午/内

迈克(悦悦)急忙上了车的后排,亨利坐在驾驶座上,副驾驶坐着一身休闲装,头发扎起来的薇薇安。

薇薇安	没人跟来吧?
迈克(悦悦)	好像没有。
亨利	有必要这样吗?
薇薇安	一定要在事情闹大之前阻止事态的发展,出发!
亨利	去哪儿?

迈克(悦悦)和亨利看薇薇安。

#5.路边-公交车站 下午/外

悦悦(迈克)有气无力地朝公交车站走去,她快到公交车站时,公交车已经进站,悦悦(迈克)看到后拼命跑了过去。悦悦(迈克)还没跑到时公交车已经驶离了,她还被石头绊倒在地,路过的行人看到后吓了一跳。

悦悦(迈克)E	太丢人了……怎么办?装晕装晕!

悦悦(迈克)装晕躺在了地上,路过的人很多,却没人理会她。悦悦(迈克)主观,看着来往行人的腿从眼前划过,虽然有很多人路过却没有一个人愿意停下来帮她一下。第一次被所有人无视的悦悦(迈克)露出了惊慌的表情,随后脸色又很快变的很失望。

#6.悦悦家门口-街道 下午/外

悦悦(迈克)眼神呆滞有气无力地朝住处走着,看到扮成女装的迈克(悦悦)站在门口。悦悦(迈克)怒火中烧急忙跑向迈克(悦悦)。

悦悦(迈克)	(抓住衣领)把我的身体还给我!还……给……我!
迈克(悦悦)	你先放开我再说。你看后面……后面……

迈克(悦悦)好不容易挣脱了抓住自己衣领的悦悦(迈克)。薇薇安和亨利此时从后面停着的车子上走下来,二人都对变装打扮这件事感到不好意思,一个低着头一个看向别处。

悦悦(迈克)	(低语)跟我走……

悦悦(迈克)示意迈克(悦悦)跟着自己回家。

#7.悦悦家 下午/内

悦悦(迈克)拉着迈克(悦悦)走进来。

悦悦(迈克)	怎么你们,都这副打扮?

迈克(悦悦)	我们收到威胁信，有生命危险！
悦悦(迈克)	那你们应该去警局啊，我这儿又不是避难所。

#7-1.亨利车 下午/内[过去]

亨利把车停在悦悦家门口。坐着车内的迈克(悦悦)，亨利，薇薇安。

薇薇安	我们重新选个模特吧！选一个大众脸的普通人。
亨利	能行吗?
薇薇安	我们重新打造一个明星，用新的热点盖住这件事。
迈克(悦悦)	那来这儿做什么?
薇薇安	(看着迈克)不是说了吗?非常~普通平凡的人。

#7.悦悦家 下午/内[返回现实]

悦悦(迈克)抖着肩膀笑着。

悦悦(迈克)	他们要选我?不，应该说选你！哈哈哈……
迈克(悦悦)	怎么可能?
悦悦(迈克)	不愧是薇薇安，果然宝刀未老。

悦悦(迈克)说起薇薇安时露出赞许的表情。迈克(悦悦)不解地看着悦悦(迈克)。

#8.豪华餐厅 下午/内

悦悦(迈克)和迈克(悦悦)，亨利，薇薇安走进豪华餐厅。悦悦(迈克)在前面自信地走着，其他三个人相互看了看。亨利，迈克（悦悦）继而走进去，薇薇安也跟着走了进去。

#9.豪华餐厅-单间 下午/内

四个人围坐在餐桌前。服务员站在悦悦（迈克）身后，悦悦（迈克）熟练地点着餐。点完餐后服务员拿着菜单离开。此时，包房内变得非常安静。

薇薇安	初次见面，我是'True Size'的薇薇安。

薇薇安向悦悦（迈克）轻轻点头行礼，悦悦（迈克）也跟着点头回礼。

薇薇安	简单说一下，我们现在正在策划"寻找灰姑娘真人秀"，你会不会觉得很老套？
悦悦（迈克）	（接话）但现在的大众就吃这一套。
薇薇安	（开心）果然……这种套路播一百次都有人看。我们虽然没有玻璃鞋，但我们找的是符合'True Size'衣服的模特。
悦悦（迈克）	那至少得是S码才合身吧？
薇薇安	当然。这次活动的主题就叫"True Size灰姑娘"。
悦悦（迈克）	（接话）全部都是真实拍摄。
薇薇安	（接话）网络平台播放。

两人的对话如同乒乓球一样你来我往，亨利和迈克（悦悦）如同看乒乓球比赛一样频繁左右摇头看向正在说话的人。

薇薇安　　　　　　全部费用都由我们承担。

悦悦(迈克)　　　　(接话)我绝不整容。

薇薇安　　　　　　(接话)跟我们想的一样。

悦悦(迈克)　　　　很好。

薇薇安　　　　　　确实。

悦悦(迈克)和薇薇安同时拿起水杯微笑着轻轻碰了一下。

薇薇安E　　　　　还挺有默契。

悦悦(迈克)E　　　没有谁比我更了解你了。

亨利和迈克(悦悦)看得时候也在暗自较劲儿,不觉手里捏了把汗。

亨利　　　　　　　哥,我想去洗手间……

迈克(悦悦)　　　　我也是。

薇薇安和悦悦(迈克)仿佛沉浸在自己的世界,丝毫没有在意他们的话。

#10.豪华餐厅单间门口 下午/内

迈克(悦悦)和亨利开门走出来,还没走几步两个人就瘫坐在了沙发上。亨利无力地倚在迈克(悦悦)肩膀上,迈克(悦悦)却一直担心地看向单间的方向。

#11.豪华餐厅单间 下午/内

薇薇安　　　　　　　再问你个事。迈克……你觉得他还能火多久?

正在倒茶的悦悦(迈克)停下了手中的动作,诧异地看着。

薇薇安　　　　　　　迈克即将成为弃子。

薇薇安说完露出了诡异的笑容。

第11集完

第12集

遭雷劈的两个人?

#1.豪华餐厅-单间 下午/内

悦悦(迈克)	什么意思……?什么叫弃子……
薇薇安	说实话我觉得迈克现在不太正常。设计师多的是,如果你协助我们的话,我会充分补偿你怎么样?跟我合作吧!

悦悦(迈克)看着薇薇安沉默不语。两人之间气氛有些莫名的紧张。

悦悦(迈克)E	这倒是个让我意料之外的消息。

悦悦(迈克)露出微妙的笑容。

悦悦(迈克)	我能不能听听你的条件。

薇薇安嘴角微微上扬。

#2.悦悦家 上午/内

字幕:几天后

店员们在忙着设置摄像机，洗手间，寝室，床上都设置了监控视频。悦悦家在监控屏幕上被分成四个画面。正在忙碌着准备直播的工作人员。

#3.健身房 上午/内

悦悦(迈克)上称，数字显示76公斤。迈克(悦悦)咨询健身教练随后上称，显示75公斤，比悦悦(迈克)还轻！

#4.悦悦家 上午/内

迈克(悦悦)和悦悦(迈克)看着贴了满满一墙的减肥计划表。(墙上有很多关于减肥的信息)

迈克(悦悦)	这样的日程安排简直堪比地狱！
悦悦(迈克)	(得意)筹备时装秀的时候可比这忙多了。
迈克(悦悦)	你看起来很自信嘛。
悦悦(迈克)	是啊，当你有过一次成功的经验的话，你也会像我一样居高临下，做什么事情都那么有自信。
迈克(悦悦)	(不屑一笑)是吗?那这些是什么……?

迈克(悦悦)拿出一大把(至少有二十多张)名片……都是整形外科医生，院长名片。

#4-1. 整形外科一条街 下午/外-内

悦悦(迈克)走进整形外科。悦悦(迈克)从整形外科走出来去另外一家整形外科医院。

悦悦(迈克)咨询院长医生。

悦悦(迈克)进入第三家医院的咨询室,拍了拍脂肪模型。

悦悦(迈克)瞄了一眼全身围着绷带的患者。

悦悦(迈克)拿着吸脂预算单走出医院。

悦悦(迈克)去不同的整形医院咨询。

#4.悦悦家 上午/内[返回现实]

悦悦(迈克)	难道你不知道计划都有Plan-B吗?给我!

悦悦(迈克)想要抢过名片,迈克(悦悦)把拿着名片的手举高到处躲开,拼命护住名片不被她抢走。迈克(悦悦)逃,悦悦(迈克)追,两个人一逃一追地打打闹闹。

#5.迈克家停车场 夜/内

迈克(悦悦)把车开进停车场。停车场入口处站着一名戴着眼镜的二十出头的学生。学生看见迈克(悦悦)下车时吓了一跳,急忙跑向迈克(悦悦)。

学生	你就是迈克吗?
迈克(悦悦)	是啊……
学生	(递过文件)就一次!请你一定要看啊,谢谢!

学生递过文件后转身逃跑。迈克(悦悦)打开文件夹,发现是这个学生的简历。

#6.迈克家-客厅 夜/内

迈克(悦悦)拿着文件边通电话边走进来。

悦悦(迈克)E　　这种东西我一个月能收几百个,扔了吧。

迈克(悦悦)　　这怎么能扔了呢?真没良心!

悦悦(迈克)E　　那什么叫有良心?

迈克(悦悦)　　人家孩子这么诚心,你好歹应该看一下。

#7.悦悦家 夜/内

悦悦(迈克)　　别说自己无法负责的话,晚上说话会饿,九点以后就别再给我打电话了!

悦悦(迈克)挂完电话调整了一下呼吸。悦悦(迈克)死盯着面前放着的奶油面包。

#8.迈克家-客厅 夜/内

迈克(悦悦)坐在沙发上随手翻了几张简历和作品看了看,随即又合了起来。

#9.迈克家-浴室 夜/内

迈克(悦悦)推开浴室门,发现亨利女朋友正在浴帘后面洗澡。

女人E　　亨利,是你吗?

迈克(悦悦)　　不是啊。

迈克(悦悦)拉开浴帘,女人跟迈克(悦悦)视线相撞。

女人　　啊!!!!
迈克(悦悦)　　啊!!!!

迈克(悦悦)吓一跳,急忙走出去关门,亨利从房间跑了出来。

亨利　　哥,你什么时候来的?

亨利说着急忙打开浴室门走了进去。迈克(悦悦)无奈地看着亨利。

迈克(悦悦)　　还以为亨利不喜欢女人……

#10.超市 上午/内

悦悦(迈克)和迈克(悦悦)走进超市。迈克(悦悦)推着推车,悦悦(迈克)走在前面。

悦悦(迈克)　　当然,他女朋友的身材特别好,你晚上难道……不会想着这件事?
迈克(悦悦)　　不会。
悦悦(迈克)　　不会吧?是不是这段时间出了什么问题啊?

悦悦(迈克)说着看向迈克(悦悦)的裆部。

迈克(悦悦)	你往哪儿看呢?(轻声)这是再正常不过的事了!你来这儿做什么?
悦悦(迈克)	你现在肯定还不饿。
迈克(悦悦)	是啊,我还不饿。
悦悦(迈克)	那还好。但我现在快饿死了。你说到底为什么?还不是你乱吃东西。方便面,巧克力,炸鸡,猪蹄子,蛋糕等等!所以现在我们必须一起分享这份痛苦吧。走!

悦悦(迈克)在生鲜区从货架上拿出五花肉,还有水果放在推车里。悦悦(迈克)把白酒,啤酒,饮料放在推车里,走了几步还拿出一大桶冰淇淋放进推车里。此时推车里已经装满了食物,迈克(悦悦)诧异地看着眼前这个满满当当的推车。

#11.医院外 上午/外

医院全景。

#12.医院-门诊室 上午/内

医生正在看病历表,敲门声响起,薇薇安随即走了进来。

(跳切)

薇薇安	医生,迈克最近的状态很不好。

医生	检查结果没问题……(看病历表)那天其实还有一个遭雷劈的患者,她也同样没什么事。
薇薇安	还有一个?能告诉我那人是谁吗?
医生	不好意思,这个属于患者的个人信息。

#13.医院-大堂 上午/内

薇薇安一边想着一边慢慢走出医院,她从包里拿出手机。

薇薇安	是我,你之前好像说过认识这家医院的主任?帮我问件事吧?

(跳切)

薇薇安坐在医院等消息,此时短信声音响起。

短信内容:那天遭雷劈的患者有两人,大家都记得。

短信内容:名字/马悦 地址/花园路125号433栋909室(参考用地址)

薇薇安	马悦……(想了一会儿)马……悦!?

薇薇安听到后露出了诧异的表情。

第12集完

第13集

人生第一次被男人表白!

#1.超市附近-街道 下午/外

迈克(悦悦)拿着两大袋食物在回去的路上走着，悦悦(迈克)提着一个小袋子跟在后面。迈克(悦悦)把一大袋放在地上看向悦悦(迈克)。

迈克(悦悦)	你不是说要一起分享痛苦吗?
悦悦(迈克)	可你是男的啊。
迈克(悦悦)	你才是男的。
悦悦(迈克)	生理学角度上，现在你是男的。
迈克(悦悦)	我是女生的时候我也能提这么多啊。
悦悦(迈克)	那你厉害。

悦悦(迈克)接过一个沉一些的袋子提着往家走。迈克(悦悦)满意地提着剩下那个轻一些的袋子后跟了上去。此时，两人看到一个陌生的男人站在家门口。

#2.悦悦家-门口 下午/外

迈克(悦悦)和悦悦(迈克)看到那个陌生男人后互相对视了一眼，都露出了不认识的表情。

永树	(看一眼悦悦)您好。
迈克(悦悦)	您找谁?
永树	悦悦……
迈克(悦悦)	(以为在说自己)你找我?

永树注视着悦悦(迈克)。

永树	你……不认识我了?我也上拳击课……
悦悦(迈克)	噢……是啊……
永树	(害羞)我对你可是一见钟情。

迈克(悦悦)和悦悦(迈克)吓得都把超市袋子掉在地上。

#3.家附近 下午/外

悦悦(迈克)和永树在离迈克(悦悦)稍微远的地方单独聊起了天。迈克(悦悦)焦虑而又疑惑地看着两人,很好奇他们在说什么,但又听不见两人的对话。只见悦悦(迈克)和永树相互道别后永树就离开了。此时,悦悦(迈克)向迈克(悦悦)走了过来。

#4. 悦悦家 下午/内

悦悦(迈克)和迈克(悦悦)开门走进房间后,悦悦(迈克)笑得直跺脚。

悦悦(迈克)	哎呀妈呀我的肚子……哈哈哈哈!笑死我了!(指着迈克)他居然说喜欢你啊!

迈克(悦悦)　　　　(好奇)到底什么情况?

悦悦(迈克)　　　　让我再笑一会儿!哈哈哈哈……

悦悦(迈克)继续跺着地板笑着,迈克(悦悦)的脸渐渐沉了下来。

迈克(悦悦)　　　　喜欢我这件事有那么好笑吗?

悦悦(迈克)　　　　(止住笑)怎么,伤自尊了?想不想听?

迈克(悦悦)急忙变成了笑脸。

悦悦(迈克)　　　　这让我从何说起呢……

#5.拳击健身房入口 中午/内(接第10集#10.拳击健身房-入口 中午/内/夸张版本)

背景音乐:悲壮又好听的背景音乐。悦悦(迈克)一只手扶着门低着头摆着帅气的姿势。(实际上裤子是有破洞的)旁边都是黑漆漆的一片,只有悦悦(迈克)身上有一缕照明的光。就是看到这样的悦悦(迈克)的永树才爱上了悦悦(迈克)。

#6.拳击健身房 中午/内(接第11集#1.拳击健身房 中午/内/夸张版本)

悦悦(迈克)如同专业拳击手一般帅气地做着拉伸动作,活动活动脖子,手臂以及腿。

(跳切)

- 悦悦(迈克)进行拳击运动时，几乎看不清手部动作。
- 有只手挥过来，她迅速避开，眼神如同鬣狗般凶狠地盯着对方。
- 同时回敬一拳，准确无误地打到对方的腹部。
- 周围的人看到后开始围观和鼓掌。
- 永树看到这个场景，被悦悦(迈克)深深迷住。

#7.悦悦家-屋顶阳台 夜/内

餐桌上放着啤酒，红酒等不同品类的酒，中间是正在烤着的五花肉。悦悦(迈克)坐在餐桌前，戴着护目镜拿着夹子烤肉，一片一片烤得非常认真。坐在对面的迈克(悦悦)看着悦悦(迈克)。

迈克(悦悦)	(好奇)所以你还打算继续见他?
悦悦(迈克)	你……该不会是没谈过恋爱吧?
迈克(悦悦)	(迫切)是!你要帮我。
悦悦(迈克)	(故意)可我喜欢的是女人~
迈克(悦悦)	不是说好要互相帮忙的吗?
悦悦(迈克)	(把烤好的肉放在碟子上)这个好了，先吃这个。
迈克(悦悦)	你让我一个人吃这么多?
悦悦(迈克)	你分享痛苦，我代理满足。

迈克(悦悦)不满地一边嘀咕一边把肉用生菜包好往嘴里塞。悦悦(迈克)指着另外几块肉示意把其它的也要吃掉。迈克(悦悦)按照指示都吃了下去，两个人开心地一笑。

#8.悦悦家-附近 晚上/内

薇薇安在车内一面看着手机上面悦悦的地址，一面看着前边的地方确认着。薇薇安确认还地址之后拨打电话。

薇薇安	(冷静地)帮我查一个人。家庭出身，朋友交际，还有一切和她相关的事情都给我查一查。

薇薇安打完电话之后，狠狠地望了一眼悦悦家的房间开车离去。

#9.悦悦家-屋顶阳台 晚上/外(接#7.悦悦家-屋顶阳台 夜/内)

迈克(悦悦)已经喝醉了，刚才桌子上慢慢的食物都没了，现在只剩下酒瓶。

迈克(悦悦)	好奇怪啊，我可以喝3瓶的……
悦悦(迈克)	我又不喝酒的。
迈克(悦悦)	好想恋爱啊。

迈克(悦悦)突然起身站起，对着天空喊。

迈克(悦悦)	给我一个男朋友好不好?已经受够了小帅哥，就这张脸就可以，让他做我男朋友吧!!!
悦悦(迈克)	呀，你说做你男朋友就你男朋友吗?你以后找我这样的男朋友很简单吗?不要再为难老天了!!!

迈克(悦悦)开心地抱着阳台上的花盆躺在地上翻来覆去。

(第5集#9. 悦悦家 夜/内 同一动作)。

悦悦(迈克)心灰意冷地看着眼前迈克(悦悦)的样子。

#10.悦悦家-监控视频画面 夜/内

分隔成四个黑白监控的画面分别是卧室,浴室,客厅和厨房。

字幕:「'True Size'灰姑娘」现在正式开始

#11.电脑显示器-网络直播 日/内

悦悦(迈克)认真运动的一系列画面:

- 悦悦(迈克)试穿衣服却发现手臂都伸不进去,她露出绝望的表情。
- 悦悦(迈克)运动健身。
- 悦悦(迈克)做拳击运动。
- 悦悦(迈克)做普拉提运动。
- 悦悦(迈克)把水和减肥餐放进冰箱。
- 悦悦(迈克)在家做仰卧起坐。
- 悦悦(迈克)做全身按摩。

#12.True Size专柜 下午/内

迈克(悦悦)正在做市场调查。经理向迈克(悦悦)报告状况,亨利在一旁听着。

#13.悦悦家 夜/内

已经饿晕了呆呆地看着地面的悦悦(迈克)打开冰箱,里面全部都是水和一些减肥餐,失望和疲惫的悦悦(迈克)蹲倒在地上。

#14.电脑显示器-网络直播 日/内[标题:悦悦减肥系列]

网络直播画面:

- 悦悦(迈克)在餐桌上放一张美食的图片后,假模假式地吃了起来。
- 悦悦(迈克)健身时发起了火,抓住健身教练的衣领。
- 悦悦(迈克)看到别人喝可乐时,跑过去想要抢过来喝一口。
- 悦悦(迈克)疯一般地大笑着。

#15.悦悦家 晚上/外

悦悦(迈克)开门偷偷跑出来想要逃跑,手里还拿着行李包,没想到门口有两名保镖在盯着她。悦悦(迈克)逃跑被发现,其中一个身体壮硕的保镖直接把悦悦(迈克)扛了起来,悦悦(迈克)就这样被强行扛回房间。

#16.电脑显示器-网络直播 日/内

电脑画面显示着悦悦减肥过程中一系列痛苦遭遇的样子,悦悦(迈克)在本子上写着"救救我",随后把本子伸到监控摄像头前。此时,网络直播画面突然黑掉,黑屏中出现一行字幕。

字幕:一个月后'True Size'灰姑娘全面公开

网友们看到后纷纷给悦悦(迈克)加油,表示会继续看。直播的点击数突破了纪录，此时画面中出现烟花！

第13集完

第14集

床上的两个人!

#1.红毯 夜/外

字幕:一个月后

在电影首映会上的红毯区两边站着很多粉丝。综艺节目主持人站在中间主持着。(电影海报用本剧海报)

主持人	这里是首映会直播现场,今天到场的粉丝们非常多,让我们有请'True Size'灰姑娘——马悦30日后第一次公开亮相,请大家为她送上你们的欢呼!

一辆商务车到达现场,粉丝们欢呼雀跃。商务车门打开后,身穿西装的迈克(悦悦)率先下车,随后将已经变得纤瘦而优雅的悦悦(迈克)也请下了车。悦悦(迈克)穿着'True Size'的衣服优雅登场。此时悦悦(迈克)变身成功(可以找别的个子相仿的演员)45公斤,44码身材,下巴变得很尖,一头长发,气场如同好莱坞明星一般。迈克(悦悦)绅士地伸手扶着悦悦(迈克),两个人在红毯中间慢慢走着。

迈克(悦悦)	(全身颤抖)不要抖……自然一点。
悦悦(迈克)	你在担心我?你还是先擦擦自己额头上的汗吧。我

迈克可是见过大世面的!

悦悦(迈克)落落大方地走在红毯上,朝着两边的粉丝优雅地挥手,还不时地转身展示自己的后背,并根据记者的要求摆出各种专业的姿势。大家看着悦悦(迈克)的身材变化震惊不已。

CG特效:网络新闻

- 60日内成功减掉35公斤。
- 书写了灰姑娘的新篇章。
- 'True Size'是女生们的水晶鞋。
- 救她的白马王子是迈克?
- 迈克(悦悦)和悦悦(迈克)挽着手走在红毯上向大家优雅地挥手。

#2.True Size办公室 夜/内

正在播放(#1.综艺节目)屏幕上出现迈克和悦悦时,薇薇安按下遥控器关上了电视。

薇薇安　　(鼓掌)完美!完美!胖女人果然都是潜力股!而且还是能发大财的那种!(眼神狡猾地)我薇薇安……果然宝刀未老。

薇薇安看着桌子上放着悦悦的详细资料,意味深长地笑了起来。特写资料中的备注栏里写着好友江溪秀。

#3.机场入境处 夜/内

入境处的大门打开，悦悦的好友溪秀走了出来(第2集#4)溪秀打开手机看到有关悦悦(迈克)的网络新闻照片。溪秀笑着准备离开时，薇薇安的司机走向溪秀。

薇薇安的司机	您是江溪秀女士吧?
溪秀	你是?
薇薇安司机	您认识马悦吧?

#4.首映会聚餐 夜/内

在首映会聚餐的场地上，人们拿着酒杯享受着派对。悦悦(迈克)和刘振(电影明星)聊着天。

周围的男人们都注视着悦悦(迈克)，等着她和刘振聊完。

刘振	你太漂亮了。
悦悦(迈克)	谢谢。
刘振	这三十天我们等了好久。(喝着香槟看着那些注视着悦悦的男人们)我虽然演过很多电影的主角，但今天主角是你。
悦悦(迈克)	(羞涩微笑)你才是电影的真正主角，而且你的电影很有魅力。
刘振	但我觉得你的经历比电影更精彩，而且很刺激……

刘振很自然地把手搭在悦悦(迈克)的肩膀上靠近悦悦(迈克)，油腻地看着

她。悦悦(迈克)笑着对刘振耳语。

悦悦(迈克)	去年圣诞节你被赶出时装秀的事情,你还记得吧?
刘振	你怎么知道……
悦悦(迈克)	我现在还知道你在跟谁交往。
刘振	(惊慌)你,你到底是谁?
悦悦(迈克)	不用管我是谁,你还是好好对待你的女朋友吧。

刘振听了悦悦(迈克)的话后吓了一跳,手赶紧从她肩膀上拿了下来,后退几步后匆忙逃离了派对。

悦悦(迈克)E	要是再跟我来这套,我弄死你!

悦悦(迈克)随即转向其他男人,瞬间表情缓和了下来,和大家相视而笑,她看见迈克(悦悦)跟一些电影人和女演员一起坐在沙发上聊着天,她正要走过去时,一名男子走过来跟她搭上话。悦悦(迈克)微笑着跟这个男子聊了几句后转身一看,发现迈克(悦悦)已经不见了踪影。悦悦(迈克)四处张望,在整个首映会都没看见迈克(悦悦)。此时,两名记者拿着相机急忙走了出去。悦悦(迈克)急忙向迈克(悦悦)坐过的沙发位置跑了过去。

悦悦(迈克)	迈克去哪儿了?

女人1见到悦悦(迈克)后满脸嫉妒,故意无视她的问题独自喝着香槟。悦悦(迈克)假装不小心摔倒,将女人1手中香槟杯打翻在地,香槟洒在女人

1的衣服上。女人1对刚发生的事非常诧异，悦悦（迈克）则装出愧疚的表情。

女人1	（生气）你干嘛呢！
悦悦（迈克）	（拿起餐桌上的餐巾纸擦拭女人1的衣服）对不起。（避开别人视线后表情立刻变得凶狠起来）我问你迈克去哪儿了……

#5.20层电梯楼道-豪华套房 晚上/内

随着"叮"的一声，电梯停了下来，醉眼朦胧的迈克（悦悦）倚靠在新人演员的肩膀上。新人演员把迈克（悦悦）送到豪华套房前离去。

迈克（悦悦）	你是谁？
新人演员	我是你迈克的粉丝。
迈克（悦悦）	粉丝啊~！

新人演员将迈克（悦悦）带到豪华套房前，用门卡打开门后带着迈克（悦悦）进了屋。新人演员故意把门留了一道缝隙微微开着。

#6.1楼电梯 夜/内

悦悦（迈克）焦急地按着电梯的呼叫键。人们从悦悦（迈克）的身边走过时不觉瞄了她一眼。

女人2	是不是她？

女人3　　　　那个减肥女……

悦悦(迈克)微微转身,刻意避开别人的视线,还在一直按着电梯按钮。

#7.20楼-豪华套房 夜/内

喝醉的迈克(悦悦)躺在床上,忽然发起了酒疯。

迈克(悦悦)　　　　我也要谈恋爱!恋爱……
新人演员　　　　恋爱?好啊,我们恋爱吧。

新人演员将躺在床上的迈克(悦悦)的夹克脱了下来。迈克(悦悦)起身一把抱住新人演员。(悦悦一开心就拥抱的习惯)

#8.20楼-电梯 夜/内

电梯到达二十楼时,悦悦(迈克)从电梯冲出来。新人演员惨叫的声音传到了走廊上。

新人演员E　　　　放开!放开我!

悦悦(迈克)向声音传来的方向跑了过去。豪华套房门此时开了一条缝,悦悦(迈克)推开门冲了进去。

#9.20楼-豪华套房 夜/内

悦悦(迈克)一冲进去就看到迈克(悦悦)正抱着新人演员在床上翻滚着。

(像之前在自家床上抱着娃娃一样)新人演员头发蓬乱,不断挣扎着,但迈克(悦悦)仗着自己男性的力量优势,加上酒精的催化,死死搂着新人演员不放。

新人演员　　　　　　放开!拜托!

悦悦(迈克)跑进卧室内赶紧把迈克(悦悦)和新人演员拉开。新人演员想要起身时却忽然感到头晕,随即捂着嘴干呕着跑出去。悦悦(迈克)想要扶起醉倒在床上的迈克(悦悦)却因为太沉而拽不动。电梯再次响起"叮"的一声,为了新人演员绯闻跟过来的记者们。

#10.20楼-电梯 夜/内

电梯门打开,两名拿着相机的记者走出电梯后直接走向豪华套房。

#11.20楼-豪华套房 夜/内

记者们跑进豪华套房,举起相机疯狂拍摄躺在床上的迈克(悦悦)和悦悦(迈克)。悦悦(迈克)赶紧用手遮住脸。迈克(悦悦)此时发起酒疯,像抱熊娃娃一样又抱着悦悦(迈克)。

#12.大路边-大屏幕 夜

街道大屏幕上出现了迈克(悦悦)和悦悦(迈克)的绯闻照片:

- 'True Size'灰姑娘马悦!跟迈克公开恋情。
- 'True Size'马悦成为了真正的灰姑娘!
- 减肥成功之后,马悦获得了迈克的芳心。

- 迈克的女人马悦到底是谁?
- 计划缜密的综艺!马悦是最大赢家?

第14集完

第15集

伊琳是魔女?

#1.路边 清晨/外

来往的行人在赶着去上班的路上掏出自己的手机,看到迈克和悦悦的绯闻照片。

迈克(悦悦)E　　怎么可能!!!

#2.杂志拍摄现场-男休息室 清晨/内

迈克(悦悦)坐在休息室的椅子上看着平板电脑。穿着便装,素颜打扮的悦悦(迈克)坐在旁边的椅子上。

迈克(悦悦)　　恋爱!你和我?
悦悦(迈克)　　好大的黑历史。
迈克(悦悦)　　我的初恋……为什么偏偏是你!
悦悦(迈克)　　还要我再解释一遍吗?你现在占着我的身体!你要好好守护着他!
迈克(悦悦)　　你以为这种生活我过得不痛苦吗!
悦悦(迈克)　　你以前不是说想过这样的生活吗?(展现自己的身材)现在反悔了?
迈克(悦悦)　　才不是。

悦悦(迈克)　就是。
迈克(悦悦)　(抓住悦悦(迈克)的手臂)把我的身体还我!
悦悦(迈克)　(抓住迈克(悦悦)的领子)你也把还我的身体还我!

迈克(悦悦)和悦悦(迈克)相互抓住对方,在几乎脸贴着脸的距离瞪着彼此。亨利开门走进来,迈克(悦悦)和悦悦(迈克)匆忙拉开距离。

亨利　(瞄两个人)哎呀,就算是恋情被曝光了,你们也不能这么明目张胆的腻歪吧。
迈克(悦悦)　(故意岔开话题)薇薇安怎么还不来?
亨利　说是处理这件事,记者们的电话一直不断……(装成薇薇安)知道今天的杂志拍摄多重要吗?拜托!能不能好好拍完!别再惹是生非了!(表演结束)这是薇薇安让我转达的原话。

迈克(悦悦)和悦悦(迈克)相互瞪了一眼后各自回到自己的位置上。

#3.公路车内 清晨/内

薇薇安的司机开着车行驶在路上,薇薇安和溪秀坐在后排。溪秀打开手机时看到悦悦和迈克的绯闻。

溪秀　这两个人真的在交往,这怎么可能?
薇薇安　可能是在工作过程中产生了感情吧。
溪秀　简直是人生逆袭啊!

薇薇安	好久没见过悦悦了吧?
溪秀	她还不知道我来了。臭丫头,不但拍杂志还闹出了绯闻,真羡慕啊。

薇薇安瞄了一眼溪秀,露出了一抹不易察觉的微笑。

#4.杂志拍摄现场-女休息室 清晨/内

悦悦(迈克)开门进来时,发现伊琳还没有到。看到化妆台上放着准备好的化妆工具,旁边还有饼干,饮料等简单的零食。悦悦(迈克)刚坐在椅子上,伊琳的小造型师就推门走了进来。只见小造型师手里拿着瑜伽垫和小哑铃,她把瑜伽垫铺在地上,在一旁放好哑铃。悦悦(迈克)看向门外的方向,但没见到伊琳。

#5.杂志拍摄现场-停车场(伊琳车内) 清晨/内

身穿瑜伽服的伊琳在车内流着泪打着电话。

伊琳	好了!不要再说你做不到的事了,我们俩已经结束了!

伊琳挂断电话后拿起镜子确认自己的妆容,简单整理一下,尽量掩饰哭过的痕迹。

#6.杂志拍摄现场-停车场(伊琳车) 清晨/外

伊琳下车没走多远,就撞见了迈克(悦悦)。迈克(悦悦)看到伊琳后先是一惊，接着不觉后退了一步。伊琳瞪了一眼迈克(悦悦)，随即走向休息室。

迈克(悦悦)　　　(自言自语)伊琳不会发生什么事了吧?

迈克(悦悦)喝着饮料也走向休息室。

#7.杂志拍摄现场-女休息室 清晨/内

伊琳穿着瑜伽服走进休息室。伊琳跟悦悦(迈克)视线相撞后点头行礼，小造型师看到伊琳走进来，急忙过去给她量身材。伊琳看着自己量出的数据，不满地拿起哑铃走上瑜伽垫开始做着蹲起运动。拍摄人员开门走进了休息室。

拍摄人员　　　时装部过来确认一下的。

伊琳抬手示意小造型师出去看看，小造型师随即离开。伊琳继续运动着。

伊琳　　　(边蹲起边说)我看了新闻。
悦悦(迈克)　　　(接话)是迈克缠着我的。
伊琳　　　哦~那祝贺你们。
悦悦(迈克)　　　(诧异)你是真心的吗?

伊琳将哑铃放下，坐在瑜伽垫上做起了放松肌肉运动。

伊琳　　　我当然是真心的，谈恋爱会让人分心，很快就会被这个圈子淘汰。

悦悦(迈克)　　(生气)你这是……在诅咒?

伊琳　　什么……诅咒?

这时服装老师的助理推着衣架走了进来，伊琳的服饰是黑色的，而悦悦的服饰则是白色的。

#8.杂志拍摄现场-男休息室 上午/内

迈克(悦悦)化好妆，换了身拍摄杂志的正装，拿着手机刷着绯闻。

迈克(悦悦)　　我干嘛要去那个电影首映会?我一次恋爱都没谈过，怎么还闹上绯闻了……

#插入(第14集#4.首映会聚餐 夜/内)

迈克(悦悦)和悦悦(迈克)在首映会上向大家行礼。迈克(悦悦)在电影派对上跟导演碰杯。

[插入结束]

#8.杂志拍摄现场-男休息室 上午/内[返回现实]

迈克(悦悦)　　电影……(歪着头)电影?

迈克(悦悦)陷入沉思。

#9.杂志拍摄现场-女休息室 上午/内

悦悦(迈克)正在化妆时,伊琳已经化完妆在一旁等着。两个人的妆还没化好,只能看到影子,这是拍摄人员走了进来,在寻找伊琳。

拍摄人员	伊琳先拍吧。

坐着的伊琳一只手扶着造型老师的助理,一面优雅地起身站起来,一只手扶着造型老师的助理,一面起身走向摄影棚,没走几步就转身走向悦悦(迈克)身旁耳语。(大特写)

伊琳	(耳语)告诉你一个秘密?迈克之所以遭到雷劈都是因为我。因为我当时祈求上帝,希望迈克那个目中无人的人……能直接被雷劈死。

伊琳转身在小造型师的带领下走出休息室。只留下一脸震惊的悦悦(迈克)看着伊琳离开的方向。

#10.杂志拍摄现场 上午/内

迈克(悦悦)从入口走进来,悦悦(迈克)从对面跑过来。

迈克(悦悦)	我告诉你一件很离谱的事,但你千万不要以为我疯了。
悦悦(迈克)	难道我们像电影中的情节被谁给诅咒了?
摄影师E	来,开始拍了。

迈克(悦悦)和悦悦(迈克)扭头看向拍摄现场，两人同时看向正在拍照的伊琳。伊琳头发蓬松，身着黑色连衣裙，化着浓妆，如童话中的魔女形象。

迈克/悦悦	难道伊琳是魔女?

伊琳看着镜头，露出魔女一般的古怪笑容。

#11.杂志拍摄现场-男休息室 上午/内

迈克(悦悦)坐在椅子上，悦悦(迈克)在一旁来回踱步。

悦悦(迈克)	我当初为什么没想到这件事儿，那天伊琳被我开了。
迈克(悦悦)	那现在怎么办?
悦悦(迈克)	电影里一般都是怎么化解的……
迈克(悦悦)	一般都是魔女亲自解开诅咒，或者被王子所亲吻……
悦悦(迈克)	不然呢?
迈克(悦悦)	不然就会死啊!
悦悦(迈克)	为什么会死!(松口气)噢!那是电影啊。
迈克(悦悦)	(自嘲)我们这经历才称得上电影啊。
悦悦(迈克)	(难为情)那说对不起行不行?
迈克(悦悦)	如果是紧要关头，哪怕跪下也未尝不可!
悦悦(迈克)	下跪……那可不行。
迈克(悦悦)	为什么不行?必须得行!
悦悦(迈克)	不行!

两个人靠得很近,眼神凶狠地瞪着对方。此时,亨利又开门走了进来。

亨利	又来了!怎么还这么明目张胆!
迈克/悦悦	(同时)闭嘴!

#12.杂志拍摄现场 上午/内

伊琳,迈克(悦悦)和悦悦(迈克)正在拍摄杂志。杂志主题是魔女风的伊琳和天使风的悦悦(迈克),以及在两个女人之间苦恼的迈克(悦悦)。伊琳嫉妒地看着两个人。(像是伊琳真的诅咒了这两个人)

迈克(悦悦)	(轻声)拍完你赶紧跟她道歉吧。
悦悦(迈克)	那还不如就这么活着呢。
迈克(悦悦)	(看着悦悦)你说什么?
摄影师	等等!迈克的表情能不能更俏皮一些?

按照摄影师的要求,三个人集中精力又拍了几张。

摄影师	伊琳的部分结束了,迈克和悦悦再来几张情侣合影。
伊琳	(对摄影师)辛苦了。

拍摄结束后,小造型师赶紧把水递给伊琳。

迈克(悦悦)	(看向小造型师)咦?我好像在哪儿见过她。

#插入(第8集#13.百货店粉丝签名会 下午/内)

在'True Size'签名派对时见到的那个女人(小造型师)在粉丝会后台默默做准备的女人(小造型师)

[插入结束]

#12. 杂志拍摄现场 上午/内[返回现实]

迈克(悦悦)　　　啊?粉丝会!她怎么会?

迈克(悦悦)露出了疑惑的表情。

第15集完

第16集

要解开伊琳下的诅咒!

#1.杂志拍摄现场-女休息室 中午/内

伊琳拍摄结束后换上便服,手里攥着手机,坐在椅子上闭目养神。

小造型师　　(手里拿着要拍摄的服装)把衣服给我。

伊琳　　好。

小造型师离开后,伊琳睁开眼睛确认手机内容。正在看手机短信的伊琳的表情。

#2.杂志拍摄现场-停车场 中午/外

薇薇安的车开进了停车场,溪秀和薇薇安下了车。

薇薇安　　进去吧。

溪秀　　哎呀,我怎么这么紧张……

薇薇安带着溪秀走了进去。

#3.杂志拍摄现场 中午/内

溪秀和薇薇安走向拍摄现场,溪秀看见正在拍摄杂志的悦悦(迈克)。

溪秀　　　　　　　(惊讶地捂住嘴)啊!真的嘛?天啊!

溪秀看着薇薇安,向她举着大拇指表示赞扬。薇薇安迎合地笑着,此时刚好拍摄结束。迈克(悦悦)跟亨利聊着天,悦悦(迈克)则走向了薇薇安。(溪秀所站的位置是前往女子休息室的方向)溪秀看着悦悦(迈克)开心地举手打招呼,此时悦悦(迈克)根本就没认出溪秀。

悦悦(迈克)　　　　(只对薇薇安)薇薇安,来了吗?

悦悦(迈克)说罢跟着薇薇安走向女子休息室,和溪秀形同陌路般地擦肩而过。溪秀尴尬地放下举到半空的手。迈克(悦悦)见状急忙跑向溪秀。

迈克(悦悦)　　　　溪秀是吧?我听悦悦经常提及你。
溪秀　　　　　　　真的吗?

迈克(悦悦)看了看周围没有伊琳的踪迹,就带着溪秀进了女子休息室,此时薇薇安抓住悦悦(迈克)。

薇薇安　　　　　　一起去。

#4.杂志拍摄现场-女休息室附近走廊 中午/内
迈克(悦悦),溪秀,薇薇安一起向女子休息室走过去。

迈克(悦悦)E　　　怎么办?这可怎么办?

薇薇安表情冰冷地看向迈克(悦悦),迈克(悦悦)紧张得额头上全是汗。三个人快步走向休息室,就在真相即将曝光的时候,着急地跑出去的拍摄人员。

拍摄人员	伊琳,要重拍。

拍摄人员找伊琳带她回休息室。

#5.杂志拍摄现场-女休息室 中午/内

只见悦悦(迈克)在休息室独自整理着东西。

拍摄人员	悦悦,伊琳已经走了,怎么办?
悦悦(迈克)	(盯着)行李还在这儿。
拍摄人员	(犹豫地)造型师!造型师!

这时小造型师走进来。

拍摄人员	伊琳已经走了吗?
小造型师	(有点隐瞒地)摄影不是已经结束了吗?
拍摄人员	真的不好意思!还需要一个单独的特写镜头。
小造型师	那怎么办?(着急地)已经和老师说过结束了。
拍摄人员	那我去说吧!伊琳老师在哪里?
迈克(悦悦)	(冲进休息室)出什么事了?
悦悦(迈克)	(神秘兮兮地)伊琳老师消失了吗?

拍摄人员　　　　　　是的，怎么办?

拍摄人员焦急地冲出了休息室。

这时薇薇安和溪秀也走进休息室。悦悦(迈克)看到陌生的溪秀时表情没有丝毫变化。溪秀见悦悦(迈克)没有理会自己，尴尬地站在原地。迈克(悦悦)看着伊琳的小造型师歪着头，此时迈克(悦悦)也忽略在场的溪秀。薇薇安站在距离三个人稍微远一点的地方看着眼前的景象。

薇薇安　　　　　　悦悦，你的朋友来了……

薇薇安手机铃声响起，她边接通电话边离开休息室。

迈克(悦悦)　　　　(看着小造型师的脸)我是不是之前见过你?
小造型师　　　　　啊?……
迈克(悦悦)　　　　粉丝会的时候见过面……
小造型师　　　　　(避开迈克的视线)我真的什么都不知道。

小造型师避开迈克视线走到伊琳所坐的位置旁，开始收拾伊琳留下的东西。

迈克(悦悦)　　　　伊琳刚才来的时候好像在车上哭来着。
悦悦(迈克)　　　　伊琳哭了?
迈克(悦悦)　　　　是啊，我刚才听到她在车上哭着说“不用，没必要”。

悦悦(迈克)	(好像想到了什么)跟我聊聊。

薇薇安挂断电话走进休息室时,看到迈克(悦悦)和悦悦(迈克)同时走出去。溪秀疑惑地看着悦悦(迈克)。

溪秀	好奇怪啊。
薇薇安	怎么了?
溪秀	感觉悦悦好像变了个人。

#6.杂志拍摄现场-入口附近安静的地方 中午/外

悦悦(迈克)和迈克(悦悦)走到一处安静的地方。

悦悦(迈克)	你如果跟男友分手,你会因为太过悲伤不想被打扰而和外界断掉联系呢?还是跟男友直接跑掉然后切断联系呢?
迈克(悦悦)	(单纯)如果分手那就不见了呗。
悦悦(迈克)	行了行了,从你这我还能奢求什么好的答案……(用手机确认)现在还没有新闻……(好像发现了什么)啊……?

CG特效:SNS内容"刘振在拍摄现场直接失踪失联,现在整个剧组的日程都乱了,刘振火了之后真是随性啊……"

悦悦(迈克)	(看着手机)你看,他们俩确实跑了……[抬头看向迈

克(悦悦),却发现他不见了踪影]人去哪儿了?

迈克(悦悦)在不远处和伊琳的小造型师聊了起来。悦悦(迈克)生气地走向迈克(悦悦)。

迈克(悦悦)	等等,你真的不认识我?那天你不是也在现场吗!?
小造型师	(无奈)是的,我也在那儿。
迈克(悦悦)	对啊,你明明在怎么还说不是?
小造型师	公司不让说……这个秘密只有我和姐姐知道。
悦悦(迈克)	(眼睛一亮)你原来是粉丝会的?那肯定跟你姐姐非常熟,你们之间肯定没有秘密。现在伊琳是不是跟刘振在一起了?

迈克(悦悦)听到后非常诧异,小造型师听到后也露出了惊讶的表情。

#7.杂志拍摄现场-停车场 中午/外[过去]

刘振把车停在停车场。伊琳打开车门,刘振微笑着迎接她,伊琳坐上车后两个人相拥在一起。

#8.杂志拍摄现场-入口附近安静的地方 中午/外(接#6.同一场景)

悦悦(迈克)	(说服)刘振在拍摄现场跑掉了!如果爆出新闻的话,他的公司规模这么大,肯定会帮他兜住这件事的,到时候受伤害的只有伊琳,你难道希望如此吗?

小造型师	姐姐……姐姐不让说……

#9.公路 下午/内

迈克(悦悦)和悦悦(迈克)坐在车里,迈克(悦悦)开着车。悦悦(迈克)用手机确认着新闻。

迈克(悦悦)	你是怎么知道的?
悦悦(迈克)	艺人谈恋爱时需要自己人保驾护航。不是说过粉丝就是最佳人选吗?
迈克(悦悦)	我不是问这个……我是说你怎么知道他们两个人在交往。
悦悦(迈克)	听说的。
迈克(悦悦)	(追问)那你为什么要找伊琳啊?
悦悦(迈克)	(反问)你不是让我跟她道歉吗?
迈克(悦悦)	哦哦,好吧。

迈克(悦悦)集中精力开着车,悦悦(迈克)装出看手机的样子,却心不在焉地想着其他事。

#10.刘振车 下午/内

刘振坐在驾驶位上,伊琳坐在副驾位置上挽着刘振的手,脸上洋溢着幸福的表情。

刘振	怎么这么高兴?

伊琳	(下车)哇~天气真好!

#11.街道 下午/内

悦悦(迈克)拿出手机浏览网络SNS,微博的新闻。

悦悦(迈克)	还好没被拍,躲得还挺深(自以为是)我不做侦探也是可惜了。
迈克(悦悦)	(荒唐)如果我不去粉丝会你根本不会知道的……
悦悦(迈克)	什么?如果……也是……(开始数落)如果没去那儿,也不会受到生命威胁。如果你稍微有点眼力劲,也不会那么难看。如果你不喝多,也不会爆出绯闻。如果你真有良心,就不该说这种话。

前面信号灯亮起红灯,迈克(悦悦)急踩刹车。悦悦(迈克)被晃得的身体向前倾,她生气地瞪着迈克(悦悦)。

迈克(悦悦)	(恍然大悟) 对对,溪秀。
溪秀E	好奇怪。

#12.杂志拍摄现场-女休息室 下午/内

溪秀	她不是那种人。
薇薇安	她出事之后,你们也是第一次见吧?
溪秀	悦悦她没事吧?

薇薇安	这个不好说,必须得由你来确认。

#13. 杂志拍摄现场-停车场 下午/内

薇薇安走出停车场,亨利跟在薇薇安身后。

薇薇安	这两个人太奇怪了。
亨利	迈克自从事故之后就变得很奇怪了。
薇薇安	当时马悦也在医院。
亨利	真的吗?
薇薇安	这两个人一定在隐瞒什么事,悦悦居然连自己的朋友都没认出来。
亨利	那怎么了?
薇薇安	以后所有的广告,杂志拍摄,写真模特都会换成马悦。我们现在的专属模特是马悦!!你知道这个项目花了多少钱吗?(沉着冷静)如果他们真有什么隐瞒,我不会放过这两个人的。

薇薇安露出决绝的表情。

第16集完

第17集

伊琳,求你化解诅咒吧!

#1.山内豪华别墅区-入口处 下午/外

飞速开过去的迈克的车。

#2.山内豪华别墅-入口处 下午/外

迈克开车来到别墅区入口处时,看见观景湖别墅的名字。

迈克(悦悦)	(依然担心溪秀)真的不知道溪秀会来。
悦悦(迈克)	不是和你说过不能小看了薇薇安。小心点好吗?我们比伊琳更着急,又是这儿?
迈克(悦悦)	(怀疑)看来你经常来啊?
悦悦(迈克)	我更喜欢去酒店……

迈克的车开进去后,看见两条路。

悦悦(迈克)	嗯……左边,最大的那栋。

迈克(悦悦)按照悦悦(迈克)指示的方向开过去。

#3.豪华别墅停车场 下午/外

悦悦(迈克)看到大别墅的停车场上停着刘振的车,迈克的车也开了过去。悦悦(迈克)先下了车,跑向别墅的玄关门。迈克(悦悦)第一次看到悦悦(迈克)这么紧张也有些诧异,他停好车后也紧跟着跑向了大门处。

#4.豪华别墅 下午/内

节奏欢快的音乐在别墅内响了起来。伊琳坐在沙发上,刘振站在她旁边。(刘振为了让伊琳开心,准备给她跳支舞当作惊喜)刘振尴尬地站了一会儿,然后随着音乐跳了起来。伊琳开心地大笑着鼓掌。

#5.豪华别墅-玄关门 下午/外

悦悦(迈克)和迈克(悦悦)跑到玄关的门口,悦悦(迈克)按下门铃。

悦悦(迈克)　　　伊琳!伊琳!

两个人紧贴着门听里面的动静,却没有得到任何回应。悦悦(迈克)再次按下门铃,随后直接开始敲门。

#6.豪华别墅 下午/内(接#4)

刘振边跳着舞边走向伊琳,牵住她的手后将她拉了起来,伊琳也起身跟着开心地一起跳了起来。
此时门外传来了敲门声和呼唤伊琳名字的声音。两个人震惊地牵着手走向玄关门,通过可视门铃看见屏幕上显示着悦悦和迈克的脸。伊琳和刘振看到后露出诧异的神情。

#7.豪华别墅-玄关门 下午/外

迈克(悦悦)站在旁边看着悦悦(迈克)敲门。门打开后,悦悦(迈克)和迈克(悦悦)急忙冲进屋里。

#8.豪华别墅 下午/内

悦悦(迈克)和迈克(悦悦)冲了进来,伊琳依偎在刘振怀里诧异地看着两个人。

刘振	你怎么知道我们在这儿?该不会是跟记者一起来的吧?
悦悦(迈克)	没有。
刘振	可笑!那你们怎么知道我们在这儿?!

刘振抓住迈克(悦悦)的衣领把他摔在地上。悦悦(迈克)看到后非常惊讶,急忙扑向刘振时反而被他抓住,伊琳怯懦地在旁边看着。

(跳切)

- 迈克(悦悦)和悦悦(迈克)被五花大绑在椅子上,如同警匪片中的人质。
- 伊琳和刘振站在一旁,伊琳依然露出一副柔弱的样子,依偎在刘振的怀里。

悦悦(迈克)	真的没人跟过来!也没有摄像机。
刘振	那……为什么?
悦悦(迈克)	说了多少次了,我们是来道歉的!

迈克(悦悦)	悦悦一直想跟你道歉。
伊琳	为什么偏偏是现在?
悦悦(迈克)	小学里教的,道歉这事就是越早越好,最好是当天。

伊琳看着刘振,刘振露出不耐烦的表情。

伊琳	虽然我不太相信……但(对悦悦)你到底做错了什么?快点道完歉快点走吧。
悦悦(迈克)	嗯……那个……我先跟你说声对不起。
伊琳	我问你到底做错了什么……
悦悦(迈克)	因为模特的事情!这次我成了主要模特,所以对不起!
伊琳	(生气)每季都换模特也是正常的事,你就因为这点事专程跑来道歉?
悦悦(迈克)	是的,请接受我的道歉吧?
伊琳	如果我接受的话,今天这里的事情你就替我保密?
悦悦(迈克)	当然,绝对保密!
伊琳	知道了,那我接受你的道歉。
悦悦(迈克)	谢谢~那你能不能把绳子解开?
刘振	一个小时后经纪人会来告诉我们烧烤好了,到时候我让他给你们解开。这里挺适合情侣的。(对伊琳)走!

伊琳起身抓住刘振的手走向玄关。

迈克(悦悦)　　谢谢!不过能不能现在就解开绳子!

伊琳和刘振挥了挥手后就转身离开。

悦悦(迈克)　　(开心)不过也挺好的!毕竟她接受道歉了。

迈克(悦悦)　　是啊!

悦悦(迈克)　　那灵魂是不是要换回来了?

迈克(悦悦)　　等等看吧。

悦悦(迈克)和迈克(悦悦)虽然被绑在椅子上,但还是心情愉悦地在那里等着。

#9.豪华别墅停车场 夜/外

伊琳和刘振急忙跑向自己的车。

刘振　　快跑,免得他们追过来!

刘振开车离开了别墅停车场。

#10.豪华别墅 夜/内

悦悦(迈克)和迈克(悦悦)还是被绑在椅子上,两个人瞪大眼睛等待着,但是没有任何变化。

悦悦(迈克)　　怎么还是这样啊。

迈克(悦悦)　　难道不是因为这个……应该是啊……
悦悦(迈克)　　(顿悟)哎呀……不应该是我道歉，应该是你，现在你才是迈克！
迈克(悦悦)　　那怎么办啊？
悦悦(迈克)　　追过去啊！

悦悦(迈克)转着手腕灵活地解开了手上的绳子，接着解开脚上的绳子，最后给迈克(悦悦)也松绑了。

#11.公路 夜/外

迈克的车在街道上飞驰着。

#12.公路迈克车 夜/内

迈克(悦悦)表情焦急地开着车。悦悦(迈克)用手机确认着路线。

迈克(悦悦)　　是不是这条路？
悦悦(迈克)　　出去的路只有这一条路！

迈克(悦悦)开车时，看见前方刘振座驾的尾灯。

悦悦(迈克)　　那边！

#13.公路刘振车内 夜/内

刘振开着车，伊琳坐在副驾驶的位子上。伊琳挽着刘振的另一只手臂，露出幸福的表情，迈克开车按着喇叭追上了刘振的车。

伊琳　　　　迈克?他又怎么了?

迈克的车追上后，并排紧贴着刘振的车，坐在副驾驶座的迈克(悦悦)摇下车窗。

迈克(悦悦)　　　　(大喊)停车!

刘振车慢慢减速后停下车。

#14.公路 夜/外

迈克车停在路边，刘振车停在他们后边，四个人同时下了车。

刘振　　　　还说不是为了跟踪我们?你们到底是谁派来的?是我公司老板吗?

迈克/悦悦　　　　(同时，凶狠)不是!我们确实不是为了跟踪你们……

迈克(悦悦)和悦悦(迈克)微笑着转头看向伊琳，伊琳则害怕地依偎在刘振的怀里。

迈克(悦悦)　　　　我也得跟你道歉……真的对不起。

伊琳　　　　(敷衍)知道了，就到此结束吧。

伊琳诧异地看着面前的两个人，随即跟刘振上车后驱车离开。

迈克(悦悦)　　好了！现在可以回去了吧！
悦悦(迈克)　　让我们忘掉这段时间艰辛的日子吧！
迈克(悦悦)　　辛苦了。
悦悦(迈克)　　(抓住迈克的手)就当做了一场梦。

两个人牵着手同时闭上了眼睛，但还是没有任何变化。

悦悦(迈克)　　果然还是不行！是不是得两个人同时道歉才管用？
迈克(悦悦)　　是吗？
悦悦(迈克)　　那快追！

两个人再次抓紧上了车。

第17集完

第18集

都是我的错!

#1.公路 夜/外

刘振把车停在人烟稀少的路边，他下车看了看周围，确认没有车辆尾随后随即又上了车。

伊琳深情地看着刘振，两人正要接吻之际听到了迈克的声音。

迈克(悦悦)E　　伊琳！伊琳！

正要接吻的两人吓得急忙看向车窗外，看到迈克(悦悦)和悦悦(迈克)站在车窗外。

#2.公路 夜/外

刘振生气地下了车。

刘振　　太扫兴了，我回去我回去！我还是第一次见这种招。告诉老板这就回去！

悦悦(迈克)急忙拽住刘振手臂不让他离开。

悦悦(迈克)　　我们都说了不是来跟踪你们的。

刘振	(苦涩)那你们跟踪我们一路,然后告诉我不是来跟踪我们的……

悦悦(迈克)抓着刘振看向迈克(悦悦)。

迈克(悦悦)	(敲了敲副驾驶的窗户)伊琳……车窗摇下来……我们有话对你说。
伊琳	(哭丧着脸)你们……到底想做什么啊?
迈克(悦悦)	我跟悦悦真的真的很对不起你,希望你能接受我们俩的道歉?
伊琳	(哭泣)我接受,我接受!随便你们想做什么都行!

悦悦(迈克)放开刘振的手臂,刘振急忙上了车,迅速驾车驶离。

#3.公路 夜/外

伊琳坐在车里流着泪,刘振看着哭得梨花带雨的伊琳,流露出几分愧疚。

刘振	对不起,我现在就送你回家。

#4.路边 夜/外

迈克(悦悦)和悦悦(迈克)看着刘振车逐渐远离,开心地朝他们挥了挥手。

迈克(悦悦)	这回的道歉力度足够了吧?也该换回来了吧?
悦悦(迈克)	完美!

迈克(悦悦)　　虽然作为迈克的这段时日生活有些苦,但其实还挺有意思的,而且我还有点羡慕你这幅帅气的皮囊。

悦悦(迈克)　　变成悦悦生活的这段日子对我来说也是一段难得的回忆。

两个人同时点了点头,抓着彼此的手闭上眼睛。

迈克/悦悦　　(同时)拜托……

还是没有任何变化,两人烦躁地放下彼此的手。

悦悦(迈克)　　不是这么搞的,看来电影就是电影!

迈克(悦悦)　　(想了想)对了!应该要魔女解除咒语才行啊。只有伊琳说出"我原谅你们"这句话应该才可以解除咒语吧!

#5.伊琳家停车场 夜/外

刘振和伊琳下了车。刘振搂着伊琳的肩膀走向玄关。娇弱的伊琳依偎在刘振的怀里。

#6.地下电梯门口 夜/内

刘振和伊琳正在等电梯时,此时紧急通道的门被打开,两个人本能地朝那边看了一眼,没有看到人。此时,"叮"的一声,电梯门打开,迈克(悦悦)和悦悦(迈克)站在电梯内。

迈克/悦悦　　　　(同时)伊琳。

伊琳　　　　(爆发)我受够了!

伊琳走进电梯。

#7.电梯内 夜/内

伊琳用脚踹向迈克(悦悦)的脸。悦悦(迈克)的头发被伊琳用力拽住,露出痛苦表情。伊琳用一只手抓住迈克(悦悦)的衣领,另一只手抓住悦悦(迈克)的衣领摇晃起来。刘振惊恐地看着眼前发生的这一切。

#8.伊琳家楼层电梯外 夜/内

电梯门打开后,伊琳和刘振挽着手走出电梯,此时悦悦(迈克)伸出手抓住伊琳脚腕。伊琳转过身看着被自己打到遍体鳞伤的迈克(悦悦)和悦悦(迈克)趴在电梯内。悦悦(迈克)趴在电梯的地板上,死死地抓住伊琳的脚腕不放。

悦悦(迈克)　　　　(迫切)求你了……求你说一句原谅我们……

伊琳低下头,无奈地看着两人,迈克(悦悦)和悦悦(迈克)也恳切地看着伊琳。

伊琳　　　　(叹了口气)好吧……我原谅你们了……

迈克(悦悦)和悦悦(迈克)听到伊琳的话,这才松口气,悦悦(迈克)也放开了抓住伊琳脚腕的手。此时,电梯门慢慢地关上了。

刘振	你之前学过武术?
伊琳	(再次变得温柔娇弱)学过一点点防身术……

伊琳娇弱地依偎在刘振怀里,刘振眼中却闪过一丝恐惧。

#9.悦悦家门口-车 夜/内

迈克的车停在悦悦家门口。迈克(悦悦)和悦悦(迈克)被伊琳打得遍体鳞伤,头发蓬乱,并且沉默不语。

悦悦(迈克)	到现在还没变回来,好像不是这个原因……我们确实诚心道歉了。
迈克(悦悦)	(生气)老实说开掉伊琳不是你的错。
悦悦(迈克)	什么意思?
迈克(悦悦)	(兴奋)就像手术也不是伊琳的错一样,你也是没有办法。
悦悦(迈克)	手术只是借口。

#9-1.True Size办公室 夜/内[过去](迈克的回想)

迈克把女模特的简历扔到桌子上。

迈克	我不想换模特。
薇薇安	起码先见见新的模特嘛,就见一下。

迈克	是江会长的主意吧?
薇薇安	也是为了我们好……
迈克	我不见,他是为了钱。
薇薇安	(冰冷)那你也得放弃伊琳。

薇薇安把伊琳和刘振从酒店里出来的照片递给迈克。

薇薇安	我放弃江会长,你放弃伊琳,如果有需要的话,我可以借给你(拿起照片)。
迈克	不用!
薇薇安	那我当你答应了!

薇薇安满意地笑了起来。(回想结束)

#9.悦悦家门口-车 夜/内[返回现实]

迈克(悦悦)	原来薇薇安是为了找新的投资人才开掉伊琳的。
悦悦(迈克)	这不是第一次了,当初不该惹她的。
迈克(悦悦)	那你为什么说她是皱巴巴的包装纸?这种话多伤人啊!
悦悦(迈克)	我是为了让她清醒一点,不然以她的资历太可惜了。

迈克(悦悦)听着悦悦(迈克)的话沉默不语。

#10.迈克工作室 夜/内

亨利开门走进昏暗的房间内。

亨利	哥?还没回来啊……这是什么?重新设计的吗?

亨利走进来看到桌子上放着学生给的作品集, 拿起来看了一下又放回桌子上, 被台灯照亮的学习作品集。

#11.悦悦家 夜/内(接#9.悦悦家门口-车 夜/内)

悦悦(迈克)默默地注视着迈克(悦悦)。有一瞬间迈克(悦悦)跟悦悦(迈克)视线的相撞在一起, 又很快把头转过去。

悦悦(迈克)	当初应该跟她说实情以及我的苦衷……都是我的错, 我的错!

此时, 夜空中电闪雷鸣。听到雷声的二人吓得再次对视了一眼, 随即同时看向了天空。

#12.悦悦家-门口 夜/外

闪电穿过云彩, 随即听见一声雷鸣, 随着"砰"的一声, 雷电再次劈中迈克的车。

第18集完

第19集

迈克瞒着我做了交易?

#1.空镜头 清晨/外

清晨的天空。

#2.迈克家-卧室 清晨/内

清晨的阳光照在躺着的迈克身上,迈克疲惫地起身。

#3.迈克家-浴室 清晨/内

悦悦开门走进来,她疲惫地闭着眼睛站在洗脸台前。(分隔成两个画面)迈克也站在洗脸台前。

两个人同时看到镜子时惊讶地摸着自己的脸,接着都露出开心的表情,灵魂终于回到了自己的身体。

#4.迈克更衣室 清晨/内

迈克将更衣室的门打开,帅气地走了进去。迈克换了一身又一身衣服。迈克修整着头发。

#5.悦悦家 清晨/内

悦悦喷化妆水,涂口红,涂睫毛膏。(特写)

#6.迈克寝室 清晨/内

迈克把整理好的箱子放在玄关处，箱子内放满了悦悦使用过的东西。发现了悦悦拿过来的学生的作品集。走到镜子前拿起学生的作品集看，非常满意的表情。开心地看鞋柜，鞋柜里放满了女人的鞋子。从下面一直望上看去过去，发现最上面放着的男人的皮鞋，迈克取出皮鞋关上鞋柜穿上鞋子，拿起刚才放下的箱子开门走出去。

#7.悦悦家 清晨/内

悦悦穿着高跟鞋开门离开。悦悦家中也恢复了之前的装饰，床上的角落里再次放上了娃娃。

#8.路边 清晨/外

经历绯闻之后悦悦的名气更高了。悦悦开心地走在路上，路人们认出悦悦后纷纷用手机对着她拍照，悦悦第一次以自己的身份，享受着周围人投来的目光。

#9.公交车内 清晨/外

悦悦在公交车站等车时，周围的人都不时地偷瞄悦悦。

投来一种"名人怎么还坐公交车"的目光。

悦悦意识到了旁人目光中的意思，慢慢走到路边叫了一辆出租车。

#10.时装区True Size专柜 上午/内(第1集#4.时装区-True Size专柜前/同一场景)

迈克眼神沉着冷静地走进专柜内。服务员们看到迈克恢复之前那种尖锐眼神后再次变得紧张起来,迈克看着专柜内的摆设大发雷霆。

迈克　　　　把上面挂的这些全都给我换掉!

#11.百货店True Size专柜 上午/内(第8集#3.百货店True Size专柜/同一场景)

迈克走进专柜,是悦悦(迈克)之前开签名会的专柜,墙上挂着悦悦(迈克)和粉丝们拍的照片,他看着照片不觉微笑,随即回过神叫服务员摘下挂在墙上的照片。

#12.True Size公司-办公室 上午/内

薇薇安接通着电话。

薇薇安　　　　迈克在专柜?(微笑)随他吧。(确认来电是迈克,接通电话)迈克!

#13.百货店服饰专柜-走廊 上午/内

迈克走出'True Size'专柜,在商场内走着。

迈克　　　　专柜管理一团混乱,DISPLAY我也不满意……

薇薇安E　　　　怎么了?之前是你说讨厌去专柜的。

迈克　　　　前阵子状态不是很好,做一下准备。

#14.True Size公司-办公室 上午/内

薇薇安挂断电话,此时悦悦敲门后走进办公室。薇薇安起身让悦悦坐在自己对面,随即自己也坐了下来。

悦悦　　你找我?

薇薇安　　快来……悦悦,是不是突然有很多人认出了你?

悦悦　　是啊,本来是打算坐公交车的,但感觉不太方便,就选择了出租车。

薇薇安　　以后会更不方便的,我给你安排了经纪人。

悦悦E　　嘻嘻……经纪人。

薇薇安　　还有……我们既然要合作就要彼此信任……悦悦,你有事瞒着我吗?

悦悦　　(眯眼睛)瞒着你?

薇薇安　　你在SNS都出名了,却没有一个朋友联系你?

此时敲门声响起,溪秀开门走了进来。薇薇安看到溪秀后露出微妙的表情,悦悦先起身打了招呼。

悦悦　　为什么迟到了?害得老板等……

溪秀　　这里我还是第一次来……我们又见面了。

薇薇安　　(来回看着两个人)你们两个……打招呼了?

悦悦　　那天因为伊琳的事忙得不可开交……所以今天说好了我请她吃饭。

溪秀　　我还以为你不认识我了……原来是拍杂志太忙了所以才没打招呼啊。

溪秀向悦悦挥手后离开。

悦悦	你找我来是因为溪秀?
薇薇安	(鼓掌)没有,挺好的!干净利落!(态度截然不同)现在该开始我们的工作了。
悦悦	什么开始?
薇薇安	怎么了?你可别装糊涂!

#14-1.豪华餐厅单间 下午/内[过去](接第12集#1.豪华餐厅-单间 下午/内)[薇薇安回想]

悦悦(迈克)跟薇薇安商量合同。

薇薇安	最高待遇的'True Size'专属合同,再额外给你相关公司的两个广告。
悦悦(迈克)	(不满)嗯……迈克的价值难道只有这么点?
薇薇安	(双手抱胸靠在椅子上)不然呢?
悦悦(迈克)	除了签署最优惠待遇的模特代言合同之外,我还要(看着薇薇安)总收入的百分之五十。

薇薇安听完之后,感到及其荒唐地大笑了起来。

薇薇安	(大笑)迈克当初都没这个待遇。

悦悦(迈克)可你现在更需要的是我。

薇薇安	你能减肥成功吗?
悦悦(迈克)	合同本来就是要人遵守的。
薇薇安	(注视一会儿悦悦)我很欣赏你的自信!
悦悦(迈克)	迈克的女人问题加上涉及抄袭的问题会让他无法翻身,再说还有新品牌要上市。

薇薇安看着悦悦,甚是满意。[回想结束]

#14.True Size公司办公室 上午/内[返回现实]

悦悦露出荒唐的表情。薇薇安深信悦悦对她佩服不已。

薇薇安	(撒娇)太帅气了,竟然掉下这么大的福气……
悦悦	(深受打击)居然谈这样的条件,迈克……不,我跟你……什么时候开始?
薇薇安	跟伊琳拍完杂志后就开始,迈克马上就要完了。

薇薇安看着悦悦,满意地笑了起来,悦悦的表情则非常阴郁。

#15.布料工厂 上午/外

迈克把车停在工厂门口,下车走了进去。

#16.布料工厂 上午/内

迈克进入工厂前整理了一下自己的着装,在工厂内看到了正在监督布料生产的江会长和他的秘书。江会长看到迈克后开心地跟他握手,迈克也礼貌性地握手打招呼。

江会长	没想到你会主动联系我。
迈克	那件事是我不对。

迈克和江会长聊着天,看起来非常专注和投入,接着迈克露出了意味深长的笑容。

第19集完

第20集

开始另一个诅咒!

#1.购物街道 中午/外

悦悦跟溪秀一起逛街，悦悦却显得表情阴郁。溪秀试穿衣服时摆出各种姿势。溪秀和悦悦开心地把耳环拿到耳边比划。悦悦结账后将购买的东西作为礼物送给了溪秀，溪秀非常开心。路人看到后，拿出手机拍两人，溪秀如同经纪人般见到人群就拉着悦悦赶紧离开。

#2.咖啡厅 中午/内

溪秀吃冰淇淋时，发现其他桌的人都一直看向自己这边。

溪秀	你看，好多人在看你啊。

悦悦此时却陷入沉思没有回应溪秀。悦悦表情呆愣，此时她的手机铃声响起。陷入沉思的悦悦却没察觉到手机来电，溪秀拿起手机递给悦悦，发现是永树电话。

#3.永树家 中午/内

永树	(小心翼翼)您好?还记得我吗?
悦悦E	当然。

永树　　我看了新闻。

#4.咖啡厅 中午/内

悦悦听到后惊慌，低着头捂着嘴轻声回着电话。

悦悦　　哎呀！那些都是为了宣传，瞎编的绯闻。

永树E　　真的吗？

#5.永树家 中午/内

永树　　那我们还能不能见面？

悦悦E　　明天怎么样？

永树　　（吓一跳）明天？好啊！具体地址短信发我……好的！！！

永树心情愉悦地挂掉了电话。

#6.咖啡厅 中午/内

悦悦挂断电话后，溪秀用好奇的眼神看着悦悦。

溪秀　　谁啊？

悦悦　　没事。

溪秀　　（失望）现在你对我都有所隐瞒了。

悦悦　　那你要保密啊，过来。

溪秀坐到悦悦旁边的位置上，悦悦对着溪秀耳语一番，溪秀听完后很惊讶。两个人继续耳语。

#7.悦悦家 下午/外

悦悦回家时看见门口停着迈克的车，迈克看到悦悦后下了车，随后在副驾驶座位上拿出个小箱子。迈克把箱子打开，都是悦悦的东西，箱子(第19集#6.迈克寝室 清晨/内)里放着记录本，化妆品，简历等物品。

迈克	你看一下，如果有遗漏的告诉我。
悦悦	等等，我也把你的东西还给你。
迈克	不用！都扔了吧，反正也没用了。
悦悦	你是觉得没用的东西就该立刻扔掉，是吗？包括我，也是一样的，对吗？
迈克	(开玩笑)把你扔哪儿……
悦悦	是啊，我算什么，可能连扔的价值都没有？
迈克	我跟你开玩笑的。
悦悦	再见。

悦悦说完拿着箱子头也不回地进了屋。悦悦的反应让迈克有些奇怪，随即跟了过去。

#8.悦悦家 下午/内

悦悦开门进屋后门铃声响起，悦悦转身去开门，看到在门口的迈克想要脱鞋进屋。

悦悦	你怎么随便进别人家?
迈克	(停止动作站在原地)你今天说话怎么这么冲?……到底发生了什么事?
悦悦	(下定决心)你跟薇薇安的交易为什么不告诉我?
迈克	(想起来)那件事啊,我有安排的……
悦悦	你当我傻吗?当时你是悦悦……我是迈克……所以你才做出了那种事。
迈克	不是的。
悦悦	你现在已经是大富豪了,模特费怕是也已经到账了吧?
迈克	你真打算跟薇薇安合作?
悦悦	嗯!
迈克	啊?
悦悦	我要代替你,过这种好吃好喝的日子!

悦悦说完用力地关上了门。

#9.悦悦家-门前 下午/外

门关上后迈克本想再按门铃,但想了想还是把手收了回去,随即转身离开。

#10.悦悦家 下午/内

悦悦把迈克送回来的箱子放在餐桌上。悦悦看到里面的简历,拿出来一个个仔细地看着。简历中的作品虽然在设计上很稚嫩,但还是非常用心。悦悦翻了几张简历后重新放回箱子，把箱子放到了一个不容易看见的角落。

#11.公路 下午/外

迈克表情不快地开着汽车。迈克把车停在路边，拿出手机犹豫要不要打电话，最终还是拨通电话。

悦悦E	喂？
迈克	啊……嗯……
悦悦E	喂？
迈克	你真的要跟薇薇安一起工作啊？

#12.悦悦家 下午/内

悦悦	(无奈)你是对哪个合作内容好奇啊？
迈克E	有些事只有我才有可能合作，你不行的。
悦悦	我拿到模特费后就跟你撇清关系，想跟薇薇安斗，你自己来行了吧？

悦悦烦躁地挂断了电话。

悦悦	真没良心！

#13.公路 下午/外

迈克　　　　　　(挂断电话后)是吗?那我也不稀罕!

迈克开车离开。

#14.迈克家 小吧台 夜/内

迈克把一个黑色袋子放到吧台上,用筷子从袋子中夹出包子吃了起来,他一边吃着包子一边喝着红酒。

迈克　　　　　　我放下自尊见了江会长,你竟然把我当叛徒?

迈克一边嚼着包子一边喝着红酒,慢慢陷入了沉思之中。

#15.公园 清晨/外

悦悦在单杠做运动时露出悲壮的表情,一边做一边陷入了沉思之中。人们看到悦悦在单杠上做出帅气的动作时都被她吸引了,悦悦则继续表情愤怒地自顾自做着运动。

#16.迈克家 厨房 清晨/内

迈克迎着晨光烤吐司面包,倒牛奶,整个场景宛如一幅海报。他又回到之前那个苛求完美的迈克。迈克把吐司和果酱放在精致的碟子上,随后把碟子放在了餐桌上。

迈克　　　　　　亨利,亨利……

迈克见没有动静，看向亨利的房间。

#17.亨利屋 清晨/内

迈克推开门走了进来。

迈克	你昨天几点回来的？

迈克发现亨利不在房间内。

#18.迈克家 厨房 清晨/内

迈克独自在厨房吃着吐司，喝着牛奶。

#19.True Size公司专柜 上午/内

迈克正式去专柜上班，店员们看到迈克后纷纷行礼，迈克则眼神挑剔地看着专柜。店员们看到迈克上楼走进办公室后，相互看了一眼，才松了口气。

#20.True Size公司-办公室 上午/内

迈克开门走进办公室时，看到薇薇安已经坐在里面了。

迈克	早上好，薇薇安。
薇薇安	你今天状态不错啊。
迈克	前段期间我的一些行为让我看起来不像平时的自己，虽然时间不长，但还是希望你能忘掉我那个不太

	寻常的状态。现在我已经彻底恢复了。I'm back.
薇薇安	(笑着)Welcome back!!

迈克和薇薇安微笑着,迈克回头后表情又变得冰冷起来。迈克在办公室没见到亨利,发现就连亨利的桌子也被搬走了。

迈克	(笑着)最近亨利是不是玩得有点野了?他昨天晚上也没回家。
薇薇安	亨利是谁?

薇薇安用奇怪的眼神看着迈克。

第20集完

第21集

消失的人们!

#1.咖啡厅 中午/内

衣着精致,妆容考究的悦悦坐在咖啡厅内,神情紧张地拿起餐桌上的水喝了起来。此时手机短信声响起,她点亮看到是溪秀的短信。

短信:小心,大家还以为你跟迈克交往着呢。

悦悦放下手机继续等永树,此时迈克打来电话,她没接电话,把手机放进了包里。

#2.True Size 公司办公室 中午/内(接第20集#20.True Size公司-办公室 上午/内)

薇薇安奇怪地看着正在打电话的迈克。悦悦挂掉电话的行为让迈克更加烦闷。

迈克　　亨利,你的表弟!
薇薇安　　我只有表妹啊!迈克……你的记忆又混乱啊。

迈克没有争论,开门离开。

薇薇安	(表情悲伤)怎么越来越严重了……真可怜啊……(手机铃声响起,声音洪亮地接通了电话)乔尼,你的作品我收到了,设计还蛮不错的。

#3.True Size公司专柜 中午/内

看到迈克下楼时匆忙的样子,经理殷勤地跑了过去。

经理	有什么要做的吗?
迈克	你知道亨利吧?亨利。
经理	当然知道啊!
迈克	(笑容欢快)亨利啊,大家都知道吧?
经理	知道啊,这次的模特就是他,我们可喜欢他了。

迈克突然心里一沉,他走出专柜。

#4.True Size公司专柜 中午/外

迈克听到后感觉呼吸都有些困难了,他打开大门跑了出去。

迈克主观	他穿梭于城市中各个熟悉的角落,只是唯独缺少了亨利存在过的痕迹。

迈克越是寻找,表情越是惊慌。

#5.公路 中午/内

迈克一边开车一边给悦悦打电话，悦悦再次把电话挂断，他烦闷地看着电话，这次拨通了另一个号码。

迈克	你好，是溪秀吗？我是迈克。

#6.咖啡厅 中午/内

悦悦依旧在餐馆中等着永树。门口陆续进来了不少人，但都不是永树。悦悦不耐烦地看了看表，已经超过约定时间一个小时了，其间迈克的电话还是不断地打来，她一个都没接。悦悦低下头长叹一口气，此时有人急忙跑到她面前。悦悦开心地抬起头，却发现是迈克。迈克一路跑来，气喘吁吁的他喝光了杯子里的水。

悦悦	怎么了？
迈克	亨利不见了。
悦悦	那就报警啊。
迈克	(眼睛一亮)是吧？你也认识亨利，对吧？
悦悦	我现在没心情跟你开玩笑。

迈克过去挤在悦悦身旁坐着。

悦悦	(紧张)你干嘛！
迈克	(耳语)亨利就这么不见了，就像他从来没有在这个世界上出现过一样。

悦悦听到后惊讶地看着迈克，此时两个人距离非常近，对视的两人心跳加速，紧张地咽了咽口水，悦悦的眼睛一眨一眨的，迈克的额头上则都是汗。此时，前面有个迈克的少女粉丝对着他们拍照。迈克赶紧抓住悦悦的手离开了咖啡厅。

#7.咖啡厅-入口处 中午/外

迈克拉着悦悦的手出来，悦悦把迈克的手甩开。

迈克	好奇怪啊，亨利不见了。
悦悦	(找永树)他为什么还没来?明明说好会来的……
迈克	这个现在不重要。
悦悦	对我很重要!

悦悦拿出手机，翻出永树号码，却犹豫着要不要打，迈克见悦悦的犹豫，一把抢过来拨通了电话。悦悦伸手要夺回手机时，却看到迈克脸色煞白。

迈克	你什么时候跟他通话的?
悦悦	昨天白天啊，晚上还发了短信问候晚安的。
迈克	是空号。
悦悦	怎么可能?
迈克	跟亨利一样……

#8.拳击健身中心-办公室 中午/内

迈克和悦悦站在前台，店员站在里面看着电脑。

店员	这边根本没有车永树这个人。
迈克	这边用的都是真名吧。
店员	那当然。

店员递给迈克和悦悦白纸。

店员	女士,能不能给咱签个名,迈克麻烦您也给签个吧。

悦悦挤出笑容签了个名,迈克也跟着签了。店员拿起手机和迈克,悦悦笑着拍了合影照,画面定格。

#9.拳击健身中心大楼-入口处 下午/外

悦悦和迈克一副失落的表情从健身房走了出来。

悦悦	亨利和永树消失不会是偶然事件吧?
迈克	是啊,不行,我得问问。
悦悦	问谁?

#10.算命馆 中午/内(蒙太奇)

年迈老大爷拿着放大镜盯着两个人的脸看面相。老爷子歪着头在纸上边写边念叨,悦悦和迈克都叹了口气。

#11.脑科学中心 下午/内(蒙太奇)

悦悦和迈克的头部都贴上脑电波的检查仪器。(跳切)

医生　　(看着检查报告)没有问题。

两个人听到后再次叹了口气。

#12.塔罗牌店 夜/内(蒙太奇)

大妈看着一颗大水晶球,两个人小心翼翼翻出了两张牌,大妈看着两个人,这次同样一无所获,两个人陷入绝望之中。

#13.公路 夜/内

悦悦把钱放进捐款箱中。

志愿者　　谢谢,你们两个人很般配。

迈克和悦悦尴尬的鞠躬示意后就离开。

迈克　　坐车去吧。
悦悦　　不,我要坐公交。
迈克　　人家都看到你跟我在一起了,你要是坐公交的话那别人怎么看我?
悦悦　　那你也坐公交车吧!(看着迈克)为什么偏偏是你和我?我没有做错什么啊?
迈克　　(不像话)世上哪有没做错事的人?
悦悦　　你可能不知道,但我不是!
伊琳的事情也是你的错!!

迈克　　　　好吧!!就当是我的错吧。
但是伊琳已经原谅你了。
所以我们的身体都回来了,可是这又是怎么回事?
你也好好想想,这辈子是不是还得罪过别人!

悦悦站着的附近有文具店,悦悦示意进去看看,迈克跟着悦悦去文具店。

#14.文具店 夜/内

悦悦和迈克走进一家艺术感十足的手工文具店,店里有漂亮的笔记本,笔和其他的文具。她进来拿起两个笔记本走向收银台,悦悦拿出钱包时,迈克却抢过笔记本自己率先结了账。

#15.文具店门口 夜/外

迈克把笔记本递给悦悦。

迈克　　　　不用谢。
悦悦　　　　好的。

迈克听到悦悦的话,露出不爽的表情。

悦悦　　　　在这个笔记本上写上各自做的错事。
迈克　　　　好的。
悦悦　　　　再见。

悦悦和迈克道别之后,两人朝着相反的方向离去。

#16.悦悦家门口 夜/外

迈克下车后才意识到自己来到了悦悦家。

#17.迈克家 夜/外

悦悦站在迈克家门口,意识到自己不自觉地走错了。两人都习惯性地回了对方的家。

第21集完

第22集

这男的挺绅士啊!

#1.迈克家-门口 夜/外

悦悦站在迈克家门口看向迈克家时，接到了迈克的短信。

短信：亨利不在家，在我家想想怎么办，稍微等我一会儿，别先进去，不然我报警了。

悦悦看着短信不觉笑了起来。

#2.迈克家-客厅 夜/内

迈克推开门，和悦悦走了进来。

悦悦	为什么不换密码。
迈克	(犹豫了一下)没必要了，反正要搬家了。

悦悦走进亨利的房间。

#3.亨利房间 夜/内

悦悦和迈克推门走进来，看到亨利的房间是空着的。迈克和悦悦此时嬉笑的表情变得认真起来。

#3-1. 亨利房间 夜/内

睡着的亨利被迈克叫起来后跑了出去。亨利跟女朋友偷偷密会。

#3.亨利房间 夜/内[返回现实]

悦悦想起之前的事情，不觉有些感慨，眼眶泛红，眼含热泪。迈克看向悦悦时，悦悦转身背着他。

迈克　　要不要喝点红酒？

迈克拉着悦悦离开亨利的房间。

#4.迈克家-小吧台 夜/内

迈克准备好酒杯，再把红酒拿了过来，吧台上还放着包子。

迈克　　怎么了，又不是第一次来。

悦悦　　不……感觉有点不同。

迈克　　这个跟红酒绝配，尝尝，很好吃的！

悦悦　　（拿起包子吃）好吃！

迈克　　是吧？我觉得都能开分店了。

悦悦　　对吃这方面我可是非常有自信的。

迈克　　（荒唐）分店是卖包子的。

悦悦　　（感觉有点囧）我在客厅睡，你用工作室。

迈克　　虽然多次强调会显得我有些唠叨，但这里是我家。不管是工作室还是地板都是我自己说了算。

悦悦	你还有时间跟我抬杠啊……(看着迈克笔记本)那个笔记本都不够用了吧。

悦悦拿着红酒杯向客厅走去,迈克瞪了一眼悦悦后随即打开笔记本。

#5.迈克家-客厅 夜/内

悦悦坐在沙发上,仔细想了一番,随即往笔记本上认真地记录着。

#6.迈克家-小吧台 夜/内

迈克也在笔记本上写着,但却想不出该写些什么。迈克又喝了一杯红酒,深吸口气后提起笔再次写了起来,这次写的速度越来越快。

#7.迈克家-客厅 夜/内

悦悦写完后将笔记本合上,抬头看向小吧台,发觉非常安静。悦悦以为迈克睡着了。

悦悦	睡着了……?

#8.迈克家-小吧台 夜/内

(如同漫画)迈克在那疯狂地写着,旁边还放了台笔记本电脑辅助检索。迈克将写的内容根据时间,地点,情感进行着分类,写得十分起劲。

迈克	(自言自语)我不可能跟所有喜欢我的人去约会,那些被拒绝的都会哭,而哭泣是爱情的一部分。

悦悦表情荒唐地看着迈克沉迷写作的背影。

(跳切)

- 笔记本多了几本,里面还有设计本。
- 迈克一个个确认自己的过错,并记在本子上。
- 悦悦表情疲惫地坐着望向迈克。

(跳切)

- 迈克边哭边反省边继续写着,边哭边写的表情看起来很滑稽。
- 已经睡着的悦悦听到迈克兴奋拍打桌子的声音后被惊醒,随即再次睡去。

(跳切)

- 窗外已经天亮,迈克把写好的内容重新确认了一遍,虽然熬了一夜,但此时依然目光如炬。
- 迈克快看完的时候揉着肩膀放松肌肉。(迈克没想到会用这么久)
- 悦悦则直接睡在了地板上。

#9.迈克寝室 清晨/内

迈克抱着悦悦推门走进卧室里,他小心翼翼地把悦悦轻放到床上。悦悦睡梦中翻了个身,迈克给悦悦盖上被子。迈克看着悦悦不觉微笑了起来。悦悦睡梦中抱着迈克的手臂摇了几下,也随即笑了起来。看起来像是做了个美梦。

迈克	看来梦到好事了。

迈克小心翼翼地抽出手臂，并给悦悦塞了个枕头。悦悦抱着枕头翻了个身，迈克小心翼翼地关上房门后离开。悦悦在睡梦中露出幸福的笑容。

#10.迈克客厅 清晨/内

迈克从卧室出来时发现悦悦放在客厅的笔记本，他回头看向卧室，确认悦悦入睡后，来到客厅翻开了笔记本。

迈克翻看着笔记本。

悦悦E	证件照过度美颜隐瞒对方。
迈克	照骗。
悦悦E	讨厌美女。
迈克	美女有什么过错?
悦悦E	在网上爆出拖欠员工工资的餐厅，并说它们的菜不好吃。
迈克	这种应该报警的。

迈克笑着又翻了一页，看到内容后表情变得认真起来。

悦悦E	贪恋别人的人生，真心想过这样的生活。

#11.迈克卧室 清晨/内

在客厅看着笔记本的迈克切换到抱着枕头露出幸福笑容的悦悦。

悦悦E　　　　　　　深信这就是神赐予的礼物。(跳切)

悦悦翻身时不小心从床上掉了下来。

悦悦　　　　　　　哎呀!

悦悦睁开眼睛看着怀里的枕头,再看房间,发现是迈克卧室。她疑惑自己怎么会在这里睡着,便瞪大眼睛打开房门走出去。

#12.迈克卧室-厨房 清晨/内

悦悦打开门没有看到人。悦悦在客厅厨房都转了一圈也没见到人,但是看到迈克放在餐桌上的早餐,她随即走进厨房。桌上放着的都是悦悦喜欢吃的东西,她看到后很惊讶。(悦悦酒后或者早上起床后喜欢吃的食物)悦悦坐下来尝了一口,幸福地直跺脚,随即就开始放开大吃。

#13.球场 清晨/外

在一支由江会长等企业老板们组织的球队中,年迈的老大爷和中年老板们正在踢球,球场边上还站着一群助理们在等着。江会长转过身时,看到迈克正在观众席中,迈克看到江会长后起身跟他打了个招呼,江会长也向迈克挥手打招呼。

#14.球场-观众席 清晨/外

足球比赛结束后,助理们各自跟着自己的老板离开球场,有的人还被扶着离开。

迈克　　没想到你还喜欢踢球。

江会长　　我其实没兴趣，但都是生意伙伴，所以来确认一下他们的健康状况……看他们还活着吗……

迈克　　你还很健康啊。

江会长和迈克微笑起来。

江会长　　我看了你发给我的东西，挺好的。竟然想到那些，我非常意外。

迈克　　我作为设计师其实也想挑战一次。

江会长　　合作愉快。

迈克　　谢谢。

江会长　　你也来参加这支球队吧，肯定会是主将……

迈克和江会长再次笑了起来。

#15.球场-停车场 清晨/外

迈克在路上走的时候打开手机，他期待着悦悦的感谢，却发现没接到任何电话和短信。

#16.厨房 清晨/内

餐桌上的食物被悦悦吃了个精光。狼吞虎咽后的悦悦看着空碟子，随后看了看厨房的洗碗槽，苦恼着怎么处理。

悦悦　　　　　　要不要洗这些碟子……但如果直接就这样走了是不是很没礼貌?溪秀这丫头呢?这时候怎么想到她了。

悦悦把洗好的几个碟子放回了原处后,想了想拿起手机给溪秀打电话。

手机声音　　　　您拨打的电话是空号……

悦悦　　　　　　(惊讶)溪秀也不见了!这次是溪秀!

悦悦握着忙音的电话愣在原地,内心久久不能平静后露出诧异的表情。

第22集完

第23集

作为模特步入时尚界的悦悦!

#1.迈克家-正门 清晨/外

悦悦疯了一般地跑了出来。

#2.路边 清晨/外

悦悦叫网约车一直叫不到, 路边也见不到空的出租车。悦悦只好开始跑了起来。

#3.健身房 清晨/外

悦悦跑到溪秀去过的健身房。悦悦拿出溪秀的照片问信息, 但店员却摇头示意不认识。

#4.购物街 上午/外

悦悦去之前和溪秀去过的购物街, 去每个商铺问溪秀是否来过, 但谁都不记得。悦悦出来后瘫坐着, 来往的路人们纷纷看着悦悦。

#5.True Size公司专柜 上午/内

迈克看着墙上的广告海报, 合影的模特却从伊琳换成了另一个人。以前这个海报放着的是伊琳和迈克的大海报。

经理	迈克，这个海报今天挂完就换了。
迈克	啊?新拍的海报是不是今天就会送出来?
经理	对啊，大家都非常期待呢。
迈克	辛苦你们了。对了，薇薇安呢……
经理	(指着办公室)在上面。
迈克	今天好像没什么事。

迈克走出专柜。

#6.True Size公司-门口 上午/外

来往的人，车以及大楼依旧没变。此时，迈克手机的响起，是悦悦打来的电话。

迈克	今天消失的是伊琳。
悦悦E	(同时)溪秀她不见了……溪秀……

迈克挂断电话看着身旁的马路，堵车堵得水泄不通，迈克也只好开始用跑的。

#7.路边 上午/外

迈克跑的时候躲避着路上的行人。

#8.购物街 上午/外

悦悦在购物街的中部低头瘫坐着。来往的路人看到是悦悦后便拿出手机拍照，她却什么都在乎只是不管不顾地坐在那里。此时有人跑到悦悦前伸出手，悦悦抬头一看，是迈克。迈克和悦悦被路人们围在中间，迈克向瘫坐的悦悦伸出手。迈克脱下夹克给悦悦披上，随后扶她起身。悦悦流着眼泪，迈克温柔地给她擦眼泪，随后扶着悦悦穿过围观人群离开。

#9.悦悦家-楼顶 下午/外

悦悦和迈克在楼顶看向天空。

悦悦	对不起，今天你也不好过吧。
迈克	今天海报上的伊琳消失了。(努力安慰)但我想肯定会有办法的。
悦悦	(安慰自己)是吗?我一直在想，身体恢复过来先和永树约会，再找溪秀聊聊这段时间发生的事情……
迈克	我也想跟亨利一起喝酒，毕竟好久没一起喝过了。然后找到伊琳，告诉她马上跟刘振这种人分手……
悦悦	然后呢……
迈克	然后……(欲言又止)

悦悦和迈克相互看向对方。

迈克/悦悦	(同时)我?
迈克	也就是说自从我们身体换回来之后，想见的人按照顺序一个个消失了?
悦悦	所以……按照这顺序，消失的是你和我?

迈克和悦悦因为自己的推论，露出惊讶的表情。

#10.广告印刷厂 下午/内

从印刷机打印出'True Size'的新海报，是悦悦和迈克一起拍摄的海报和悦悦单独的海报。

#11.True Size网页 下午/内

悦悦在网页上成为了主打模特。

#12.True Size公司-1楼 下午/内

店员们把之前的海报替换成悦悦的海报，专柜里的小册子也换成了新的。

#13.百货店 下午/外

百货店大楼外的整面墙都是一副巨型的'True Size'广告海报。上面是表情惊讶的悦悦和表情模棱两可的迈克。

迈克	比我想象的还要好。
悦悦	不可思议，这真的是我吗？
学生1	您是……马悦吗？

悦悦看着学生点了点头，学生向她要签名，悦悦接过纸给学生签了名，此时人们围了过来纷纷索要签名，迈克被人群挤到了外面。悦悦则被围在了中间。此时，穿着黑色西装的保镖们赶过来挤进了人群。保镖们给悦悦让出一条逃离的路，悦悦惊慌失措地跟着保镖们。薇薇安站在路边一辆商务车

前，露出满意的表情。(薇薇安看着像悦悦的经纪人)悦悦急忙坐上商务车后，薇薇安向凑过来的人群行礼微笑。迈克向她们跑了过来，他却被人群挡住无法靠近商务车，只能大喊薇薇安。

迈克　　(挥手)薇薇安，还有我！

迈克还没上车，薇薇安就急忙关上了商务车门后驶离了，粉丝们不舍地看着商务车离开的尾灯，被留下来的迈克则露出了无助的表情。

薇薇安E　　完美！完美！完美！

#14.路边 下午/外

薇薇安心情愉悦地跟悦悦聊着天。悦悦第一次坐这种豪华商务车，觉得一切都很神奇，但也有点不适应。

薇薇安　　我的礼物还完美吗？
悦悦　　什么礼物？
薇薇安　　怎么了，不是你说的嘛。

#14-1.豪华餐厅 下午/内[过去](接第12集#1.豪华餐厅-单间 下午/内)

悦悦(迈克)　　还有，我的第一支广告发布的当天，要把我的海报挂在百货商场整面外墙上，还要召集粉丝团进行签名和路演，还要安排电视媒体采访。

[闪回结束]

#14.路边 下午/外[返回现实]

飞驰的商务车内。

薇薇安	悦悦，我越发感觉你是个很有策略的人，从现在开始，只要是你要求的我都会尽力满足的，那边开车的是经纪人，后面是造型师。
悦悦	不是的……
薇薇安	啊，迈克啊?你别担心，我会叫模特靠近他，然后找人偷拍他和模特床上照片，这样他就直接完蛋了。
悦悦	停车!

薇薇安没听到悦悦的话，自顾自地整理着日程表。

悦悦	停车!!!!

司机吓得急忙停下车，悦悦避开薇薇安，开门下了车。

薇薇安	悦悦……悦悦……

悦悦下车后走在马路中间。

薇薇安	怎么回事?难道这也是她的策略?快拍啊!

一旁的经纪人听到后，急忙下车拍摄在路边走的悦悦。

#15.路边 下午/外

悦悦生气地走在路上。好多人围着悦悦拍照，她却低着头自顾自地走着。此时，路边有辆车朝她按着喇叭，悦悦顺着声音看过去，发现是迈克的车。悦悦急忙上了迈克车。

#16.公路 下午/外

迈克的车行驶在路上。

迈克	薇薇安，果然搞得很有排场。
悦悦	(荒唐)现在我都习惯了！(看着迈克)但薇薇安怎么没事(没消失)？
迈克	我也觉得很奇怪。
悦悦	那肯定不是讨厌的人会消失，不然第一个消失的就该是你！
迈克	(笑)是吗？(认真)今天之内，我要把这件事解决掉！不然如果我们消失的话，剩下的人就再也回不来了！

迈克眼神坚定地踩下油门，车辆加速驶离。

第23集完

第24集

有句话一定要跟你说!

#1.公路 下午/外

迈克突然把车停在了路边，下车后站在路边，烦闷地长叹一口气。悦悦觉得奇怪，跟着下了车。

悦悦	怎么了?发生了什么事?哪里不舒服吗?
迈克	(跟刚才态度截然不同)不知道现在该去哪儿。
悦悦	什么?
迈克	(悲伤)明天我们就要消失了。(回过神)不!没时间了!可能今天就是最后一天……(兴奋)大海!我想去看大海!

迈克一会儿笑一会儿哭地在原地来回踱步，看起来毫无头绪。悦悦烦躁地看了看周围，偶然间发现一名学生，就是之前给她简历和作品的学生!

悦悦	啊?不是她吗?
迈克	谁?
悦悦	那个简历和作品……

悦悦回过神后学生却不见了踪影。

迈克	(想起来)作品!对!也许答案就在她那儿,可是那个停车场禁止外部人出入,可不是谁都能去的!
悦悦	(惊讶)对啊!哎呀,真的吗?
迈克	是,一定是!
悦悦	(泄气)可我看了他的作品,很普通啊。
迈克	(抓着头发)啊!那怎么办啊!!

(如同漫画)迈克对着天空大喊,从迈克的近景拉到城市的全景。

#2.公路 下午/外

悦悦开着车,迈克坐在副驾驶座上露出绝望的表情。

迈克	(放弃)现在都5点了,离十二点只剩7个小时……7个小时后我们也要消失了。
悦悦	(爆发)你再这样我就走了!
迈克	(低声下气)别走别走!……对不起!

悦悦见迈克和平时的样子截然不同,她瞄了一眼迈克,发现迈克额头上全是汗,她摸了迈克的额头,惊讶地发现迈克居然发高烧了。

#3.豪华餐厅-门口 下午/外

迈克和悦悦下了车。悦悦搀扶着全身无力的迈克。

#4.豪华餐厅 下午/内

餐厅里没有人，迈克全身颤抖地坐在椅子上。

悦悦	怎么没人啊?
迈克	这是一个朋友开的，今天休息。
悦悦	我们去医院吧。
迈克	不，我不想最后一天在医院度过。
悦悦	那我招谁惹谁了?
迈克	(从包里拿出本子)这是昨天写的，你仔细看看想想办法，我去厨房那边的房间睡一会儿再出来。

迈克无力地走向厨房，悦悦担忧地看着迈克的背影。

#5.豪华餐厅-厨房 下午/内

迈克无力地走进厨房，他藏起来不想让悦悦看见在消失时是这种无力的样子。迈克背着悦悦偷偷打了通电话。

#6.豪华餐厅 下午/内

悦悦扫了一圈餐厅后，坐在餐桌前打开了迈克的本子。翻开本子后先看到了目录。

悦悦	幼儿期，青少年期，成年……这是写了本自传啊。

悦悦翻开本子，插入特效画面和迈克声音。

#6-1.幼儿园 上午/内[过去]

小迈克藏起来，朋友路过他身边的时候小迈克集中精力用水枪滋向小朋友的裤子，小朋友像尿裤子一样湿透了。小迈克笑着跑掉，只剩下湿了裤子的小朋友被女孩子们嘲笑。

迈克E	幼儿期，零到八岁，在朋友的裤子上喷水，让他被误以为是尿了裤子。

#6-2.设计大会-颁奖典礼 上午/内[过去]

青少年的迈克和三名朋友拿着信封。迈克和朋友们从信封里拿出钱后开心地数着。

迈克E	青少年时期，九岁到十八岁，设计大会以朋友的名义横扫第一名到第四名奖项。

#6-3.画面特写

(迈克看着镜头)生气的迈克，扔效果图的迈克，让对方哭泣的迈克，嘲笑的迈克，争执不休的迈克，被泼了一杯水的迈克。

迈克E	从十九岁至今。(如同说唱)接受胖记者采访时中途离开，用设计稿砸助理，用狠毒的话把别人说哭，无视和嘲笑其他的设计师，向保安发火，去相亲的时候嘲笑对方的身材。
悦悦E	够了！够了！

[插入结束]

#6.豪华餐厅 下午/内[返回现实]

CG特效:爆炸消失。悦悦把迈克的本子用力地扔向桌子。

悦悦	(窒息)实在太多坏事了,他能活到现在都是个奇迹了……

此时餐厅门打开,悦悦看到后很惊讶。

配送员	有人订了花和蛋糕让我送来这里!

#7.豪华餐厅-厨房 下午/内

迈克藏在角落看着悦悦收花和蛋糕。

#8.豪华餐厅 下午/内

迈克装成刚睡醒的样子,双眼惺忪地走出来。悦悦拿着花和蛋糕看向迈克。

悦悦	有人给我订了花和蛋糕,我说今天休息,他却直接放在这儿就走了。
迈克	是嘛……
悦悦	要不给朋友打电话问问?

迈克　　算了，我们吃吧！

#9.豪华餐厅-窗口处 下午/内

两个人坐在窗口的位置，迈克打开蛋糕后插上了蜡烛。迈克要点蜡烛时，悦悦双手抱胸奇怪地看着迈克，迈克不解地耸了耸肩。

悦悦　　你真的病了吗?溪秀和亨利不见了，今天一过可能我们两也会消失不见。

迈克一边听着悦悦的话一边点着蜡烛。迈克拿出红酒倒进杯子里后递给悦悦，接着也给自己倒了一杯。迈克举杯示意碰杯。悦悦无视了迈克，迈克再次示意悦悦举杯，悦悦无奈举起杯子。

迈克　　对！今天内不解决的话，我们都会消失的。

悦悦默默地点了点头。

迈克　　今天过去之前，我还有事要做。

悦悦　　留遗言吗?

迈克　　(笑)悦悦，首先祝贺你入行成为模特。

悦悦诧异地看向迈克。

#插入

- 第23集#13. 百货店 下午/外

迈克看着百货店广告开心不已。

- 第24集#5. 豪华餐厅-厨房 下午/内

迈克在厨房偷偷地给悦悦定鲜花。

[插入结束]

#9.豪华餐厅-窗口处 下午/内[返回现实]

迈克	没跟亨利喝上酒, 也没告诉伊琳让她跟刘振分手, 但第三件事总得做吧, 祝贺你, 海报上的样子很飒!

迈克说罢喝起了红酒, 悦悦无奈地也跟着喝了起来。

悦悦	今天是我人生中最幸福的一天, 却没有人和我分享。
迈克	有我啊! 当我是透明人啊? 我可是20多岁年轻女性们票选出来的, 最想拥有的"国民老公"!
悦悦	笑死我了?
迈克	真的。要不要拥抱一下试试看?
悦悦	我们拍海报的时候已经抱过了啊。
迈克	现在和那时不同的。

迈克起身走向悦悦, 悦悦却推开了迈克。

悦悦	不用!
迈克	我证明给你看!

迈克嬉闹着想要抱住悦悦,悦悦却想要逃跑不小心摔倒。这时,迈克一把搂住悦悦的腰后,紧紧地将悦悦抱在怀里。悦悦的头紧贴着迈克胸口,听见迈克心跳的声音。悦悦惊慌想要挣脱开,迈克却更紧地抱着悦悦的腰。悦悦抬头看向迈克,迈克也注视着悦悦。两个人的脸越靠越近,悦悦微微往后倾想要避开,迈克此时用双手捧住悦悦的脸后,接着吻了上去。夕阳透过窗户照在两人身上,两个人缠绵地吻在一起。

第24集完

第25集

作品集的秘密!

#1.餐厅附近-户外椅or公园 夜/外

悦悦和迈克坐在椅子上看着天上的夕阳。迈克给悦悦盖上毯子,随后坐在她身旁。

悦悦	(看着手机)这么快就晚上了,我们什么都不做,真的可以吗?
迈克	我们又能做什么呢……发生的一切都不是我们想要的,很快就会消失2个人,包括我们两人……

悦悦看着下面,年幼的学生们背着书包走在路上。学生们无忧无虑地嬉闹着。

悦悦	(故意转开话题,开朗地)这个无忧无虑的时期真好啊……
迈克	我在那个年纪可是有很多烦恼的。
悦悦	看来你有些早熟啊……
迈克	我跟你说过我的妈妈吧?妈妈的梦想是设计师,每天给我做不同的衣服穿。
悦悦	那你一定很开心。

迈克　　可都是女装!

悦悦听到后有些惊讶。

迈克　　所以当时我每天晚上都在祈祷,(做出祈祷的手势)别让我再穿女装了……希望妈妈早点消失……有一天在我回家的路上,信号灯总是红灯,随之我的心情就越来越差。

悦悦　　(故意笑着)那你成为设计师是因为你妈妈?所以说早期的家庭教育重要。

迈克笑着。

悦悦　　我却是在叔叔家长大的,没见过亲生父母。

迈克　　(惊慌)对不起,我不该提起这茬的……

悦悦　　没事。我叔叔很喜欢我,对我很好,所以我七岁的时候就超过了三十五公斤,所以我打小就胖。

迈克听到后对悦悦竖起大拇指。

悦悦　　我们家附近住着一个非常漂亮的阿姨,那阿姨诉我,只要我能减肥成功肯定会变得非常漂亮。可我太喜欢吃东西了,所以没减下去……她说要送我一件漂亮的衣服,说只要我看到那一件衣服就会有减肥的

	想法,看着看着就有有信心减肥,这就是信念。
迈克	跟'True Size'一模一样。
悦悦	对啊,对啊!她还说给我介绍帅哥。所以,我就收下了那件衣服,而且还挂起来每天都祈祷鞭策自己。
迈克	那后来呢?减肥成功了吗?
悦悦	(手指举起四)我后来突破了四十公斤!

迈克听到后放声大笑,悦悦看着迈克,尴尬地陪着笑。

迈克	你说的那个漂亮的阿姨该不会就是我妈,我们该不会是兄妹这么狗血吧?
悦悦	你小时候住在哪儿?
迈克	连岩洞。
悦悦	(诧异)我也住在那儿。
迈克	你什么血型?我是A型。
悦悦	(不可置信)我也是。

迈克说不出话。

悦悦	(傻不傻?)我父母是二十五年前离世的,我是他们亲生的。
迈克	(尴尬)别人看着咱们呢,走吧。

迈克先起身离开,悦悦跟着离开。

#2.公路-迈克车 夜/外

迈克开着车,悦悦坐在副驾驶的位置上。

悦悦	好神奇啊,我们小时候竟然住在同一个区……(看着迈克)该不会是因为住在同一个区,所以上天才这么捉弄我们……?
迈克	那个区当时至少住了5万人。
悦悦	是啊……确实挺荒唐的,可惜我们不是兄妹,要不然我也会成设计师。
迈克	我们怎么可能是兄妹,DNA都不同。而且成不成设计师和基因没关系。
悦悦	为什么?我每天都看时尚杂志的,要不要我给你画一张?
迈克	好,好吧。去我工作室吧,那里的东西随你用。
悦悦	OK!!!

迈克踩下油门加速开车。

#3.迈克停车场-入口 夜/外

迈克和悦悦下了车,从停车场出来。迈克见对面有人过来就急忙低下头,悦悦也跟着低头。

悦悦	怎么了?
迈克	狗仔!

悦悦　　(抬头)哪里?
迈克　　(压低悦悦的头)别抬头!

悦悦和迈克再次低头。

悦悦　　反正我们也没有明天了……
迈克　　是啊, 也对!

迈克和悦悦抬起头, 大方地看着对面的狗仔队, 还摆出各种帅气的姿势。

#4.迈克停车场-附近 夜/外

狗仔拿着相机拍起照, 但是见悦悦和迈克向他摆出帅气姿势反而有些失落。

狗仔　　搞什么?这样多没意思啊!

狗仔边抱怨边继续拍照, 两个人又摆了几个姿势后向狗仔挥了挥手, 随即朝后走向入口, 狗仔们看着他们的背影, 失望地离开了。

#5.迈克家 夜/内

迈克和悦悦打开玄关门笑着走进去。

迈克　　还挺有意思的!
悦悦　　看到他意外的样子了吧?

两个人相视而笑。

#6.迈克工作室 夜/内

悦悦打开设计时用的图纸,拿起铅笔,她画了一条线之后,觉得不怎么对劲,就急忙用橡皮擦擦掉。(虽然现在用电脑画设计稿,但她还是用纸笔画的效果图)此时,迈克推门进来。

迈克　　还顺利吗?
悦悦　　(苦恼)还在创作中……

迈克笑着关上门离开,迈克离开后悦悦这才松了口气。悦悦起身想拿出书柜上的设计书,但很快放弃了,她回到自己的座位上陷入沉思。

#插入(第20集#10.悦悦家 下午/内)

悦悦翻开学生给她的简历和作品集,看了第一张设计稿(特写)。设计稿是一件女性味十足的礼服,肩膀上有蝴蝶装饰。
[插入结束]

#6.迈克工作室 夜/内[返回现实]

迈克先放松了一下自己的手,然后拿起铅笔开始做设计。专注地在画悦悦的肖像画,一边细心地修饰细节,一面拿起了颜色,含情脉脉地上着颜色。

#7.迈克卧室 夜/内

迈克坐在沙发上看着书,他看了一会儿后看向窗外,发现天已经黑了。迈克继续低下头看书。

#8.迈克工作室 夜/内

悦悦画完后放下笔，完成的设计稿呈现在眼前。(因为悦悦没学过设计，所以只突出了衣服特征)

#9.迈克客厅 夜/内

悦悦走出去把设计稿递给正在看书的迈克，因为用封皮盖住，所以迈克没直接看到悦悦设计稿。迈克笑着接过设计稿后翻开看。迈克看到悦悦粗糙的画风随即噗嗤一笑，随后摆正经的姿势认真看起悦悦的设计稿。悦悦在一旁露出高傲的表情。(觉得自己画得不错)

迈克　　　　这个……你在哪儿看过吗?

悦悦　　　　(心虚)是我自己画的。

迈克　　　　这是我大学时期的设计。

迈克拿着设计稿进入工作室。

#10.迈克工作室 夜/内

迈克急忙走进来，把手伸到书柜最上层拿出自己以前的设计稿，设计本中的一张设计稿和悦悦刚才画得非常相似。在迈克之前的设计中，肩膀上也是有蝴蝶装饰的。

迈克　　　　你是照着这个画的?

悦悦　　　　　　不是……是那个学生的设计稿……最前面的一张。

迈克听到后有些惊讶，悦悦也露出一副不可思议的表情。

#11.悦悦家(小仓库的角落中) 夜/内

学生的简历和作品集被放在角落的箱子中，箱子内发出一闪一闪的光芒。

第25集完

第26集

最后一张画谁呢?

#1.悦悦家-小仓库or角落 夜/内

箱子内的作品集发出一缕光。

迈克E	早知道我当时也看一下就好了。

#2.公路车内 夜/内

迈克开着车,悦悦坐在副驾驶上。悦悦反复对比自己画的设计稿和迈克之前的设计稿。

悦悦	真是越看越像。
迈克	这是我最初的设计,但因为薇薇安不喜欢,所以没有发布。
悦悦	那有谁会知道呢……那学生到底是谁?
迈克	去了就知道了。

迈克踩下油门,加快车速。

#3.悦悦家 夜/内

迈克和悦悦推开门急忙进了屋。悦悦走进屋子里,立刻去角落翻出了箱子。箱子里还放着那个学生的作品集，迈克从箱子里拿出后急忙翻开，从第一页开始翻看。设计稿中画着两个对视的男女，女生穿的跟悦悦设计得非常相似。

悦悦	怎么样？看起来很普通啊。
迈克	仔细看一下，除了蝴蝶的部分外，细节上跟我不太一样。

迈克又翻看了几张。设计稿上画着的都是一男一女，除此之外并没有什么特别之处。迈克翻看到最后，发现夹了两张白纸。

迈克	怎么没画完？
悦悦	我没看到最后……都会是这样吗？
迈克	不，他们不会上交未完成的设计稿，这是最基本的常识。
悦悦	好奇怪啊。

迈克再次看了一会儿，随后翻了几张反复地看着。

悦悦	怎么了？
迈克	这个……（翻到最前面）是你和我！你看！是我们从开始到现在发生的事。

悦悦和迈克一张张地翻看着。每张都变成实景后再次变成设计稿。

- 设计稿1:男女相互看着对方露出惊讶的表情(第5集#7.迈克和悦悦相互看着对方,露出惊讶的表情)
- 设计稿2:男女搭着肩看着对方(第13集#9.迈克和悦悦在楼顶搭着肩膀喝酒)
- 设计稿3:男女站在红毯上(第14集#1.迈克和悦悦在红毯上惊艳全场)
- 设计稿4:女人坐着看着站在一旁的男人(第23集#8.迈克来找悦悦)
- 设计稿5:男女快要接吻(第24集#9.迈克和悦悦相视接吻)

再次翻到设计稿最后,依旧是两张白纸。

迈克　　都是设计的情侣款。
悦悦　　我们每天都失踪两个人。
迈克　　(两张白纸)两男两女。

两个人看了看表,已经过了晚十点。

悦悦　　快……快画上试试!
迈克　　笔……只要有笔就行!

迈克坐在餐桌上准备画画,悦悦从书柜里拿来笔和画效果图的工具。

迈克　　你……这些……
悦悦　　我也在练习啊,万一能派上用场呢……但模仿都模仿不来。

迈克欣然地望着悦悦，随即笑着拿起笔，准备在空白纸上画。

迈克	先画谁?
悦悦	亨利和溪秀。

迈克开始在白纸上画了起来，一副优秀的设计草稿跃然纸上。迈克迅速画着亨利和溪秀，画完线条后用彩色的笔开始上颜色。悦悦第一次见迈克画设计稿时认真的样子，和之前嬉闹的模样完全不同。悦悦在一旁注视着迈克，在她眼里此时认真的迈克帅气无比。迈克的第一幅设计稿即将完成，画的是两人紧贴着肩膀看前面的设计稿。迈克画完后把设计稿放在两人前面，接着两人照着画中的样子看向设计稿。

#4.繁华的街道 夜/外(#3.中的迈克设计稿变换成实景)

亨利和溪秀用同样的姿势相撞在一起，身上所穿的衣服也是迈克设计稿中的。

亨利	对不起。
溪秀	很抱歉。

亨利和溪秀道歉后互相打招呼，随后看向对方的脸。溪秀对亨利一见钟情。

溪秀	我们是不是在哪儿见过。
亨利	没有……!

亨利转身朝反方向离开。溪秀不舍地看着亨利离开的背影。此时,亨利的手机铃声响起,是迈克打来的电话。

亨利　　哥,有个奇怪的女人一直色眯眯地盯着我……

亨利说着转过身看到溪秀仍然在盯着亨利看。

迈克E　　亨利……是你吗?
亨利　　当然是我了!怎么了?我现在有点怕。

#5.悦悦家 夜/内

迈克正在打电话时,悦悦表情诧异地看向迈克。

迈克　　别玩了赶紧回家!

此时,悦悦的手机铃声响起,是溪秀打来的电话。

悦悦　　喂?

#6.繁华街 夜/外

溪秀看着亨利离开的方向,拨通了悦悦的电话。

溪秀　　我见到了我白马王子了,他真的很可爱。

溪秀边说话边看着亨利离开的方向。

溪秀	喂?喂?

#7.悦悦家 夜/内

悦悦拿着手机,听到溪秀的声音后激动得说不出话,含泪哽咽。迈克轻轻抱住悦悦肩膀。

悦悦	我有好多话想跟你说。

#8.繁华街 夜/外

溪秀	以后再听你的故事!!!

溪秀挂完电话后朝着亨利离开的方向追去,亨利见溪秀追过来急忙逃跑。溪秀追过去跟亨利搭话,亨利推开继续逃跑。

#9.悦悦家 夜/内

悦悦挂断电话后靠在迈克怀里,迈克抱着悦悦的肩膀。

悦悦	真是太好了!是吧?
迈克	亨利的声音也很有劲儿哦……
悦悦	(流眼泪)那最后一张……

迈克抓着悦悦，悦悦看着迈克。

迈克	这是最后一张，如果画伊琳和那个男的，也许我们……就要消失了。
悦悦	都回来了的话，应该没问题吧？
迈克	我还不知道……不然画伊琳和你吧……
悦悦	不行！画你和伊琳！不，画你和永树……到底怎么办？
迈克	都是因为我，让我一个人接受惩罚就好了。
悦悦	为什么是你和我……肯定是有理由的，快……时间不多了！

迈克和悦悦深情地看着对方。迈克坐在餐桌前画最后一张画。悦悦眼神复杂地看着迈克。

(跳切)迈克画完后合起设计本，不给看最后一张设计稿。

迈克	现在真的只剩下我们两个人。
悦悦	他们一定能回来吧？
迈克	一定要告诉伊琳，让她要跟刘振分手！她看男人的眼光真的不行。

两个人相视而笑。迈克盯着悦悦看，悦悦被看得有些害羞。

悦悦	为什么这样……看着我？

迈克　　　　　　你为什么想见我?你还没说呢。

悦悦　　　　　　啊……我是想跟你道谢啊。(看着迈克)我想谢谢你,多亏你我才做了这么多之前没做过的事……你还替我受罪减肥……遵守合同……

迈克　　　　　　合同就是用来遵守的。

此时钟表指针快到十二点了,两个人看了看时间,笑了出来。两个人看向对方的眼睛,慢慢靠近后开始接吻。此时,指针到了十二点整,镜头从接吻的两人移动到设计稿画面,两个人渐渐消失。

悦悦NA　　　　　灰姑娘在十二点钟声敲响时就必须独自回家,王子会拿着玻璃鞋去找灰姑娘。但作为"True Size灰姑娘"的我随着十二点的钟声,带着王子一起消失了,因为我们不需要玻璃鞋。我们消失去了哪里?永树和伊琳又是以什么方式出现?还有,那个神秘的学生又是谁呢?

第26集完

第27集

小号灰姑娘的喜剧

#1.悦悦家 夜/内

迈克和悦悦看着对方,深情地接吻。两个人旁边放着一个设计本,随后看见了迈克画在最后一张纸上的设计稿:一对男女站在小海报前。

#2.时装区True Size专柜前 下午/内(第1集#4/同一场景)

CG-1设计照片变成实景:伊琳和永树站在'True Size'的宣传海报前。伊琳看着的'True Size'海报是悦悦和迈克接吻的场景。(第1集伊琳和迈克的海报变成悦悦和迈克的海报,悦悦和伊琳位置发生了变化。之前伊琳和迈克时是主动拒绝接吻,背对着对方的画面。但这次的海报内容变成迈克和悦悦接吻)伊琳(像第1集的悦悦)羡慕地看着悦悦。

伊琳　　悦悦真漂亮啊。
永树　　好羡慕迈克。

两个人看着对方。

永树　　你想当模特?
伊琳　　你呢……
永树　　(递效果图)我想做设计师。

两个人很自然地聊着天，笑着一起离开。镜头从两个人离开的背影再次移动到'True Size'海报上。(推进)

#3.酒店凉台 夜/外(第1集#3-3时装区-True Size专柜前/同一场景)

CG-2海报换成实景:迈克和悦悦接吻时两个人展现出浪漫的情调。

导演E　　停!

迈克和悦悦拉开距离。

迈克　　到底第几次了!
悦悦　　天啊!到底是因为谁NG的?
迈克　　刚才你为什么把头转过去?
悦悦　　还不是因为你的手摸了我的臀部。

导演朝着迈克和悦悦走了过来。

导演　　再浪漫一点嘛，毕竟这是下一季的主打海报!
悦悦　　(瞪着迈克)一个人搞浪漫?
迈克　　我的衣服足够展现浪漫的魅力了!

悦悦和迈克争执不休，导演在两人中间劝得筋疲力尽。

#4.酒店客房(跟阳台连着的房间) 夜/内

亨利用手机认真地看着新闻。此时,薇薇安从身后拍亨利的后脑勺。

薇薇安	不监视拍摄,居然还敢开小差?
亨利	姐,你看这个!简直燃爆了!
薇薇安	什么?

亨利递给薇薇安手机让她看新闻。(新闻内容:模特悦悦过去的照片)。网上出现有很多悦悦小时候肥胖的照片。

薇薇安	她是悦悦?
亨利	没想到小时候居然这么胖!

薇薇安和亨利看着新闻大笑。

#5.酒店凉台 夜/外

迈克和悦悦相互瞪着对方,导演在中间解释着拍摄的分镜头。悦悦的女时装师急忙把手机递给悦悦,悦悦看到手机后惊讶不已。此时,迈克也拿起手机看了起来,随即哈哈大笑。

迈克	啊?这是你?你小时候可真胖,哈哈哈。
悦悦	这些照片不是早就删了吗?……到底是谁发出来的。
迈克	这是几岁的时候?怎么也得四十多公斤吧!
悦悦	(生气地接话)三十五好不好!

迈克　　　　　　三十五公斤也不轻啊!这新闻简直太劲爆了!奇怪,我感觉之前好像在哪儿见过你……到底在哪儿呢?

迈克用手机反复看着悦悦小时候的照片。悦悦也好像之前就认识迈克似的。两个人歪着头,用奇怪的眼神看着对方。

#6.十字路口 下午/外[过去]

字幕:20年前

人们站在路边等信号灯。小迈克从远处走过来,此时信号灯变成绿灯,小迈克过马路。

#7.小时候迈克的家 下午/内[过去]

迈克妈妈收拾行李准备离开,客厅也放着收拾好的旅行箱,迈克妈妈打开鞋柜,把鞋子一双双收纳进了包里。

#8.小时候迈克家附近-店铺 下午/外[过去]

迈克小时候住的小区。小迈克回家时路过店铺,小悦悦站在他前面。小迈克看了看小悦悦,两个人擦肩而过。

#9.小时候迈克家 下午/外[过去]

小迈克跑进家。

#10.小时候迈克家 下午/内[过去]

空荡荡的房子，打开鞋柜鞋子也没了，小时候的迈克根本不知道妈妈已经离开了。

#11.小时候迈克家附近-店铺 下午/外[过去]

迈克小时候住的小区。小悦悦站在店铺外（小时候肥胖的悦悦），低头等着那个漂亮女人出现在她面前。

小悦悦　　　　阿姨！

迈克妈妈站在小悦悦面前。

迈克母　　　　这是给你的礼物！

小悦悦接起迈克妈妈递给她的购物袋，打开看到里面是漂亮的女童装，衣服的肩部有一个蝴蝶装饰。

小悦悦　　　　我好想穿这件衣服！
迈克母　　　　你看着这件衣服，祈祷自己肯定会变瘦的。
小悦悦　　　　那我也会像阿姨那样漂亮吗？
迈克母　　　　不仅如此，以后你还会遇到帅气的男友！

小悦悦听到后非常开心，拿出衣服比到自己身前，愉悦地欣赏着。迈克母也把裙子贴在小悦悦身上，两个人笑了起来。

#12.迈克家-停车场入口 夜/外(第12集#5.迈克家停车场 夜/内)

一个学生急忙把作品集递给迈克(悦悦)后转身离开。迈克(悦悦)看着学生离开的方向,随后进了屋。跑开的学生逐渐放慢了速度,随后转身看着迈克(悦悦)进了屋。那个学生慢慢摘下眼镜,学生的脸跟迈克母年轻时一模一样。学生转身看着镜头,做出嘘的手势,随后眨了一下眼。

第27集完

-END-

中文编剧

方艺霖 温鹂

中文校对

朱浩天 胡嘉雯 叶子怡 田亚臻 付晨航 陈思静 金宇慈 赵笑晨
陈思涵 滕明汕 鞠小云 范家铭 张珮珊 赵维一 李敬瑄 李奕霏
于亚廷 罗海玥 贾涵文 张聿凡 胡颖琪 陈弘历 王云洁 穆真玮
李昕然 鞠涵因 仇玥人 宋楚涵 俞泽恩 赵慧玲 杜玉新 苗景一
杨宇航 何锦铨 张皓然 黄晓雨 马楠坤 罗楠 刘畅 徐婕 赵晗
陈越 李聪 李想 朱琳 郑欣 岳谦 谢昱

한국어 교정

자문화

트루사이즈 신데렐라

초판 1쇄 발행 2023년 12월 7일

지은이 유덕보
펴낸이 이기봉
편집 좋은땅 편집팀
펴낸곳 도서출판 좋은땅
주소 서울특별시 마포구 양화로12길 26 지월드빌딩 (서교동 395-7)
전화 02)374-8616~7
팩스 02)374-8614
이메일 gworldbook@naver.com
홈페이지 www.g-world.co.kr

ISBN 979-11-388-2561-0 (03810)

- 가격은 뒤표지에 있습니다.

- 파본은 구입하신 서점에서 교환해 드립니다.